U0459273

American Notes

美国手记

〔英〕查尔斯·狄更斯 著　李菲 译

上海三联书店

目 录

前　言

　　本书首印出版近八年了，我现在介绍的普及本内容没有更改，而我在文中所表达的观点也从未改变过。

　　我的读者们可以自己判断，我以前怀疑的存在于美国社会中的影响力和倾向性是否有其真实性，它们并不是我单纯想象出来的。它们本身就能证明，美国政府在过去这八年里是否有什么改变，因为无论美国国内还是国外，都有种种迹象提醒着我们，这些影响力和倾向性是确实存在的。读者们找到了真相，就会对我做出评判。在任何一个我所描述的方面，如果他们找到了任何值得肯定的证据，他们就会认为，我这样写是有道理的；而如果他们没有找到这样的证据，他们就会认为我弄错了。

　　我对美国有好感，却绝对不是因为偏见。踏足在美国的海岸上时，我对它的信任超过了任何其他旅客。

　　我特地放弃了细说这些信任。我没有什么需要防备的，也没有什么需要解释的。事实就是事实，任何幼稚、荒谬、不切实际的反驳都无法改变它。就像虽然整个天主教会都拒绝承认，但地球仍然是围绕着太阳转的。

　　我有很多朋友在美国，我对这个国度有着浓厚的兴趣。说我对这个国家心怀恶意、冷漠无情、有偏见的人，这种人的观点是错误的，但这种错误经常有人犯。这八年里，我一直为这些犯错的人感到羞耻，可能以后八十年里，我仍然要对他们持这种态度。

1850年6月22日，伦敦

第一章
出 发

我永远也不会忘记 1842 年 1 月 3 日。那天上午，我推开"大不列颠"号蒸汽邮轮上通往特等舱的门，走进舱内的时候，既感到震惊，又觉得特别的滑稽。这艘汽轮的载重量是一千二百吨，当时它正载着女王陛下的邮件，准备出发赶往哈利法克斯和波士顿。

这间特等舱是特地为"查尔斯·狄更斯先生及夫人"准备的，打扫得纤尘不染。让我觉得好笑的是，平整的棉被上用针别上了一张小纸条，特地提醒旅客这一点，纸条下面铺着一张薄薄的床单，就像是外科手术用的石膏放在高高的架子上一样。如果查尔斯·狄更斯先生和夫人在未来至少四个月内，想要在这个舱里举行日宴和晚宴的话，这确实是再合适不过的地方了；查尔斯·狄更斯先生的预感能力很强，早就说过这里至少会有一个小沙发，而谦逊却具有非凡感知力的狄更斯夫人，一开始就知道这个舱的空间狭小，根本不可能将两个大旅行箱藏在视线以外的某个小角落里（现在旅行箱不用再被送到舱门口，更不要说偷运过去，这可能比把长颈鹿塞进花瓶里更困难）。这个并不实用、沉闷的、十分荒谬的包厢，就像是特地挂在伦敦某个代理商账房里涂过清漆的平版印刷的油画上那些装饰得朴素美观的卧室。简单地说，这间特等舱是为了增加吸引力和娱乐性而设置的，而不是为船长自娱自乐而设置的——这些都是事实，而我当时却无法完全理解这一点。房间里的座椅是铺着马毛的木板——也许叫栖木更恰当一点儿，房间里共有两张；我坐下来，面无表情地看着那些跟我们一起上船的朋友，他们还在费力地通过船上窄小的通道，试图进入船舱。乍看上去，他们的脸似乎都被挤变了形。

尽管我们平素乐观，随遇而安，但遇事还是要做最坏的打算。进入舱内之前，我想象设计者设计的下层的样子，他也许会在这美妙的作品中加上一座能欣赏远景的大厅，装饰风格正如罗宾斯先生说的那样，更具有东方特色，里面，三三两两的女士和先生们围坐在一起，非常享受这人生中最高级别的快活与愉悦。进入舱内，我们又感受了一次非凡的打击。我们穿过甲板，走进了一个又长又窄的房间，就像一辆两旁开着窗子的灵车，一头有一个黑沉沉的烤炉，三四个怕冷的船员正围在旁边烤手；另一头则摆着一张长长的桌子，桌子每一侧都框着铁架子，架子挂在低矮的天花板上，所有的玻璃杯和调味瓶都放在这铁架子上，这样便能让这些瓶瓶罐罐稳固不动，因为旅途中可能遇到恶劣天气，海洋变得波涛汹涌，它们就会被打翻打碎，随意放置可不好。唉，这个房间里的摆设和布置，我都不满意。而那时，还有一位替我们安排行程的朋友，一进门就非常吃惊地后退了一步，撞到了他身后的朋友，不由自主地敲着自己的额头，低声叹道："真不可思议！怎么会这样！"我现在已经记不太清当时他具体说什么了，但大概是这个意思。他努力控制好情绪，象征性地咳嗽了一两声，脸色苍白，微微一笑，我至今还能回忆起他的神情。他环顾周围的墙壁，喊道："哈！这是个早餐室，乘务员——是吧？"我们都预感到他会得到什么回应，我们知道他所承受的痛苦。他经常提起沙龙，被自己幻想中的沙龙欺骗，一直沉浸在虚幻的想象之中。他私下里一直希望能让我们接受他的理念，从而培养对沙龙的正确观念。沙龙，应该像一个普通的客厅一样，但比客厅空间要大，家具也要更多，并且还要呈现出缥缈之感。被问的船员说："这就是沙龙，先生。"这个回答无疑是冰冷的、坦率的、赤裸裸的真相，让他备受打击。

人们上岸以后，各奔东西，他们之间的联系就将隔着一道不可逾越的、绵延数千英里的屏障。这里随时可能风起云涌、大浪滔天，正因如此，他们才不愿在这短暂的欢乐的相聚之时投以阴云，哪怕是一点点失望和挫败的感情也不愿流露。这样的话，初次见面的惊奇和陌生就会化作真心的笑容。我就是其中之一，在别人跟我打招呼之前，我一直坐在栖木上，大笑不止，直到汽笛声再次响起。然后，在登船不到两分钟的时间里，我们都认为，这间特等舱是最舒适、最有趣的，也可能是船上最重要的地方，如果再大一英寸，就会让人觉得很糟糕，很失望。除此之外，我们还讨论着如何像蛇一样紧挨着门边，把那张小小的栖木座椅当作落脚点，成功的同时挤进四个人。我们相互提醒彼此，码头上多么通风；如果船上的舷窗能全天候开放（只要天气允许），那景色会有多壮观啊；我们谈论着镜子上方的大舷窗，刮胡子的时候可以顺便欣赏海上美景（只要船摇晃得不太剧烈）。最后，我们得出了一个一致的结论，即这里比其他地方都要宽敞，但我确实认为，那两个上下层的卧铺，只比棺材略大了一点儿，跟一辆后开门的有篷双轮出租马车差不多大，价格却高出许多。

所有相关与不相关的人在这一点上取得一致意见之后，我们围坐在女士船舱的火炉边，试试火炉的效果。那里当然光线很暗，有人却说："出了海，光线就会强一点儿。"我们都认为确实如此，于是都附和说"那是当然，那是当然"，却很难解释我们为什么会这样想。我还记得，在我们特等舱隔壁的这间女士船舱里，我们提出并讨论完另一个关于安慰的话题之后，就静静地坐在那里，陷入了短暂的沉默之中，头靠在手上，盯着火炉看。我们的一个男性旅伴脸色严肃地说："要是有一杯加了调料的香甜热葡萄酒就好了！"这一句话打动了我们所有人的心，虽然这个舱室里有一些加了香料的烈酒，但香料太过浓烈，因此它的味道和醇度也就不那么令人满意了。

船上还有一位女船员，她正在忙着更换床单和桌布，打扫卫生，从沙发缝隙到橱柜，那些人工制造的器具一个一个被打开，翻了个底朝天，一片狼藉，看着真不舒服。每一个角落都不再是原本的样子，而是像一个陷阱、圈套，一个隐蔽的仓库暴露了出来，这些器具的表面用途反而是最没用的。

愿上帝保佑那位女船员，因为在那年一月的航程中她的谎言都是出于善意！愿上帝为了她关于去年那次愉快的旅途回忆而保佑她，那时没有人生病，大家从早到晚不停地跳舞，那是一场为期十二天的旅途，带着纯粹的欢乐、愉悦和兴奋！愿幸福常伴她左右，因为见到她欢快的脸庞和听到她的苏格兰口音，对我的一位旅伴而言，就像回家了一样；因为她预报说，旅途中我们会感受到清爽的海风和宜人的天气（都预报错了，不然我对她可一点儿兴趣都没有了）；还有她所散发出来的女性特有的魅力，一点点、一丝丝，但无须将这些魅力都联系到一起，联系成某种形状或整体，然后完全展现出来。她完全就像大西洋另一侧的年轻母亲一样，给旅客以母爱。对初次旅行的人而言，这是一场重要的旅行；然而，对那些享乐主义者而言，这次航行充满歌声和喝彩！愿她常年心情愉快，神采奕奕！

特等舱里堆满了杂物，到此时为止，它已经变成了某种容器，就跟观看海景用的突出船体之外的舷窗差不多了。于是，我们兴致高昂地走到了甲板上。这里一片繁忙的景象，大家都在忙着准备出发。在那个晴朗有霜的早晨，热血沸腾着，带着一丝不经意的快乐之感，在血管中加速奔流。每一艘大轮船都随着海浪缓缓起伏，每一艘小船都在水中溅起了水花。人们站在码头上，带着"极大的喜悦之情"，看着这艘声名远扬的美国汽船。一群人在"输入牛奶"，换言之，就是将奶牛赶上船；另一群人则在往冷藏室里加新的食物，有屠宰场的肉类，如淡粉色的乳猪、大量的牛头、牛肉、小牛肉、猪肉和各类家禽肉以及各种果蔬。有人在绕麻绳，填麻絮，还有人在将沉重的行李放下；乘务长的头在那一大堆行李之中若隐若现。其他地方似乎并没有什么事发生，所有人都在为这次伟大出航而做准备。太阳明亮，但光线并不强烈，空气清新，碧波荡漾，甲板上结了一层薄薄的冰。人们在甲板上高声欢呼的时候，轻轻踩上一脚，这薄冰就碎了，脆弱得不堪一击。在岸上时，我们看到，船的桅杆上挂着各色旗帜，列成的旗语显示着船的名字，旁边，美国漂亮的星条旗迎风飘扬——漫长的三千多英里，六个月的离别，就这样，船越走越远，逐渐变小，消失在送别人的视野之中，再次回来的时候，利物浦的柯堡码头应该春意正浓吧。

我没有咨询过医生朋友们，冰的潘趣酒、白葡萄酒、香槟和红葡萄酒以及其他食材是否会在我们的晚宴期间突然变质，普通的羊排和雪利酒是否不太容易变质——尤其是这次晚宴是在我的好友雷德利先生的阿黛尔法宾馆举行的。我个人的意见是，无论是有意还是无意犯下这样的错误，在海上航行的前夜，都没有什么关系，用一句谚语来说就是："最后的结果都是一样的。"无论如何，我知道，那天的晚宴非常的美味，我们对它毫不吝惜赞美之词。我也明白，除了得避免提起"明天"这个不言而喻的禁忌之外——心软的狱卒和第二天就要被处以极刑的敏感的囚犯之间说话可能就会忌讳这个词——我们的相处非常愉快，一切都很令人顺心如意。

出行的那天早上，我们一起吃早餐。令人感到意外的是，我们都不停地交谈，以防止出现尴尬的沉默，而且，大家都很快乐。我们这个小团体里的每一个受压迫的人的灵魂，都逐渐回到了自然的快乐之中，就像每品脱五基尼的豌豆一样，在露珠、空气和雨水滋润下，散发出阵阵清香。我们上船的时间是下午一点，随着这个时间的临近，这种交谈甚欢的场面也逐渐消失了。尽管我们努力保持欢声笑语，但最终我们丢掉了所有的伪装，公然谈论着第二天此时我们将在哪里，第三天此时又会到哪里，等等。许多信件被托付给夜里就会回去的人，在抵达了尤斯顿广场的火车站之后，它们很快就会被送往各城镇的目的地。委托和回忆在这样的时刻汇集在一起，我们忙着这么做的时候，发现自己完全融入到了这里的旅客、友人和行李之中，大家都挤在小汽船的甲板上。卸下包裹时，人们气喘吁吁。这些包裹昨天下午刚刚运出码头，此刻已经放在河上的这艘汽船里了。

此时，船来了！所有人都将视线投在它身上。它在初冬午后的雾中若隐若现。大家也都指着船的方向，纷纷低声惊叹："多漂亮啊！""多气派多豪华啊！"一位斜戴着帽子，双手插在口袋里的绅士——之前，另一位先生打着哈欠问他是否要"横渡过去"，好像这汽船只是河口的渡船一样——就连他也看着船的方向，点点头，像是在说"不错不错"。甚至那位贤明的伯利爵士^①，他的点头也不及这位绅士所表达的含义的一半。这位绅士曾经十三次出航，没有一次出过任何差错（船上的每个人都知道了这一点，至于怎么得知的就不知道了）！还有一位被包裹得严严实实的旅客，鼓起勇气问了一句"可怜的'总统'号沉^②没下台有多久了"而受到了大家的鄙视，大家看到他都皱着眉头，并谴责他。他正站在那位懒散的绅士身旁，浅笑着说他认为这艘船是最坚固的。而那位懒散的绅士，先是瞥了提问者一眼，然后目光变得凌厉起来，出人意料地狠狠回答："应该如此。"这句回答降低了大家对那位懒散绅士的好印象，乘客们带着蔑视的眼神，低声议论说他真是愚蠢，是个傻瓜，对船的事一无所知。

我们飞速靠近邮轮，船上的红色大烟囱正吞云吐雾，似乎在为某些严肃的意图做出大方的承诺。货物箱、旅行皮箱等各种箱

---

① 英国剧作家谢里丹的戏剧《批评家》中的人物。他的一个摇头动作被别人解读出很多意义。此处将摇头误引为点头。

② 总统号是一艘美国汽船，1841年3月从美国开往英国的途中失踪。

子、盒子、手提包，经过多次传递，快速地被拖到了船上，运送人为此累得气喘吁吁。穿着精致制服的船员们都站在舷梯上，一边帮乘客们上船，一边催促他们。五分钟内，小小的汽船上的东西就被搬空了。邮舱已经被刚刚那些包裹装满了，很快，每个角落里都有一大堆。人们都带着自己的行李，推推搡搡地挤上船来：有人胡乱闯进包厢，正准备好好休息，却发现弄错了舱室，于是又匆忙退出来，场面十分混乱；有人专心于开启上锁的门；有人则盲目冲进了各种偏僻的小地方，再也找不到别的出口。船员们像疯了一样，顶着一头乱发，在微风习习的甲板上为了莫名其妙的事儿跑来跑去，做着不可能完成的任务。简单地说，他们的举动引起了长时间的骚动。在这场骚动中，那位懒散的绅士，似乎没带任何行李，也没有任何朋友，在甲板上来回踱步，悠然自得地抽着雪茄烟。这种冷漠的态度让那些有闲情观察他的人再次改善了对他的态度。每当他看着桅杆，或是俯视甲板，或是看别处时，人们也会随着他的目光去注视，好像是在猜测他看出了什么不对劲的地方，还希望如果他确实发现了什么不对，他会好心通知一声。

我们这是在哪里？在船长的船上！船长就在那边。此刻，我们远航的希望都寄托在他身上了！他身板结实精壮，穿着得体，个头较矮，面色红润，让人忍不住想跟他握手，蓝色的眼睛清澈明亮，人们能清楚地从中看到自己的身影。"敲钟啦！""叮——叮——叮——！"钟声急促响起。"现在回岸了——谁要上岸？""很抱歉，这些先生要上岸。"然后，他们离开了，都没有道声再见。啊，现在他们在小船上挥手了。"再见！再见！再见！"他们喊了三声，我们回复了三声。他们再次喊了三声，然后就离开了。

　　来来回回，来来回回，来来回回地走了足有一百次！等最后一批邮件包是最糟糕的事了。如果我们在刚才的欢呼中开船，那我们现在就已经兴高采烈地出发了，但我们只是躺在那里，在潮湿的水雾中躺了两个多小时，既不是在家里，也还没出发，再怎么精力充沛的人都会变得消沉。终于，大雾中出现了一个黑点！究竟是什么呢？正是我们等待的船！船只逐渐显现出来。船长握着扩音喇叭出现在明轮罩上，水手们回到自己的岗位上，一切都准备就绪了。乘客们消沉的信心得到了恢复。厨子们停下了手中的活儿，兴奋地探头出来观望。船靠了过来了，包裹也被拖上了船，被扔在了不知什么地方。再次响起了三声欢呼：第一声回荡在我们耳旁，邮轮动了一下，像一个刚刚获得了生命气息的巨人，两只巨轮开始猛烈旋转起来，逆着浪潮骄傲地驶过了海面。海面水波荡漾，浪花飞溅。

第二章
航　程

　　那天，我们很多人一起聚餐，不少于八十六人，人可真多。船载着所有燃料和乘客，所以吃水很深。天气晴朗、风平浪静，一路波澜不惊。饭还没吃完一半，就连那些最担忧行程的人也都开始兴奋起来，早晨那些被问到"你晕船吗"时干脆回答"是"的人，现在也开始含糊地回答："噢，我想我并不比别人糟糕。"也有人毫不避讳，冷静地回答："不！"这样回答的人还有点儿恼怒，好像在说："你应该看到了我的样子，先生，那你还怀疑什么！"

　　尽管声音里充满了勇气和自信，但我还是闻到了他们嘴里残留的葡萄酒味。所有人都对自然界有着非同寻常的热爱，最热门也最令人向往的座位总是最靠近门口的，这足以证明这一点。茶几可没有餐桌上那么热闹，玩惠斯特纸牌的人也比预料中的少得多。但是，还是有一位女士例外，她晚餐时匆忙退席，不久就有一份烤得焦黄的羊腿肉送到了她面前，还配有青翠的刺山柑。没有老弱病残，人们随意散步、抽烟，喝着掺水的白兰地（都是在室外），不知疲倦地继续下去，一直到十一点左右，上床睡觉的时间到了为止——水手们一天要工作七个小时才能去睡。甲板上的喧闹被沉寂所取代，人们都进入舱室休息了，只有几个像我一样的人还在，他们可能也像我一样，不敢进去睡吧。

对并不熟悉这些情况的人而言，船上的这些景象是很不同寻常的。新鲜感消失了以后，我对它的兴趣却依然不减。夜幕沉沉，掩盖了船行的方向与航线，奔流的水声清晰可辨，却看不见水流。船尾处，有一道洁白发亮的水痕。前面瞭望台上的那个水手，在黑暗的天空的映衬下几乎是看不到的，只不过，夜空中的星星闪着光彩，才让人辨识出几分轮廓。掌舵的舵手胸前挂着吊牌，吊牌在夜色中闪着微光，像是某种敏锐而神圣的智慧。海风哀怨叹息着，经过滑轮、绳索和铁链之间。闪烁的微光从甲板上的每一个角落、每一块玻璃碎片中透射出来，好像船上燃着火一样，随时可能爆出火花，带着无可阻止的死亡和毁灭的力量。起初，要想使被黑夜升华了的事物恢复原本的模样都很困难，我独自思索着，希望能想起它们原本的样子和形态来。它们因特别的想象力而改变，呈现出与本来的模样不相符的样子，上演着你所深深留恋的旧地的令你难忘的方方面面，里边甚至还有人物模糊的影子。街道、屋子、房间，所有的形象都跟它们平常的样子一样，这种真实性令我诧异。我觉得，我所有的力量都无法超越它们，它们很容易就能帮我召唤回已消逝的事物。很多次这样的时候，所有的物体都以其真实的模样和用途出现在我面前，我对它们的熟悉程度就跟对自己双手的熟悉程度一样。

这时候，我的双手和双脚冰冷。午夜时分，我还是轻轻地回到了下面的船舱里。那里一点儿都不舒服，完全封闭，空气中有一股难闻的气味，你不注意都不可能。这种气味通常只有船上才有，很微妙，似乎能渗入皮肤的每一个毛孔里。两位乘客的妻子(我妻子是其中之一）已经缩在沙发上睡着了，我妻子的女仆和衣躺在地上，嘴里诅咒着自己的苦命，头上的卷发纸在散乱的旅行箱中间来回磕撞。一切都倾斜着，船舱内部的倾斜度尤其严重。我刚把门打开时，船正陷入海浪温柔的怀抱，我正要关上门时，船已经被抬到了巨浪的顶峰。所有的木板和支架都摇摇欲坠，好像整艘船都是用柳条编织的一样。这时，那些响声就像是干柴在烈火中发出的爆裂声。我没处可去，所以上了床。

接下来的两天，天气都差不多，海风清爽，干燥无雨。我在床上读了很久的书（但到现在我都不知道究竟读了些什么），然后在甲板上徘徊了一会儿，沉闷地喝了一点儿掺水的冷白兰地，吃了几块坚硬的饼干。这时的我虽然还没病倒，不过也快了。

第三天早晨。我被妻子凄厉的尖叫声吵醒。我挣扎着起来，往床下看。房间里已经溢满了水，水罐就像一条活跃的海豚一样在水里跳跃着，小一点儿的物件都漂浮在水上，只有我的鞋子，搁浅在一个旅行包上，安然无恙，且没有被浸湿，就像两只小煤船。突然，我看到鞋子飞向了空中。再看那面镜子，原本是挂在墙上的，而此时掉到了天花板上。与此同时，原本的门消失了，地上又开了一扇新的门。然后我才察觉到，这艘船已经倒过来了。

还来不及采取什么措施来应对这种突发状况，船突然又恢复了原本的样子。人们还来不及说一声"谢天谢地"，船再次倾斜了。人们还来不及惊呼，船已经继续往前航行了。它已经变成了一个活的生物，完全按自己的意愿行动：虽膝盖受伤、双腿无力，但也要继续前行，穿过每一个洞穴，翻过每一个陷阱，一直都踉踉跄跄的。正当人们惊讶之时，它突然跳到半空中。还没完全做好这个动作，它又深深潜入了水中。还不等浮上水面，它又翻了个跟头。刚刚停稳，它又冲向了后方。它不停地摇摇摆摆、上蹿下跳、颠簸起伏，一边做这些动作，一边往前走。有时候动作一个接一个，有时候所有动作一起来，让人哭喊着饶命。

一位船员经过。"船员！""什么事，先生？""这是怎么回事？能给我解释一下吗？""遇上巨浪了，先生，而且是顶头风。"

顶头风！想象一下，船头有一张人的面孔，有一万五千位大力士正用力往回推它，只要它试图往前移动一点儿，他们就会敲打它的额头。想象一下这艘船，巨大的身体中的每一个小部件都在这等压力下膨胀变形，继续往前走就会走向毁灭。想象一下狂风怒吼、大海咆哮、大雨倾盆，这艘船很难前进。而天空晦暗，狂风暴雨，云层翻滚，与海浪惊人的相似，可谓是天空中的云海。再加上甲板上和船舱里的混乱的脚步声，海员们大声喊叫，排水口的水哗啦啦地流，汹涌的巨浪不时拍打着船上的厚木板，在船舱里听来就像是雷霆之声一样——这就是一月早上的顶头风。

我对这船上的噪音没有抱怨一句：玻璃和陶器的破碎声，船员不小心的磕磕碰碰声，不牢固的木桶和散落的装黑啤的瓶子的滚动声，以及特等舱里晕得不能起床吃早餐的乘客们发出的令人不满的抱怨声，等等。我并没有抱怨这些，因为尽管我听了这些有三到四天了，但我认为实际听的时间还不到十五秒钟。噪音消停时，我再次躺了下来，晕船了。

不是普通的晕船（尽管我希望是），而是一种我从未见识过，也从未听说过的晕船，但我确信，这种情况是很普遍的。我整天都躺在舱内，虽然冷清，却很满足。我一点儿也不疲惫，但不想起床，不想康复，不想呼吸新鲜空气，对什么都提不起兴趣，但也不讨厌，没有烦恼和遗憾。在这种平淡之中，我唯一能回忆起来的就是一种闲散的快乐——一种极度的畅快，如果这需要什么堂而皇之的名字的话——事实上，我的妻子非常难受，无法跟我聊天。如果让我举例来描述我的心情的话，那就应该是暴徒们袭击了奇格韦尔的酒馆之后，老板老威利特先生[①]的那种心情吧。没有什么能惊到我。如果在某个瞬间，因照耀到我身上的智慧之光的启发，我发现了一个精灵信使——身穿血红色的外套，带着一个铃铛——光明正大地走进我的小屋，一边因走水路而让自己变得全身湿漉漉的而道歉，一边递给我一封信，就像老朋友一样，我肯定不会感到一丝一毫的惊讶，反而会非常满足。如果是海神尼普顿将烤鲨鱼挑在三叉戟上走进来，我也会当成平常的琐事一样对待。

有一次，我到了甲板上。我不知道自己是怎么去那儿的，也不知道为什么要去那儿，但我就是在那里，衣冠整齐，身穿一件大大的海员扣领短上衣和一双靴子，就像一个没有生病的正常人所穿的一样。我独自站在那里。恢复了一点点意识之后，我注意到有什么东西在甲板上。我也不知道究竟是什么东西。我认为可能是水手长，可能是水泵，也可能是母牛。我已经记不清楚我在那里待了多久，是一整天还是只有一分钟。我试图回忆起一些事情来（关于这广阔世界的任何事，我都不挑剔），却什么都想不

---

① 狄更斯小说《巴纳比·拉奇》中的人物，在伦敦奇格韦尔区开酒馆，被一群暴民捣毁了酒馆。在这场骚乱中，老威利特一直坐在一边，目瞪口呆，心中一无所想，仿佛在梦里。

起来。我甚至都不能分辨海和天，因为我就像喝醉了一样，视线模糊不清，身体摇摆不定。然而，就算在那种境况下，我也辨认出了站在我面前的那位懒散的绅士。他穿着蓝色的粗布服装，头戴油毡帽。不过我太虚弱了，即便我知道那个人是他，却无法把他和这身衣服区别开来，我记得，我好像叫了一声"领航员"。随后，我又失去了意识。一段时间之后，我发现，那位先生已经离开了，而那个地方又换了一个人。世界看起来摇晃不已，好像是一面抖动不停的镜子里反映出来的镜像一样。从身影看，我知道，那个人就是船长，他脸上神情愉悦，我也努力做出微笑的样子来。是的，那时候我还试图保持微笑。从他的举动中，我看出他是在对我说话，不过很久之后，我才明白，他是在劝我不要站在及膝深的水中——因为我当时确实是在水中，不过我也不明白为什么会在那里。我想要感谢他，却说不出口。我只能指着我的靴子——或者说我自认为是靴子所在的地方——悲哀地说："软木鞋底。"这句话让我筋疲力尽。有人告诉我不要坐在水里，发现我神志不清之后，一个爱管闲事的人好心地将我拖到了底部的船舱里。

我就一直躺在那里，直到感觉稍稍好了一些为止。无论何时，只要有人劝我吃东西，我就感觉难受，这种痛苦仅次于溺水时渴望得到重生的那种煎熬。船上的一位先生有一封我们在伦敦都认识的朋友为他写的介绍信。刮顶头风的那天上午，他把信和他的名片一起送了过来。想到他生龙活虎，起居如常，想到他总期盼着我在沙龙的时候跟他打个招呼，我就烦恼不堪。我以为他属于那种铁打的人——我不认为他们是普通人——满面红光，嗓音浑厚有力地问别人晕船是什么感觉，问是不是真的像其他人描述的那么难受。这个问题真是让我痛苦。后来我听船上的医生说，这位先生强烈要求医生往他肚子上抹了一大团芥末膏①，听到这话时的痛快和感激，我不记得有过第二次。我的身体慢慢恢复，就是从听到这个消息开始的。

我的晕船真正好起来，无疑是得益于我们出发第十天时遇到的一场飓风。风是从日落时分慢慢形成的，它逐渐积攒着力量；到第二天凌晨时分，已经完全成形，威力四射了；在午夜前一个小时左右，风声稍稍减弱了一点儿。那是非同寻常的一个小时，好像在酝酿什么，很快，飓风就刮起来了。它威力如此强大，在天地间横冲直撞。

我永远忘不了，那一个狂风肆虐的晚上，我们的船只在海上举步维艰。当情况变得于己不利，在自己遇到磕磕绊绊看起来很难确定情势走向的时候，我经常听到人们问："还有比这更糟糕的吗？"而现在，在大西洋上遇到狂风暴雨、船只难行时，有再好的想象力都无法想象出那种进退两难的场景。船只已经被浪打得侧翻着了，桅杆已经浸泡在海浪之中，然后船只再度跳起来，翻到了另一侧。一个大浪袭来，发出的咆哮相当于一百杆枪，又将船只翻过去。船不得不停了下来，蹒跚着，颤抖着，好像被惊吓到了。突然，它再次剧烈颤抖起来，迅速前行，像一只发狂的怪兽，然后再次被狂怒的海浪所侵袭、击溃，在海浪中起起伏伏、跌跌撞撞——雷、闪电、冰雹、风雨都在奋力争夺对海域的控制权——每一块木板都在呻吟，每一颗钉子都在嘎吱作响。海里的

---

① 当时以为晕船是胃的原因，认为在肚子上抹芥末膏可以防止晕船。

每一滴水都在怒吼。这个景象蔚为壮观，让人心惊胆战、惊恐不安。这种恐怖的场景无法用语言来形容，只有梦境才能将这种狂暴、激烈、宏伟的场景复制出来。

在这种令人恐惧的时刻，我却身处一个非常可笑的境地里。即便是当时，我也像现在一样，感到非常可笑而大笑了出来，比看到任何其他可笑的事还要笑得厉害，即便那些事更容易引起人的乐趣。午夜时分，我们的船遭海浪侵袭进了水。海水通过天窗涌进船里，撞开了上层的门，咆哮着冲进了女士船舱。我的妻子和另一位苏格兰小个子女士惊慌不已。这位苏格兰女士之前曾托船员给船长递了一张便笺，很恭敬地建议他马上在船只的桅杆和烟囱顶端绑上一根钢铁导线，以防船只遭到雷电袭击。她们和之前提到的那位女仆都很惊慌，但我真不知道该怎么安慰她们。我也试图回想一些能起到安抚作用的东西，但当时，我认为没有什么能比得上加水的热白兰地了，于是，我马上倒了满满一杯。如果手中不牢牢抓住什么东西，人是没办法站立或者坐着的，因此她们都挤在一个长沙发的一角上——这个长沙发几乎跟船舱一样长——怀着被溺死的恐惧而挤在一起。我端着酒来到她们身旁，正打算劝说离我最近的人喝一点儿，并安抚她们，但让我失望的是，她们居然慢慢地滑到了沙发的另一端！当我跟跟跄跄地走到另一端，再次伸手把杯子送出去时，我的好心再次遭到了打击，因为船只再次倾斜了一下，她们又都回到了之前的那一端！我猜我追她们至少追了十五分钟，但都没能接触到她们。等我好不容易追到了她们，掺水的白兰地都快洒完了，只剩了一小勺。为了使这画面完整，有必要提一句，这位因晕船而虚弱不堪的男士，他最后一次剃胡须、梳头是在利物浦，他唯一的衣物是一条粗呢裤子和一件蓝色的夹克（不包括亚麻衬衣），这身穿着之前在里士满还备受青睐——现在没有穿袜子，拖鞋也只剩了一只。

关于第二天早晨所发生的可笑事——床也成了恶作剧的牺牲品，由于虚脱，起床都变成了不可能的事——我无话可说。中午我"跑上"甲板时，目之所及的是荒凉凄寂。海洋和天空一片灰暗阴沉，看不到我们周围视野之外的其他事物，因为海浪很高，大海像一个蓝黑色的铁环将我们紧紧箍住。从空中或从岸边的悬崖上看过去，这一番景象也许宏伟壮观，但身处动荡潮湿的甲板上，这就令人头晕眼花、痛苦不堪了。在前一晚的风暴中，救生船就像是核桃壳一样弱不禁风，一直在海上漂浮，最后只剩下几块破碎的木板。明轮罩也被风浪扯掉了，舵轮暴露在外面，无遮无盖。它们急速旋转，卷起的水浪飞溅到甲板上。烟囱外部结了一层盐晶，船的中桅折断了，绳索全都打了结，纠缠在一起，湿漉漉的，往下垂着：恐怕没有比这更凄凉的场景了。

因受到热情邀请，我进入了女士船舱。那里除了我们，还有其他几位乘客。第一位就是之前提到的那位苏格兰女士，她准备去纽约与丈夫团聚，因为她丈夫三年前在那里定居了。还有一位来自约克郡的年轻人，他与一些美国家庭有交往，也住在纽约，这次是接他年轻漂亮的妻子过去，他们才刚刚结婚两个礼拜。他的妻子是我所见过的最标致的英国乡村姑娘。最后的一对也是夫妻，他们也是新婚宴尔，这从他们亲密的举止上可以看出，我对他们所知不多，他们很不可思议，就像是私奔的情侣。那位女士非常有魅力，而那位男士携带的枪支比鲁滨孙·克鲁索还要多。他身穿一件猎人服，还带着两条大狗。仔细回忆，我还记得，他曾试图用热腾腾的烤猪和瓶装的麦芽酒来治疗晕船。他每天都吃这些东西（通常是在床上吃），一直坚持。我可以给好事之人补充一句，他这样做根本不管用。

天气仍然没有好转的迹象。我们通常都是在午前一个小时左右懒洋洋地走进这个舱室。每个人多多少少都有点儿头晕难受，于是躺在沙发上，让自己恢复精神。在这期间，船长会过来通告风向变化，明天肯定会发生改变（在海上，风暴第二天天气总会好转的），以及船的航速等信息。因为没有太阳，所以当时也无法通过观测太阳来判别方位，所以也就无法知道现在我们所处的位置，但总有一天会知道的。现在我就知道了。

船长离开后，为了让自己平静下来，只要光线足够我们就开始读书；如果不够明亮的话，我们就打瞌睡，或者闲聊。一点时，午餐铃响了，女船员送来了一盘热腾腾的烤土豆和一盘烤苹果，还有一盘盘猪头肉、冷火腿、盐渍牛肉，有时还有烤得很嫩的薄肉片。我们开始吃这些美味的食物，敞开胃口大吃特吃（这时候我们胃口很好），尽可能吃久一点儿。如果生起火来了（有时候确实会生火），我们就会很享受。如果没有火，我们就会一边互相抱怨说太冷了，一边搓着双手，穿好外套，披上斗篷，再次躺下来打瞌睡、闲聊、看书（情形如前所述），直到晚餐时间。五点时，铃声再次响了起来，女船员又送上了一盘土豆——这次是煮的——还有各种热的肉菜，还附加了一盘烤猪肉——这是当药吃的。我们再次在餐桌旁坐下（比之前更加开心）。为了延长用餐时间，我们吃着并不新鲜的甜点——苹果、葡萄和橙子，饮料是葡萄酒和掺水的白兰地。那些瓶子和杯子还在餐桌上，橙子等水果随着船的摇晃而滚动时，医生受邀而下来参加我们的牌局了。他一到场，我们就开始玩惠斯特纸牌。由于这一晚波涛汹涌，牌无法放在桌子上玩，所以我们将一圈的牌都放在自己的口袋里。我们一直坐在那里玩纸牌(除了短暂的茶点时间,我们喝茶、吃烤面包之外)，到晚上十一点左右，船长再次下来了，戴着带子紧扣着下颌的海员用的防水帽，穿着水手服。他所站的地面上湿漉漉一片。这时候，牌局已经结束了，瓶子和杯子被放回到桌上。我们愉快地聊了一个小时，话题都是关于这艘船、船上的乘客，及其他一切事情。船长（他从不上床睡觉，也从不乏幽默感）竖起衣领，再次去了甲板上。他跟周围的所有人挥手，然后大笑着走出船舱，就好像去参加生日宴会一样高兴。

至于每日的新闻，船上从不乏这种消遣。传言，昨天这位乘客在沙龙里输了十四英镑，那位乘客每天都要喝一瓶香槟。没有人知道，作为一个普通的办事员，他究竟是怎么得到那些酒的。机师长很肯定地说，从来没有遇到过这样的情况——他指的是天气——而且他的四个帮手都病了，他现在累坏了。有几张卧铺进了水，所有船舱都漏水。船上的厨师偷喝了威士忌，被人发现醉醺醺的，于是就被用救火机喷水，直到他清醒过来。所有船员都曾在晚餐时从楼梯上滚下来过，不得不随便上点儿膏药继续工作。面包师和糕点师都病倒了。一个新手被任命顶替糕点师的职位，不过他很不乐意。他被带进一个面朝甲板的小房间里，里面堆满了空木桶。有人命令他擀出大面饼皮来，他却抱怨说（他真胆大），让他擀面皮还不如让他去死。这真是个大新闻！陆地上发生的十二件谋杀案都没有海上的这些鸡毛蒜皮的小事有意思。

在这种情况下，第十五个夜晚，我们的船驶进了加拿大哈利法克斯港（正如我们预料的一样），微风清朗，明月皎洁——我们在外层的出口处点上灯，其他的都交给领航员——突然，船撞进了岸上的泥沼中。人们都冲上甲板去看情况，很快，甲板两侧挤满了人。几分钟内，我们就陷入了一团混乱中。这种场面，只有喜欢杂乱无章的人才愿意去看。乘客、枪支、水桶和其他重物都被移到船尾，只为了减轻船头的重量，使船头慢慢抬起来。继续向一条难以逾越的目标线前进一会儿之后（目标线附近早就有高音喇叭在呼喊："前方有暗礁！"），由于有明轮翼支撑，将铅块扔进逐渐变浅的海水中后，我们在一个奇怪的地点抛锚停船了。船上没有人知道这是什么地方，但周围都是陆地，我们甚至能清楚地看到岸上树木枝叶的摇摆。

午夜，那么多天一直在我们耳边嗡嗡作响的机械声停止了，这里陷入了死一般的沉寂。再看看大家诧异的神情，这足以令人感到恐惧。我最先看到的是高级船员们，随后是所有的乘客，还有司炉工们。他们一个接一个地从下面上来，聚集在轮机舱的舱口，抽着烟，窃窃私语着。我们放了几枚火箭弹和信号弹，希望得到陆地上的救援，或至少找到一点儿光——但没见到任何东西，也没听到任何声响回复。于是，船长决定派小艇上岸请求支援。这时候，观察几个自告奋勇上艇的旅客的表现是很有意思的。当然，他们绝对是出于好心，完全不是因为认为船只当时并不安全，或者考虑到潮汐变化可能导致船只侧翻。说一说那位瞬间变成了

21

不受欢迎人物的可怜的领航员也不乏趣味。他是从利物浦来的，在整个行程中，因为他肚子里装满了各种故事和笑话而大受欢迎。然而正是这些曾对他的笑话笑得声音最大的人，此刻却朝他挥舞着拳头，不停地诅咒他，公然骂他是恶棍！

很快，挂着灯笼和各种蓝色的灯的小艇就出发了。不到一个小时它又回来了，那位奉命上艇的船员带回了一棵高大的小树。他将小树连根拔起，让那些担心受骗而遭遇海难的乘客放心。毫无疑问，那位船员确实上过岸，他没有耍什么花样，没有图谋不轨要害人性命。我们的船长一开始就预料到，我们抵达的是一个叫东方通道的地方。我们此刻果然在这个地方。本来，我们预定的停靠地是航程最后一站的海港附近，但由于突然起雾了，而领航员也犯了过失，这才出了错。我们周围是各种礁石浅滩，鱼群在其中游来游去，看起来这是附近唯一安全的停靠点。因此，我们深感安心，而且潮水已经退去了。凌晨三点，我们进入了船舱。

第二天早上九点半，甲板上吵吵闹闹的，因此我赶忙穿好衣服赶了过去。前一晚离开甲板的时候，外面一片漆黑、潮湿、雾蒙蒙的，周遭都是光秃秃的小山丘。此时，我们正航行在一条宽阔的河流之中，时速十一英里。我们喜气洋洋，大家都穿上了最好的衣服，船员们穿好了制服。阳光明媚而灿烂，就像英格兰明朗的四月天一样。两旁的陆地绵延不尽，上面夹杂着一道道雪线。白木屋，门口的人们，运转的电报机，飘扬的旗帜。码头出现了，旁边停着船，码头上挤满了人，远处的呼喊吵闹声。男人和男孩们冲下斜坡，朝码头冲过来。映入我们眼帘的是完全不一样的明朗欢快的场景，一种用语言完全无法表达的新鲜感袭来，这让我们很不适应。我们停靠在一个码头边，迎接我们的是一张张高昂着的面孔。一阵呼喊之后，缆绳被拉紧了，船快速停靠好了。舷梯刚一伸过来，还不等靠到船上，我们中的一些人就冲了上去，再次跳上了坚实的令人愉快的土地！

我本来以为这个哈利法克斯是一个极乐之地，但到了之后发觉这里的环境也不是很好。离开的时候，这里及其居民却都给我留下了令人愉快的印象，这种好感至今仍然存在。遗憾的是，回来之后，我再找不到机会回那里去，好与我在那里结交的朋友们再次握手。

抵达那里的那天，正好是当地立法会和州议会召开会议的日子。仪式上的各种礼节和规矩都跟英格兰议会新会期间的仪式和规矩一模一样，只不过规模较后者要小得多，但也是十分庄严的，就像是用望远镜的反面在观看威斯敏斯特的仪式一样。总督是英国女王的代表。他在宝座上发表了演讲，说了他应该说的话。他看起来意气风发，但又显得恰到好处。总督的演讲还没结束，会议室外面的军乐队就气势恢宏地演奏起了《上帝保佑女王》的音乐。人群欢呼起来，中间的人们搓着双手，靠外面的人们摇着头。维护总督的人说，从来没听过这么棒的演讲，而反对总督的人却宣称从未听过这么糟糕的演讲。人们谴责议会发言人和成员言而无信，只说不做。总之，人们说的每件事他们都说正在做，或者承诺马上开工，就像在英格兰一样，所有事情都视情况而定。

这座小镇位于山的一侧，最高点是一个坚固的堡垒，现在都还没有完全完工。几条宽敞的街道从山上一直蜿蜒盘旋到水边，还有几条与河水平行的街道与之相交错。房子大都是用木头建造的。集市上货物丰富，价格相当便宜。这时节正是气候最温和的时候，没有雪橇，但各家的院子和偏僻的地方都有车。其中某些车，从其光鲜的装饰来看，不用做任何改装便可以在阿斯特利马戏场①上演的传奇剧中充当凯旋车。天气异乎寻常的好，空气清新，整个小镇给人的感觉都是愉快的、繁华的、脚踏实地的。

我们在那里停留了七个小时，以投递和交换信件。最后，收集好了所有的包裹，所有乘客也都聚集了起来（包括两三位特别的乘客，他们放肆地吃着牡蛎，喝着香槟，被发现醉倒在一条偏僻的街道上）。机器重新轰鸣起来，我们朝波士顿赶去。

在芬迪湾，我们再次遭遇了恶劣的天气。当晚和第二天一整天，我们都在原地打转。直到第二天下午，也就是一月二十二日，正好是周六，一艘美国领航船赶了过来救援。很快，从利物浦出发的大不列颠号蒸汽船，经过十八天的颠簸之后，终于抵达了波士顿。

带着难以形容的极大兴趣，我睁大了眼睛仔细观察：蓝绿色的海面上终于出现了美国大陆的痕迹，看起来就像小山丘一样。接着，它们不断地膨胀，渐渐地膨胀成了一大片绵延的海岸，海水再也漫不过去了。海风猛烈地朝我们扑过来，岸上结了厚厚的一层霜。外面非常冷，但是空气清新而干燥。这种气候不仅宜人，而且令人感到舒适。

我一直留在甲板上，观察着周围的环境。后来我们沿着码

---

① 世界第一家马戏场，由"现代马戏之父"阿斯特利于1770年在伦敦威斯敏斯特桥南所创建。

24

头走时，我恨不得像希腊神话中的百眼巨人一样，拥有很多双眼睛，那样我就会把所有眼睛都睁大了，好好地观察这里的新事物——本章就不对这些事物多做介绍了。我们靠近码头的时候，我以为一大群热情地拥上船来欢迎我们的人是记者，便随意地回答这群殷勤的人所提的问题。然而，尽管他们中的一些人脖子上挂着皮制新闻袋，手中握着大量报纸，但他们是编辑，他们亲自上船（正如一位戴着羊毛围巾的绅士告诉我的那样），"因为他们喜欢这种刺激"。只在这里提一句，那些拥上来的人里，有一个人恭敬地朝我走过来，我在此对他致以由衷的谢意。他走在前面帮我去旅馆订房间，我随后跟来，经过长长的通道时，我发觉自己竟然在无意间模仿着 T·P·库克先生[①]在一部新上映的关于航海的情景剧当中的步态。

"请给我准备晚餐。"我对侍者说。

"什么时候要？"侍者问。

"尽快。"我回答。

"立刻？[②]"侍者又问。

我犹豫了一会儿，才回答："不。"我回答的时候毫无把握。

"不是立刻就要吗？"侍者诧异地问道。这种惊讶让我也吓了一跳。

我疑惑地看着他，然后回答："不，我更愿意在这里吃。我非常喜欢这里。"

---

① 英国演员，狄更斯的好友，演出了很多与水手有关的戏剧。
② 侍者此处用的是"right away"，在美语中是"立刻"的意思，但狄更斯听不懂，以为"away"是"离开"的意思，故有下面的误会。

说完这些，我以为这位侍者真的已经糊涂了，我相信他确实已经疯了。但另一个人过来了，低声对他耳语说："马上。"

"什么？我说的就是马上啊！"侍者说着，无助地看了我一眼，"立刻！"

这时，我才发现，他说的"立刻"跟我说的"马上"是一个意思。因此，我把之前的回答反了过来。十分钟后，我的晚餐就送上来了，菜肴真是相当丰盛。

这家酒店（非常豪华）名叫里蒙特酒店。这里有很多长廊、柱廊、大厅和走廊，我几乎都记不清究竟有多少了，就算能记起来，读者们大概也很难相信。

第三章
波士顿

　　谦恭有礼是美国的政府机关恪守的行为准则之一。我们的大部分政府机构也应该向其学习，改善自己的形象。而海关则更是首当其冲，必须效仿美国，变得不再让外国人那么讨厌和反感。法国海关无耻的掠夺是卑劣的，而我们英国的海关人员，面色阴沉，举止粗俗无礼，所有进入海关的人都认为他们很讨厌。国门前的守卫居然是这样一群病态之徒，这对一个国家而言是丢脸的。

　　到达美国之后，我发现这里的海关与欧洲的海关形成了鲜明的对比：这里的工作人员很热情有礼，而且履行职责的时候精神饱满，有礼有节，真是令人印象深刻。

　　由于码头繁忙，我们直到周六天黑才停靠在了波士顿港口。第二天，也就是周日清晨，我走下了船，去了海关的办公室，收获了对这里的第一印象。我恐怕得顺便说一句，我们在美国的第一次宴会还没结束，由于收到正式的邀请函，请我们去教堂。他们在那里准备了多少椅子和座席啊！如果要做个大概的估计而不是精准的计算的话，他们提供的座位应该够十二至二十四个大家庭坐的。我们所信仰的宗教教义和形式都被他们登记好了，他们也在教堂里做出了相应的调整和布置。

　　由于没有合适的衣服可换，因此我们谢绝了他们的好意，那天没去教堂。听说那天早晨钱宁博士刚好过来布道，那是他隔了很久之后才再次光临，我这才提起精神来。提及这个大名鼎鼎又温良恭俭的人物（很快，我就跟他成了莫逆之交），我会很高兴地写下对他的高尚品格和惊人天赋的尊崇和敬重，因为他一直都在无畏地与最耸人听闻的罪恶、最无耻的制度——奴隶制做斗争，他将之视作慈善事业。

还是把话题转回到波士顿。这个周日我走上街道。空气清新，房舍整洁宽敞，店铺的招牌色彩艳丽，镀过金的铜字金灿灿的，砖头红艳艳的，石块洁白，百叶窗和街道的栏杆是绿色的，面朝街道的屋门上把手和金属饰物闪闪发光，一切看起来都轻飘飘的，很不真实，每一条街道都像是舞台剧里的一个布景。商业街道上，很少有店主直接住在店铺里——这个地方到处都是商人，如果我能将这些商人都称作店主的话——这样，一家店铺可以有多家买卖。房子前面张贴着各种广告招牌。经过街道的时候，我一直盯着这些招牌，自信能看到其中一些会变成别的东西。每当拐弯的时候，我总是留意寻找小丑和老傻瓜①。我敢肯定，他们一定就藏身在不远处的某个门廊或石柱后面。至于哈勒昆和科隆比娜②，我很快就发现他们暂住在一家非常小的钟表匠店里。这个店只有一层，离我住的酒店不远。除了各种各样的符号和标记，前面还有一个大表盘，几乎盖住了店铺前门，可以从表盘中跳过去。

———————————

① 老傻瓜（pantaloon）是英国喜剧中的丑角类型，形象为贪婪、愚蠢的老头子，是小丑（clown）捉弄和取笑的对象。
② 哈勒昆（Harlequin）和科隆比娜（Columbine）都是英国喜剧中的丑角类型。科隆比娜一般为老傻瓜的女仆，哈勒昆一般为老傻瓜的男仆。

郊外的景色看起来比城里更加虚幻缥缈。白色的木屋（它们太过洁白，以至于看着的时候还得眨眨眼睛），挂着绿色的百叶窗帘。郊外到处都是这样的房子，它们看起来像是漂浮在地上的浮萍，没有根基。小教堂都很整洁明朗，且都粉刷一新。我几乎要认为这里的一切都像小孩子的玩具一样，可以一块一块地拿起来，装进小盒子里。

这座城市非常美丽，我能想象到，它一点儿也不会让外国观光者们失望：私家住宅大都宽敞而美轮美奂，店铺整洁美观，公共建筑富丽堂皇。州议会大厅建在一座山上，随着我的靠近，它在逐渐升起，我靠近之后它才露出了全貌。一个名叫"凡众"的绿色的围场包围着它。这里很美，在山顶上可以俯瞰整个城市及其周边地区的迷人景色。除了一系列宽敞明亮的办公室，这座大楼还有两个漂亮的议事厅：一个是众议院的议事厅，另一个是参议院的议事厅。据我在这里所见，这里的活动都被安排得庄严而不失体面，这当然是为了引起人们的关注和敬意。

毫无疑问，波士顿之所以充满学术气氛和优雅气息，是因为受到剑桥的大学①潜移默化的影响。这所大学距波士顿城区不过三四英里的距离。大学里的教授都是极富修养和学识的绅士，在各自的领域都有极高的造诣。他们身上散发着文雅的光芒，给这个文明世界带来了荣耀。波士顿及其附近地区的许多人，还有居住在那里的大部分从事自由职业的人，都曾在这所学校就读。这一点我是肯定的：无论美国的大学有什么缺陷，它们却从不散播

---

① 指哈佛大学，位于与波士顿毗邻的剑桥市。

偏见，不培养心胸狭隘的人，不挖掘陈腐迷信的死灰，不阻碍人们的进步，不因宗教信仰不同而歧视他人；最主要的一点是，在整个教学过程中，认识广阔世界一直是这所学校的教学目标。

这所学校在波士顿这座小城里创造了很多不易察觉却影响深远的小事物。对我来说，观察这些事物，并记录这所学校在人性和兴趣方面所做出的成就，这种愉快的心情真是难以言表，它带来亲密的友谊，赶走人的空虚和偏见。波士顿人崇拜的小金牛，与大西洋另一侧的欧洲大教堂里的巨型塑像比起来，根本不值一提。在巴特农万神殿诸神的眼中，无所不能的美元毫无价值。

总之，我真的认为，马萨诸塞州首府波士顿的公共设施和慈善机构是近乎完美的。这都要归功于城市建设者的智慧、仁慈和爱心。参观这些地方，我思索了很多关于幸福的问题。在我一生中，即使在经历穷困和丧亲之痛时，我也从没思考过这么多。

美国所有类似的机构都有这种显然的令人愉悦的特征，有的由政府支持，有的得到政府的援助，即便是在不需要政府援助的情况下，在行动上与政府，自然也与人民的步调保持一致。观察慈善事业的倾向性，能够确定劳动阶层的地位是提高还是降低了。我认为，无论私人慈善团体能够捐赠多少财物，公益慈善事业总比私人慈善团体要好。在我的祖国，慈善机构一直都不是政府借以展示对广大群众的特殊关怀的地方，政府也从未将它视作一个具有自我完善能力、有生命力的机构。但是私人慈善团体却日渐壮大，为那些身处穷困无援境地的贫民，做出了数不尽的善举。而英国政府，既没有采取过任何措施，也没有参与过任何慈善行动，因此不配得到贫民的感激之情。而且，他们对济贫院和监狱的庇护和救济也少得可怜。自然，穷人们都将这政府当成了严厉的主子。政府对他们不是训斥就是惩罚，而不是仁慈的保护者，在他们需要的时候对他们关怀备至。

"恶能产生善"这句俗语，在很多英国的慈善机构都能得到验证。正如伦敦的民法博士院大楼里的特权办公室提供的大量记录所显示的那样。一些非常富有的绅士贵妇，在一些贫困亲戚的陪同下，每周至少做一次礼拜。这些上了年纪的人，年轻的时候脾气就很恶劣，现在从头到脚都是病痛。他们反复无常，秉性不改，心怀疑虑，不相信任何人，也不喜欢任何人。这些人即将跨入坟墓之中，他们唯一的事业就是废弃旧的遗嘱，改立新的遗嘱。亲戚和朋友（他们中的一些人被培养的目的很明确，就是为了去继承这巨额遗产的一份；还有一些人，从孩童时代起，就被取消了为此而进行角逐的资格）的名字经常出人意料地出现在遗嘱的受益人一栏，然后又被删除，不断地重复着恢复与删除，这让整个家族，乃至关系最远的旁支血脉都为此激动不已。最后，老妇人或者老绅士显然时日无多了，他们很清楚，为了图谋自己手中的巨额财产，身边所有人都联起手来了，于是他（她）又立下了最后一份遗嘱——真的是最后一份了——同样将它藏在陶瓷茶壶里，第二天便仙逝了。后来，遗嘱被宣布，所有动产与私人财产都分给了六个慈善机构。那位已经离去的老人，完全是在怨恨中做出了这件善事，花费的代价就是生者无尽的怨恨和痛苦。

波士顿的帕金斯盲童学校和马萨诸塞盲童庇护所，由专门的托管机构监管，每年托管机构都要向市政当局做报告。马萨诸塞州贫困的盲人还可以无偿享受这些社团提供的福利。从附近各州，如康涅狄格州、缅因州、佛蒙特州、新罕布什尔州来该州的盲人们，通过所属州的担保，也可以享有这样的待遇。如果没有所属州的担保，就必须找朋友来做担保。第一年，这些人可以获得二十英镑的教育和膳食费用，第二年则减少到十英镑。托管机构称："第一年后，每个学生的花销账目就要公示，他必须将实际消费的膳食费记录下来，每周不得超过两美元。"这些钱就相当于八先令多一点儿。"而且，州政府或他的朋友们赞助他的钱，加上他自己的收入，所有收入如果每周超过一美元，那么那些钱都归他所有。到第三年时，他就会知道，他自己的收入够不够支付他一年实际的开销。如果能够支付，那他可以自己选择是继续留在这里赚钱还是离开。我们不会收留那些被证实没有能力谋生的人，因为这里不是救济中心，正如蜂巢里不会收留不劳作的蜜蜂。那些在体力和智力上低下的人，没有资格工作，因此也没有资格成为我们这个勤劳之家的成员。这些人可以在专门为他们设立的机构中得到更好的照料。"

我是在一个晴朗的冬日上午过来参观盲童学校的：当时，头顶是意大利式的晴空，空气清新宜人，原本视力不佳的我竟然也能看清远处建筑物的外形和轮廓。就跟美国其他类似的公益机构一样，它位于城镇以外，距市区有一两英里的距离。这里通风性很好，视野开阔，建筑物非常漂亮。它建在高地之上，可以俯瞰海港。我在门口停留了一会儿，以感受这里清新自由的气氛——波浪翻涌，水光四射，水面上涌起了一层灿烂的水泡泡，好像水下的世界也跟水上的世界一样，都因为这明朗的天气而活力四射，光彩照人。我看着一艘船驶进海中，越行越远，变成了一个闪亮的白点，好像平静而深沉的蔚蓝色背景下的一朵白云。我转过头，看到一个盲童，他也面朝那个方向，好像他身体里某种奇妙的感官能让他看到那一幕一样，我不禁感到一丝心痛。也许是他面对的方向光线太强了，所以我心中突然冒出一个奇怪的念头，希望能让光线变暗一点儿。有一瞬间，也许只是错觉吧，我居然真的觉得光线变暗了。

孩子们在不同的房间里做日课，只有少数几个在外面玩。这里的孩子，跟其他机构里的孩子一样，没有穿统一的制服。对此我非常高兴，这有两个理由。其一，我确信，人们之所以顺从地穿好制服，佩戴徽章，只是因为那些无聊的规矩束缚和思想的匮乏。其二，没有这些东西，孩子们可以向来客充分展示出自己的个性。那些未受压抑的天性，并没有迷失在丑陋、呆板而单调的统一服装之中，这一点是非常重要的。像我们一样，鼓励这些小小的、善良的人，乃至这些盲人，让他们获得自尊，也是很明智的。

这里的每一个角落都秩序井然，干净整洁，令人感到舒适。不同班级的孩子们，聚集在各自的老师身旁，积极回答着老师提出的问题，并不为了抢先而争抢吵闹，这种场面真让我感到欣慰。那些在玩的孩子吵吵闹闹，嬉笑不止。他们之间的友谊比那些共同享乐的年轻人的情谊更加深厚。这是我意料之中的，这是上天对受苦者的补偿。

建筑的一部分被分隔开来做车间。在这里工作的是结束了教育，掌握了一技之长，却由于缺陷无法进入普通工厂工作的盲人们。这时正好有几位工人在忙着制作刷子、床单之类的东西。这里其他地方所呈现出来的欢快、勤奋与良好的秩序，在这里同样可以见到。

　　铃声响起，学生们都去了一个宽敞的音乐厅。没有任何人指引，都在前排的座位上坐下，聆听着风琴演奏，演奏者就是他们中的一位。结束的时候，这位不知是十九还是二十岁的演奏者将座位让给了一个女孩。在她的伴奏下，他们齐唱起了一首小调。后来，大家都开始加入合唱。这样看着他们，听他们演奏、唱歌，真是令人伤感，尽管他们自己显然非常开心。我发现，坐在我身旁的盲女孩（她的四肢正因为生病而无法使用），脸朝向他们的方向，一边听着，一边静静地流泪。

　　看着这些盲人将心中的所有想法都很明显地体现在脸上，一个视力完好的人也许会因为自己戴的"面具"而脸红，这种感觉真是奇怪。他们的脸庞上永远都写着焦虑。如果我们试着在黑暗中摸索前行的路，我们可能也会露出这种表情。他们心头有什么想法，就会立刻在脸上流露出来，这是他们的天性使然。如果在一个狂欢会上或者在宫廷的客厅里，人们能有那么一会儿，像盲人男女那样，忘记了自己还有眼睛，那么他们就会发现，没有眼睛的人将看到怎样的秘密，眼睛所看到的，又是多么虚伪——然而我们若是看不到这些，还是要觉得真是太可怜了。

　　另一个房间里，我坐在一个又聋又瞎又哑的女孩面前。她还没有嗅觉，甚至连味觉也不好，却有人类所拥有的所有精神力量——理想、善良、友爱，而她只有一种生理感觉——触觉。她就那样坐在我面前。在那间大理石屋子里，任何光线都透不进来，任何声音也透不进来。她苍白的手抚过墙壁的裂缝，朝外面探去，希望能得到好心人帮助，也许能唤醒不朽的灵魂。

在我看见到她之前很久，帮助就已经来过了。女孩的面孔闪耀着智慧和愉悦的光芒。她亲手将长发编成辫子，盘在头上，俊美的面容和宽阔的额头展示着睿智和才华。她穿的衣服是自己搭配的，是整洁和朴素的典范。她亲手编织的针线活儿正放在脚边，而她的写字本就放在她倚靠的书桌上。她所拥有的这么温情、柔和、正直和感恩的心态，正是在这样的苦难中磨砺出来的。

跟这家机构的其他被收容者一样，她的眼睑周围被缠了一条绿色缎带。一个被她装扮好的洋娃娃正躺在地上。我抱起了娃娃，看到这个娃娃的眼睑上有跟她一样的绿色缎带。这是她自己做的。

她坐在一个由课桌和长椅围成的小圈子里，正在写日记。写完了之后，她就跟坐在身旁的一位老师用手语聊起天来，她们之间的氛围很愉快。我看得出来，她很喜欢这位老师；我也敢肯定，如果她能看到这位老师亲切的面庞，一定会更爱她。

我在一份资料中摘录了几段她的生平故事，这份资料出自一个让她成长为现在的样子的人之手。这是一个很美很感人的故事，我真希望某天能将全部的故事都公之于众。

她名叫劳拉·布里奇曼。"1829 年 12 月 21 日出生于新罕布什尔州的汉诺威市。据说，幼年时她活泼好动，非常可爱，眼睛湛蓝。然而，在一岁半之前，她的身体却很单薄，虚弱无力，她的父母都要放弃将她抚养成人了。她经常痉挛，发作时的痛苦程度远远超过她的承受能力。生命曾一度如此脆弱无力，但一岁半的时候，她似乎重新恢复了健康，危险的征兆在逐渐消退。到二十个月大时，她完全恢复了健康。

"那时，她的头脑——此前一直停滞不前的头脑——快速发育起来，四个月的康复期间，她表现出了惊人的才赋（当然，要考虑到这是一位溺爱女儿的母亲说的）。

"但好景不长，不久，她突然再次病倒了。五周内，她的病情迅速恶化，她的眼睛和耳朵都开始发炎、红肿、化脓，最后，不得不摘除了里边的东西。尽管她永远失去了视力和听力，但这可怜的孩子的苦难还远没有结束。她连续高烧了七周，在黑暗的房间里躺了五个月。一年后，她才得以不需扶持自己走路。两年后，她已经能整天坐着了。直到这时，人们才发现，她的嗅觉几乎已经完全丧失了。受此影响，她的味觉也大打折扣。

"到四岁时，这个可怜的孩子才重新恢复健康，开始步入人生和世界的学徒时代。

"但是，她这是什么样的处境啊！黑暗与沉寂包围着她，没有母亲的笑脸回应她的微笑，没有父亲的声音来教她模仿说话。兄弟姐妹于她只是一个能碰触的有形的物体，除了有体温、可以行动之外，就跟房子里的家具差不多。与猫狗比起来，甚至在这方面也没什么区别。

"然而，她体内不朽的灵魂却并没有死去，也没有受到伤害，尽管身躯与世界交流的主要渠道被切断了，但是在其他方面出现了新的途径。她一恢复行走能力，就开始在房间里摸索，然后摸索范围扩大到整栋房子。任何手能够触碰的物体，她都逐渐熟悉了它们的形状、密度、重量和热度。母亲带她熟悉房子，她跟在母亲身后，感觉着她的双手和手臂。她让自己学着模仿，重复每个动作，甚至学会了编织和缝纫。"

但是，毋庸置疑，她与别人交流的机会其实非常有限。她的生理缺陷所带来的心理影响很快就显现了出来。人们对不能靠讲道理来说服的人，只能用强制手段来控制，而她又是有生理缺陷的人，如果不是得到及时而意外的帮助，那她一定会让她陷入比被残杀的野兽更悲惨的境地。

"庆幸的是，这时候，我听说了这孩子的故事，然后马上赶到汉诺威去见她。她当时身材标致、个性坚强、活力十足，看起来非常健康。她的父母很快就答应让她来波士顿。1837 年 10 月 4 日，他们带她来到了这里。

"刚开始的时候，她非常茫然，但两周之后，她就逐渐熟悉了她的新家，跟新朋友的相处也更加融洽。这时，他们开始让她学习认识各种符号，这样她就能与别人交流想法了。

"当时有两种学习方式：一种是根据她自己熟悉的语言创建语言符号，另一种则是教她普遍通行的语言符号，也就是说，让她认识每一种物体的符号，或者让她学习一种语言，让她自己能够表达出任何存在的事物来。前一种方法可能会很容易实施，但收效不会很好，而后一种方法虽然看起来很难，但如果真的施行起来会很有效。于是，我决定采用后一种方法。

"很快，我们就开始试验了。我们用的都是日常用品，如刀叉、勺子、钥匙等，在每一件物品上都贴着凸出字母的标签。她仔细感受着这些标签，很快，她就辨识出了勺子和钥匙，因为这两种物品的字母完全不同，就跟这两种物品本身的形状也不相同一样。

"然后，印着同样字母的标签也被放进了她的手中，她很快就发现，这些跟刚刚那些物品上贴的标签相似。她将'钥匙'的标签放在钥匙上，而把'勺子'的标签放在了勺子上。这时，她得到的奖赏就是头上被轻轻拍打了一下。

"同样的试验在不断重复，所有她能触碰的物品，她很快就学会了将正确的标签放到上面。这种试验显然只是测试模仿和记忆能力的。她回想起'书'的标签是放在了书上的，因此她重复了这个过程，第一次是模仿，第二次是记忆，这样做的动机是希望得到奖励，但显然，对这些东西之间的关联性，她还没有理性的感知力。

"过了一段时间，我们收起了标签，送到她手里的是写着一个个字母的卡片。这些字母按顺序排好，排成如'书''钥匙'等物品的单词，然后这些字母全都被打乱，让她自己去学着排列'书''钥匙'等单词，而她也学会了。

"到此时为止，这些过程都是很机械的，虽然取得了成功，但这就像是在教一条聪明的狗玩杂技一样。这个孩子沉默而耐心地模仿着她的老师的动作，收到的效果令人惊讶地好。这时候，智慧之光终于眷顾了她，她的头脑也开始运转起来了：她想到了一种办法，将自己的思想拼成各种符号，展示给其他人看，立刻，她的脸上泛起了人性的光辉，她不再是一只只会模仿的狗或鹦鹉，她的灵魂获得了不朽，她渴望着控制能与其他灵魂交流的枢纽！这一刻几乎在我头脑中定格，当真理的曙光出现在她的头脑中，并照耀到她的脸庞时，我明白，最大的障碍已经克服了，此后，只要有耐心，有毅力，只要坦诚以待，勇往直前，成效就会越来越好。

"现在看来，这些成果的取得似乎轻而易举，但事实并非如此。

曾经，我们所付出的努力都打了水漂，在经过多个星期的努力之后，才开始收到成效。

"如前所述，我们创造了一种符号，用来说明她的老师所做的动作，她感觉着这些动作，然后模仿。

"接下来要做的就是制作一些金属符号，将字母表上的各字母刻在这些符号的一端；还需要一些木板，上面有很多方形的洞，而这些洞刚好要能够放进那些金属制作的字母模型，这样她才能感觉到那一端的字母。

"然后，我们交给她一件物品，如铅笔、手表等，她则要选出恰当的字母，在自己的木板上排列好，愉快地阅读它们。

"用这种方式训练了她数周之后，她的词汇量开始增加；接下来的重要步骤就是要教她用手势来表达不同的字母，而不是用那些模板和字母符号等累赘的物品。她很快就接受了这种方式，并且也很快就学会了。在老师的教导下，她的智力也得以开发，而且她的进步也非常迅速。

"这个过程开始之后的第三个月，她的成绩报告单出来了。报告单显示：'她已经学会了手势字母，就像聋哑人用的手语一样。'报告给予了她肯定的评价，对她付出的努力取得了如此神速的进步表示了惊叹。然而，她仍然在继续进步。她的老师给了她一件新物品——一支铅笔。老师首先让她触摸这支铅笔，让她了解它的用途，然后教她怎样自己用手指来拼写这个单词。这孩子握住了老师的手，感觉着她的手指变化，因为这次是在教她新的东西。她将头轻轻转过去，好像在认真聆听一样，张开双唇，她似乎无法呼吸。她脸上的神情起初还很紧张，但渐渐地就变成了一个微笑，因为她明白了这次要学习的内容。然后，她举起自己的手指，拼出了这个单词，最后，为了确定自己拼写正确，她就将已经拼成的符号放在了铅笔旁边。

"接下来这一年她过得很愉快，她热切地学习着所触碰到的物品的名称，对手势字母的运用也更加熟练自如，而且大家都非常关心她的健康状况。

"这一年结束的时候，她的成绩报告单也出来了，这里对这份报告做以下简述。

"毫无疑问，她看不到光，也听不到声音，更闻不到气味，如果她还算有嗅觉的话。因此她的思想是黑暗的、沉寂的，就像午夜时分封闭的坟茔一样。美好的景色、好听的声音、好闻的气味都是什么样，她毫无概念；尽管如此，她过得像一只小鸟或小羊一样怡然自得；她用头脑去获取新的知识、新的思想，这给她带来无尽的快乐，这种快乐也体现在她的神情上。她似乎从不抱怨，而是尽情享受孩子应该得到的欢乐和愉快。她喜欢娱乐和嬉闹，跟其他孩子一起玩的时候，她发出的笑声是孩子群中最大声的。

"独处的时候，只要能够缝纫或编织，她就会变得很快乐，会一直忙碌好几个小时；如果没有活儿干，她就会想象与别人聊天的场景自娱自乐，或者回忆往事，或者数自己的手指，或是用手语拼写近期学过的物品名称。这时候，她似乎很理智，会思考、辩论。如果她的右手拼写错了单词，她就会用左手敲打右手，就像她的老师做的一样，露出不满意的神情；如果拼写对了，她就会拍一拍自己的头，看上去非常开心。有时候，她故意用左手拼错单词，很淘气地大笑起来，然后用右手敲打左手，像是要纠正错误一样。

"这一年里，她对盲人手语的使用越来越灵活。她很熟练很快速地拼写出她所知道的单词和句子，只有熟悉这种手语的人才能跟得上她的手指的动作，明白她所想表达的意思。

"但是，她能迅速用手指表达自己的思想本就够令人惊讶的了，更令人称奇的是，她经常能准确而轻易地读出别人写下的词汇。她抓住他们的手，感受他们手指的每一个动作，而这些动作的含义也一点点地进入她的脑海。她和她的盲人朋友们就是用这种方法交流的。没有比他们之间的交流更能揭示事物的本来面目的了。因为如果两位哑剧演员通过身体动作和面部表情来表达自己的思想和感情需要非凡的天赋和技巧的话，那他们两个都看不见的人交流该多么困难啊，而且她还听不见。

"劳拉经过过道时，只要伸出双手，就能马上识别出遇见的是什么人，并且会向他们打招呼示意。如果经过身边的是与她同龄的女孩，正好是她所喜欢的朋友，她就会朝对方露出一个灿烂的微笑，伸开双臂拥抱对方，握住她的手，用纤细的手指快速地传递想说的话，交流她们的思想和情感。她们彼此提问，彼此回答，交流快乐和伤心的事情；她们亲吻然后道别，像所有正常的孩子一样。

"这一年，在她离家六个月之后，她母亲过来看她。她们之间的会面很有趣。

"她母亲独自站了一会儿，目不转睛地看着自己不幸的孩子，而孩子全然不知母亲的存在，自己在房间里玩耍。不久，劳拉撞到了母亲，并立刻触碰了她的双手，触碰了她的裙子，试图弄明白是不是认识这个人。然而她没有认出来，于是转身离开，就像撞到的是一个陌生人一样。可怜的母亲发现自己最爱的孩子居然认不出她来，深受打击。

"然后，母亲给了劳拉一串在家时经常戴的珠子。很快，劳拉就辨认出来了，于是她很开心地将珠子戴好，并急忙找到我，跟我说，她知道，这串珠子是她家里的。

"这时，母亲试图去拥抱她，却遭到了劳拉的抵抗，因为她更喜欢与自己的同伴们在一起。

"这时，另一样家里的物品被递到了劳拉的手里，她也更加感兴趣了。她仔细地辨认着'陌生人'，并告诉我，她知道这个人来自汉诺威。她甚至接受了'陌生人'的拥抱，但是一旦有任何风吹草动，她就会平静地离开她。母亲实在忍受不了了，因为尽管她也意识到女儿可能认不出她来，但这种被最爱的孩子冷漠对待的现实，实在是母亲所无法忍受的。

"过了一会儿，母亲再次拥抱了劳拉。劳拉这时才开始意识到，这个人应该不是陌生人，然后她热切地用双手感受着母亲，脸上露出非常感兴趣的神情，然后她的面色变得苍白，后来又由白转红，希望中夹杂着疑惑和焦虑，两种截然相反的情绪在她脸上相互争锋。在这痛苦的不确定的时刻，母亲将她拉到身旁，热切地亲吻她。马上，劳拉就反应了过来，所有的疑问和焦虑都从她脸上消失，她很幸福地依偎到母亲怀里，享受着母亲的拥抱。

"随后，那串珠子被完全忽略了，她所有的玩具都被扔在了一边，而她的朋友们，她之前还以为母亲是陌生人而跑去跟她们玩，此刻却很难再让她离开母亲。虽然她仍然会听我的指令，跟我离开，但脸上的神情却非常勉强。她靠近我的时候，似乎非常惊慌恐惧，但过了一会儿，我带她去她母亲那里，她就会欢快地扑到母亲怀里。

"随后她们的分别，也同样显示出这孩子的重情、智慧和坚决。

"劳拉一直将母亲送到门口，一路都陪着她，到了门槛处，她停下了脚步，触碰四周，确定周围都有什么人。感觉到她最喜欢的女舍监在另一侧，她就一手抓住舍监的手，另一手握住母亲，颤抖不止。她在那里站了一会儿，然后松开了母亲的手，用手绢擦拭眼睛，转过身去，倒在舍监肩头哭泣。她的母亲对孩子的不舍之情跟孩子对母亲的不舍之情一样深厚。

"以上的报告还提及，她还具有鉴别对方智力高低的能力。对待新来的人，几天之后，她就能够辨别出对方心智的弱点，她就摆出很轻蔑的态度。这种不友善的态度，是在过去一年中所发展起来的。

"她会挑选那些非常聪明，与她交流最好的孩子做朋友；显然，她不喜欢智力不高的孩子，除非她能利用他们达到自己的目的，这种倾向在她的个性中是非常明显的。她利用他们，让他们唯命是从，用一种她很明白不可能用于别人身上的方式，在各个方面显示出她撒克逊人的特色。

"她喜欢看着伙伴们被她所尊敬的老师表扬和拥抱，但这种亲密不宜太过分，不然会引起她的嫉妒。她总是希望任何好事自己都有份，即便不是狮子大开口，也要比其他人更多，如果得不到，她就会说'我妈妈很爱我'。

"她的模仿欲望很强，以至她做出了一些自己完全无法理解的行为，这给她带来了一种全新的快乐。她已经能坐半个小时之久了，手捧着书放在眼前，嘴唇轻动，好像她明白视力好的人是怎样看书的。

"有一天，她假装自己的洋娃娃得病了，于是一直照顾它，并喂它吃药。她小心翼翼地将娃娃抱到床上，在它脚边放了一瓶热水，做的过程一直很开心地大笑。我回家时，她坚持让我去看它，摸摸它的脉搏。我让她在娃娃背上放一颗发疱药，她看起来很惊奇很兴奋，差不多都要高兴地叫出声来了。

"她的集体意识和情感都很强烈。她坐在椅子上做手工活或作业的时候，只要旁边有朋友在，她就会时不时地停下手里的活儿，热切地拥抱和亲吻朋友们。我看着都很感动。

"一个人的时候，她就会自娱自乐，看起来很满足。热爱语言是她的天性，她经常用手指语言自言自语，缓缓地，持续很久。但是，只有独自一人的时候，她才会显出安静的样子来，因为只要感觉到有人在身旁，她就会很闹腾，直到她坐在他们身旁，握住别人的手，用手势语跟他们交流为止。

"她的求知欲很强，并且能够很快掌握事物间的联系，发现这些让我们非常欣慰。在道德品行方面，看到她欢笑不断，享受生活，感受着她深切的爱，毫不动摇的自信，对苦难者的同情，她的责任感，对人坦诚，充满希望，这也是很美好的。"

以上就是从劳拉·布里奇曼简单有趣且有教育意义的经历中摘录的一些片段。写下这故事的人，就是她的恩人和朋友，豪医生。我相信，读过这些故事之后，没有人在听到这个名字时还无动于衷。

自我以上节录的片段发表之后，豪医生还公开了另一份报告。报告记录了第二年她的心智迅速发展成熟的情况，并将她的故事一直记录到去年底。有件事值得注意，我们在梦中说话，在梦中同时与自己以及在梦中出现的想象中的人交流，而她，不会说话，就只能在睡梦中用手语表达。而且可以观察到，当她睡眠受到惊扰或受噩梦困扰的时候，她就会用别人看不懂的手语表达自己的情绪，就像我们正常人在类似的情况下语无伦次一样。

我翻过她的日记，发现她的笔迹非常清晰，有棱有角。她记述所用的语句，不需任何注释，我们也能理解。我说想看看她写字的样子，她身旁的老师就跟她交流起来，请她在一张纸上写下她的名字，写两三次。她写的时候，我留意到，她的右手则握着笔，而她的左手一直压在右手上，并随着右手移动。纸上没有任何提醒她的标记物，但她的字迹很工整，行笔也很流畅。

这时候，她一直都没有察觉有外人来参观，但是一将自己的手放在陪我来的那位先生手中，她很快就在她的老师的手掌上写下了他的名字。确实，现在她的触觉相当灵敏，只要曾跟一个人待在一起过，无论时隔多久，她都能马上辨认出对方。显然，这位老师曾经也陪伴过她，只不过相处的时间不长，而且显然已经很久没有见过她了。我朝她伸出手去，她很快就推开了，就跟她对待其他陌生人的态度一样。但我妻子伸手过去她却非常开心，还亲吻了她，并很好奇地触碰了她的裙子。

跟老师交流的时候，她非常开心，露出一副天真烂漫的神情。她辨认出了一位她最喜欢的女玩伴——这位玩伴也是盲人，她一直很安静，没想到劳拉过来，非常开心，劳拉在她身旁坐下，这场景真美好。我上门拜访的时候，有那么两三次，她弄出了很难听的噪音来。但她的老师按了一下她的嘴唇，她就不再做了，大笑着抱着老师撒娇。

来看她之前，我还去过另一个房间，那里有一群盲男童。他们有的荡秋千，有的攀爬，参加各种运动。我们进去的时候，他们都朝陪我们进来的助教喊道："看看我，哈特先生！求求您了，哈特先生，看看我！"他们大声嚷嚷着。我想，就算在他们这样的处境下，他们也希望有人能欣赏他们的才能。他们之中有一个小家伙一直在笑。他独自站在一旁，自己做着体操玩，不断拉伸着手臂，活动筋骨，乐在其中。他伸出右臂，碰到另一个男孩，看起来非常开心。他就像劳拉·布里奇曼一样，也是又聋又哑又盲的。

豪医生对这名男童最初的受教育表现的记载是令人惊叹的，而且与劳拉有密切的联系，对此我也忍不住要摘录一下。这位男孩名叫奥利弗·卡斯韦尔，他已经十三岁了。在三岁四个月大之前，他的身体各项机能都很健康。但三岁四个月时，他得了猩红热，四周之内，他失去了听力；再过了几周，又失去了视力；六个月内，他就变得不能说话了。刚刚丧失语言能力的时候，他非常焦虑。人们说话的时候，他总会去触碰他们的嘴唇，然后用手抚摸自己的嘴巴，好像是要确认他的嘴巴还在原来的位置上。

"他求知欲很强，"豪医生说，"他一到这里，这一点就体现了出来。他热切地了解着这个新家里他所能感知和闻到的一切东西。例如，他踩到了锅炉的节气门，就会马上蹲下去，用手触碰它，很快，他就发现了上面的金属板与下面的金属板相隔很近，但这还不够，于是他俯下身子，侧过头去，用舌头舔了舔其中一块，然后又舔了舔另一块，并发现它们是两种不同的金属。

"他的动作极富表现力，完全出自本能的表达方式，如笑、哭、叹气、亲吻、拥抱等，这些都表现得非常完美。

"还有一些他发明的动作（完全是由于他模仿的能力所驱使），也很容易理解，如划动双手表示划船，以手画圆表示轮胎等。

"我们的第一个目标，是让他不再使用这些自创的动作，而是用我们通行的肢体语言。

"借鉴训练其他人的经验，我省略了前面某些烦琐的步骤，直接从手指语言开始。因此，我找了一些名称简短的物品，如钥匙、茶碗、酒杯等，并请劳拉做助手。我坐下来，握住他的手，放到其中一个物品上面，然后用我自己的手划出了'钥匙'这个单词。他热切地用双手感觉着我的手。由于我一直在重复拼写，他显然也想模仿我的动作。几分钟内，他便用一只手感觉着我的手的动作，另一只手则试图模仿，成功了之后，他就大笑起来。一旁的劳拉，兴趣也被激发了起来，他们的脸上露出了相似的表情。劳拉脸色涨红，有点儿紧张，她的手指不断触碰着我们的手指，试图模仿每一个动作，但又非常小心，不给我们的动作造成不便。而奥利弗非常用心，他的头稍稍侧着，脸向上昂起，左手抓住我的手，右手则伸了出去。他非常关注我的每一个手指动作，模仿我的动作的时候，他露出了一丝焦急的神情，一旦认为自己能做到，他就会微微笑一下，而如果成功完成了动作，感觉到我轻轻拍了拍他的头，他就会放声大笑。而劳拉则拍着他的后背，高兴得又蹦又跳。

"半个小时内，他就学会了六个以上的字母，并且很为自己的成功而高兴，也很高兴能得到奖励。随后，他的注意力不再那么集中了，于是我开始跟他玩游戏。很明显在刚才的学习过程中，他只是在模仿我的手指动作，他把手放在钥匙、茶杯等物体上，这也是模仿的一个部分，但他还没有弄明白这些动作和物体之间的关系。

"他玩累了，我就把他带到桌子旁，他已经准备好再次开始模仿了。很快他就学会了拼写钥匙、钢笔、别针，而且通过不断地触碰、感知物体，他最终明白了我放在他手上的物体和字母之间的关系。这是显而易见的，因为当我拼写出别针、钢笔或茶杯的单词时，他就会挑选出对应的物品。

"这种感知力并不是伴随着理智而诞生，也不是伴随着快乐而诞生的，就像劳拉领会到这一点时那样。随后，我把所有的物品都放在桌子上，让其他孩子走远了一点儿，让奥利弗自己拼写'钥匙'这个单词，他一这样做，劳拉走过去拿起了钥匙：小男孩看起来被逗乐了，他一直在微笑着关注着。然后，我让他写出'面包'这个单词，劳拉马上给他拿过来一片。他先是闻了闻，将面包送到嘴边，若有所思地仰起头来。他似乎思考了一会儿，然后大笑了起来，好像在说：'啊哈！我现在明白那些东西要怎样理解了。'

"显然，他有学习的能力和欲望，他是一个很棒的学生，只是需要让他专心于学习。因此，我将他交到了一位有责任心的老师手中。毫无疑问，他一定会迅速成长起来的。"

这位先生说孩子领会的时刻是伴随着快乐而来，这是很有道理的。当劳拉黑暗的思想中第一次出现了对未来的渴望之光，这一生中，那一时刻对她来说就是不衰的、绝对的快乐源泉，即便是到了暮年，这个源泉中透出的光芒也一点儿不会减少。

在这里，老师和学生之间的感情已经远远超过平常的关怀和尊敬，因为这种感情的培育基底跟寻常的生活并不一样。老师正在制定方案，怎样传授给劳拉更先进的知识，以及这个宇宙的伟大创建者的一些信息。尽管她生活在黑暗、沉寂的世界中，感觉不到任何芬芳的气味，但她一直都过得非常开心。

你们这些有眼睛却什么也看不到，有耳朵却什么也听不到，你们这些强装出一副悲天悯人的表情，好让别人觉得你们在斋戒的伪君子啊，从这些又聋又哑又盲的人这里学习一下，究竟什么是发自内心的快乐，什么是适度的满足吧！你们这些自命清高的伪君子啊，你们最好还是跟这个既看不见又听不见还不会说话的孩子学习吧，她能教导你们的，值得你们认真学习！让她的双手轻轻放在你们心上，因为她的小手的触碰能够让你们的心伤痊愈，这跟上帝的抚慰有同样的功效。他的规则被你们任意歪曲，他的教导被你们误解，他对全世界的仁慈和同情，得不到你们的共鸣，他每一天都会深入地了解那些堕落罪人的悲惨处境，而你们，除了对他泼冷水，没有做出任何怜悯的行动！

我站起来离开的时候，一个服务人员的非常可爱的孩子跑过来迎接他的父亲。那一刻，我突然发现，这群盲孩子中居然有一个有眼睛的孩子。这个场面让我深感心痛，这种痛苦，就跟两小时前，看到那个走廊中的盲孩子时一样！啊！外面的景色多么明亮、湛蓝、温暖、鲜艳，跟里面那么多年轻生命的黑暗世界相比，是多大的反差！

在南波士顿——大家都这么叫它——有很多慈善机构都在这里，这个地方十分适合它们的创办目的。其中一家是专治精神病患的州立医院。这家医院遵循的正是安慰和仁慈的原则。二十年前，这种原则被认为比异教邪说还坏，而我们英国的汉威尔救济院运用这种原则却很成功。"即使对精神不正常的人，也要表现出对他们有信心，可以信任。"我们经过医院长廊的时候，这里的医生对我们说，他的患者们一直围绕在我们身边，没有受到限制。那些否认或质疑这句话的人，在见过其效果之后，如果依然固执己见，我只能说，但愿自己不要被邀请为鉴定他们精神是否正常的精神病调查委员会的成员，因为仅凭这一个证据，我便能断定，这些人精神不正常。

这间机构的每一个区域都像是一个长廊或大厅，病人的房间分布在两侧。他们在这里工作、阅读、玩九柱戏或其他游戏。如果因天气不好不能去户外活动，他们就一起坐在房间里。其中的一个房间里，在那群女精神病人（黑人白人都有）中间，医生的妻子和另外一位女士，带着几个孩子安静地坐在那里，看起来理所应当的样子。这两位女士长相俊俏，随便瞥一眼就能发现，她们身在这里这件事，对周围的病人们有很有益的影响。

一位将头靠在壁炉架上，举止优雅、风韵犹存的老妇就像玛奇·韦德菲尔①本人。她的残破的华服，头上布满了破网纱、棉絮、碎纸片，还有很多稀奇古怪的小玩意儿，看起来像鸟巢一样乱。

---

① 司各特小说《中洛辛郡的心脏》中的人物，是一个疯女人。小说主人公男扮女装，谎称玛奇·韦德菲尔，指挥民众攻打监狱，事后真正的玛奇·韦德菲尔被传唤时，穿着奇怪的衣服和裙子，戴着奇怪的帽子。

她因为戴着想象中的珠宝而容光焕发，还戴着一副货真价实的金丝边眼镜。我们靠近的时候，她正垂头仔细阅读膝盖上一份油腻腻的旧报纸。我敢说，她正在看关于她自己的在外国宫廷演出的报道。

我耗费笔墨来详细介绍她，是因为她体现了上文那位医生说的让患者获得并保持自信的治疗风格。

"这位，"他大声向我介绍着，握住我的手，十分礼貌地走到这位古怪老妇身边，并没有用令老妇产生怀疑的眼神或是低语，"这位女士就是这所宅子的女主人，先生。这所宅子属于她。任何人都别想打它的主意。您也看得到，这里规模很大，需要很多用人。您看，她的生活条件是多么优渥。能接待我的探访，让我的妻子和家人在这里居住，她真是非常仁慈。因此可以说，我们真是欠了她很多。您看，她多么得体啊。"听到这话，这位老妇十分谦逊地弯了下腰。"请允许我荣幸地向您介绍，夫人，这位先生来自英格兰，经过漫长的旅途刚刚抵达这里，名叫狄更斯；这位是这里的女主人！"

我们十分严肃而恭敬地相互致意，然后便继续参观。其他的疯女人似乎都明白我们上演的这场闹剧（不仅是这一件事，还有其他的事，除了关于她们自己的事），并且以此为乐。后来，我也同样了解了她们的各种病因，我们离开她们的时候都觉得很开心。通过这种方式，不仅建立起了医生和患者之间的信任，让医生了解她们的病情程度，还让医生能够抓住机会，趁她们理性之光绽放的瞬间惊见自己之前活在幻觉中的荒谬可笑。

每天，这家医院的病人们都会用刀叉吃饭，在他们之中还坐着那位绅士，他对待患者的态度上文已有记载。每一餐吃饭的时候，完全只是靠道德作用来抑制病人试图用刀子割断别人喉咙的疯狂念头。这种道德约束的效果是绝对有效的，而且即使作为一种约束手段，也远比由冷漠、偏见和残忍发明的束身衣和脚镣手铐效果更好。

在医院的劳动车间，每个病患都像正常人一样，能自由使用各种职业必备的工具。在花园和农场，病人们用铁锹、耙子和锄头劳作。作为娱乐，他们还会散步、跑步、钓鱼、画画、阅读，乘专门配备的马车外出。他们还有自己的缝纫社，为穷人制作衣服，他们举行集会，通过决议，却从不像我们所知的任何正常人的集会那样动手挥刀，他们用最友善而礼貌的态度参与会议的每一个进程。这些工作也消耗了他们本会发泄在身体、衣服、家具上的易怒脾气。他们的生活怡然自得，平安健康。

他们每周都会举行一次舞会，医生及其家人，以及所有的护士、助理都会热情参与。钢琴上轮流演奏着舞曲和进行曲。不时有某位先生或女士（他们在这方面的造诣早已为人所知）会应大家的邀请而上台唱歌。从来没有人发挥失常，使歌唱变为尖声嚎叫。身在其中，我必须承认，我原本以为这种场面会很惊悚。很早的时候，他们就为这场舞会做准备，八点的时候所有茶点都已经备好，九点，舞会结束。

整场舞会中，大家都彬彬有礼，谈吐优雅。他们都在模仿医生，医生则在聚会中扮演了切斯特菲尔德①的角色。就跟其他的聚会

---

① 英国贵族、政治家、外资家。他从儿子幼年时便给儿子写信，将自己的人生经验和处世之道教授给儿子，其中就包括交际、仪表、礼仪方面的建议。

一样，这种舞会也会变成女士们一段时间的热议话题；而男士们则抓紧这个机会来表现自己，他们经常被发现在悄悄练习自己的独特舞步，以备在舞会上引人注目。

显然，这样做的一大好处便是教育和鼓励这些不幸的人，要争取自尊，懂得自爱。南波士顿的所有慈善机构秉持的都是这种理念。

这里有"劳工所"，该部门的一个分支机构，致力于接纳那些老无所依和无家可归的贫民。该机构的墙上有这样的话："请谨记：克己、安宁与和平，即上帝的恩赐。"这儿没有理所当然地认为，进入这里的人都是毫无道德观念的坏蛋，必须用恫吓和强制来约束他们。他们进门时遇到的只是这句温和的规劝。房里的一切简单质朴（也理应如此），却透着和平和安乐的氛围。这里不需要特别的安排，却显示出了对来这里寻求庇护的人的体贴和关怀。这里立刻唤起了那些人的感恩之心，让他们也变得举止得体起来。这里的人并没有居住在又大又长又拥挤的难民房间里。在难民房间里，凋敝的生命百无聊赖地生活着，他们意志消沉，痛苦而憔悴，整天战栗不安。而这栋建筑物则被分隔成了许多独立的房间，每一间都光线充足，空气新鲜。这里的生活环境要好得多。他们也希望能拥有舒适宜人的小房间，这样，他们就有了努力的目标，从而获得尊严。

除了干净整洁，我实在找不到别的词汇来形容这里的房间。有的窗台上摆着一两盆植物，有的书架上摆放着一排陶器，有的洁白的墙面上挂着彩色的画，也许门背后还挂着一面木钟。

孤儿和小孩子们住在这栋房子旁边的另一栋房子里，也是这个机构的一个组成部分。这里有些小孩子还是幼童，因此楼梯都是按"小人国"的尺寸设计的，正适合他们爬上爬下。这里的座位也是为幼童特别设计的，看起来非常奇特，就像是穷人的玩具娃娃屋里的摆设一样。我可以想象，我们的济贫委员会成员们看到这些椅子设置了扶手和靠背，一定会觉得好笑的。但考虑到儿童幼嫩的背椎远在他们在萨默塞特宫①的办公室开始济贫工作之前很久就存在了，我觉得这种设备是仁慈友善的。

还是在这里，我很高兴看到墙上张贴的题字，都是很浅显的话，很容易记，也容易理解，如"彼此相爱""上帝记得他所创造的哪怕最小的生物"，等等。这些小学者的书籍和功课也都按他们的年龄和智力水平进行了区分。我们看过了他们的功课后，四个小女孩（其中有一个盲童）在唱一首欢乐的五月的歌，但我认为（我觉得非常凄凉），这首歌所唱的季节更像是英格兰的十一月。听完了歌，我们去楼上参观他们的卧室。这里的陈设布置跟楼下一样精致。我们还见过了这里的老师，他们的气质和个性都很符合这个职位。离开这里的时候，我的心情比离开穷苦的孩子们的心情更舒畅。

劳工所旁边还有一家医院，这里秩序井然，而且还有很多空床位，这一点让我很高兴。但是，这里就跟美国国内的其他机构一样，有一个缺陷：那讨厌的火炉，它吞云吐雾，火光炽热，污染了这蓝天下清新纯净的空气，令人深感厌恶。

附近还有两个专为男孩设置的机构。其中一家叫作"博伊尔

<hr>

① 位于伦敦河滨街，是英国许多重要组织的总部所在地。

斯顿学校"，是专门收留那些无家可归且没有犯过罪的孤男童的。若没有及时从街头被送到这里，他们很可能会走上犯罪的不归路。另一家则是"青少年罪犯感化院"。他们都住在同一栋大楼里，但这两个地方的孩子没有相互的交流。

博伊尔斯顿学校的孩子们，正如我想象的那样，穿着打扮比其他机构的好得多。我去看他们的时候，他们正在教室里上课。我们向他们提问，类似英格兰在哪儿，距美国有多远，全国有多少人，英国的首都及政府形式等等问题，他们不看书也能回答上来。他们唱的歌是关于农民播种的，唱的时候还会做相应的动作，如"他播下种子""他转过身来""他拍着双手"，这给他们带来了极大的乐趣，也让他们适应了整齐划一的集体活动。他们看起来教养良好，吃的也应该不差，因为我再没有见过比他们更壮实、更胖的孩子了。

在青少年罪犯感化院里，大部分的孩子看起来并不那么愉快。在这个机构里，有很多有色人种的孩子。我第一次见到他们的时候，他们已经下课了，正在劳作（做篮子和棕榈叶帽子），还在唱一首歌颂自由的合唱曲。也许有人会认为，这样的歌曲对囚犯来说太过沉重，唱起来也很令人难受。这些孩子被分为四个班，每个人手臂上都戴着徽章，写着各自的数字编号。一旦有新人加入，这位新人就会加入第四个班也就是最低的班，他必须要通过出色的表现，才能进入第一班。这个机构的设置意图是要通过坚定、明智而善意的态度去对待青少年罪犯，使他们改过自新；让囚禁的监狱变成净化和改造的场所，而不让他们走向堕落和腐化；让他们相信，他们唯一的出路就是保持清醒的头脑，努力劳作，这样他们才能收获幸福；教导他们，如果他们不那样改造，他们的道路会变得多么艰难；如果他们偏离了方向，他们就会重新堕落下去：简而言之，就是救助他们，使他们不再继续沉沦，让他们自己悔过，成为社会的可用之才。无论从哪个方面来看，这种机构的重要性都与人性关怀和社会政策息息相关，这是毋庸置疑的。

最后，还要提到一个机构，就是州立惩戒所。这里对保持肃静有严格的要求，不过这里的囚犯们可以彼此见面，一起劳作，这能让他们过得更轻松自在。这是我们曾引入英国并行之有效好多年的监狱纪律的改良办法。

作为一个新兴的国度，而且人口也还不是很多，美国的监狱有一个很大的优势，即总能为囚犯们找到赚钱的工作。然而，我们英国却对监狱劳工怀有极深的偏见，这种偏见几乎是无法克服的。也难怪，英国的失业率很高，就算是不犯法的老实人，也都会有找不到工作的时候。而在美国，囚犯和自由公民在工作的竞争中，后者常常处于劣势，所以这种竞争已经遭到不少人的反对，这一部分人的数目在近年是不会减少的。

但正因为如此，乍看上去英国最好的监狱似乎比美国的要好很多：监狱里，踩磨坊①无声无息地进行着，五百名囚犯人不声不响地拣麻絮；这两种工作都有人严格监管，囚徒们不可能私下聊天。相反，织布机、锻造炉、木工的锤子、石匠的锯子等发出的

_____

① treadmill，字面意思为踩磨坊，是现代跑步机的前身，在19世纪是英国监狱中的刑具，犯人用力踩动辐条，以带动巨大的桨轮，用以抽水、粉碎谷物或运转磨坊。

噪音却能掩盖人们交谈的声音——这种交谈很简短，而且急匆匆的，但也算是创造了交谈的机会——也只有这几种工作，才能让犯人们靠近彼此，肩并肩地站在一起，彼此之间没有任何阻隔和障碍。如果一个参观者看到一群人在做着他在户外常见的普通劳动，又看到同样的一群人，在同样的地方，穿着同样的衣服，做的都是普遍被认为是重型犯在监狱里才做的卑贱工作，那他得经过一番思索，才能使前一种景象带过他的印象，有后一种情形一半那样强烈。但在美国的州立监狱或惩戒所，我发现很难让自己立刻就相信这是在号称是惩罚之所的监狱：犯人应该过着非人待遇的生活，必须让他们感到痛苦。此时，我很疑惑，我们英国引以为自豪的人道，是否是建立在真正的智慧和哲学之上的。

我希望我没有被误解对这一点兴趣浓厚。我不喜欢那种病态的想法，即让臭名昭著的罪犯的虚假谎言和惺惺作态的言论成为媒体报道的主题，引起广泛的同情，就像我也不喜欢过去"美好时代"在刑法典和监狱制度方面的旧制度，让英格兰哪怕就是直到不久的乔治三世时代的，还是最血腥、最野蛮的国度。如果我觉得对年轻一代有好处的话，我会对它挖掘了上流社会那些衣冠禽兽（社会等级越高，我越觉得高兴）的尸骨表示由衷的赞同。那些尸骨残骸曝光，后遭粉碎，被扔到任何路标、门口或绞架旁，以及能起威慑作用的任何地方。我敢肯定，这些所谓的贵族绅士其实是堕落放荡、一文不值的废物，那个"美好时代"的法律和监狱使他们对犯罪习以为常，而他们能逃脱法律和监禁的制裁，全靠监狱看守的帮忙。那些看守在那个"美好时代"也是身处高位的恶棍，一直是他们的帮凶。与此同时，我知道，正如所有人都应该知道的那样，惩戒监狱在任何社会都是非常重要的。美国的监狱在经历了大规模的改善之后，成为其他国家的榜样，显示出了统治者过人的智慧、无限的仁慈和政策的伟大之处。我将美国监狱体系的成效与英国效仿美国的成效做了个对比。尽管我们的体系缺陷很多，但也有其独到的优点。

引起我上面这些议论的惩戒所跟其他监狱不一样，没有围墙，但有一道高高的栅栏，就像是关大象用的围栏一样，就像我们在东方的报刊照片上看到的那样。囚犯们穿着杂色的衣服，被判从事打制钉子或切割岩石这样的重体力活。我到那儿的时候，最后一组囚犯正在加工即将在波士顿建成的新海关办公楼所需的石料。他们的手法很熟练，动作很迅速，尽管其中很少有人（如果有的话）不是在高墙之内才学会这项技术的。

女囚犯们都在一个大房间里，忙着为新奥尔良和南方各州做轻便的服装。她们像男人们一样沉默着劳作，也像他们一样受雇主或雇主的代理人所监管。除此之外，监狱管理人员也会不时来这里查看。

做饭洗衣之类的工作安排，和我在国内看到的差不多。囚犯们的夜间休息模式（已经得到普遍接受）跟我们的不一样，却简单有效。宿舍建在中间地势较高的地方，四面的墙上都有窗户，有五层关押囚犯的房间，一层比一层高，每一层前边都有一排铁铸的轻便走廊，通过同样材质焊接的楼梯可以上去，只有第一层没有，因为是在地面上。与它们背靠背，面朝对面围墙的，还有五层楼房，也可以通过楼梯上去。想象一下：囚犯们都被关在房间里，一位监管站在地上，背对着墙，那他马上就能看到半数的囚犯的情况，再派一位监管来站在对面那堵墙边，这样另一半的囚犯的情况他也能看到了。除非看守渎职或在岗值班时打瞌睡，不然犯人是不可能逃得掉的，因为就算他能悄无声息地撬开牢房的门（这显然是不可能的），只要他逃出了牢房，进入了走廊，下面的监管就一定能发现。每个房间里都有一张滑轮床，囚犯们就睡在上面。除此之外，房间里再没别的摆设。当然，这房间很小，而且门也不是实心的，有隔栅，没有窗帘，这样方便监管们任何时间过来查看囚犯们的情况。每天，囚犯们都要通过厨房墙壁的活动板门去领取饭食，每个人都必须带着饭去自己的房间吃。为了防止囚犯们企图逃跑，他们被单独锁在房间里，规定用餐的时间为一小时。这整套制度都让我感到震惊，真希望英格兰的监狱也采取同样的计划来管理。

我曾以为，这所监狱里不会有刀剑、火枪甚至棍棒，但这是不可能的。这种良好的管理状态要持续下去，任何武器，无论是防御性还是攻击性的，都是必备的。

南波士顿的这些机构就是这样的！所有这些机构中，该州所有不幸和堕落的居民都在这里认真履行着对上帝和人类的职责，他们已经过上了在他们这种境况下最舒适而幸福的生活，无论他们多么贫困，境况有多么不堪，他们仍然是伟大的人类社会的一员；他们被强劲的心所控制，而不是强劲的手（尽管这种控制力度很薄弱）。为了记述他们的状况，我颇费了一番笔墨。之所以这样做，其一是因为他们值得；其二则是因为我想要将他们当作范例，以告诉我们国家管理这些机构的人，虽然我们和他们的意图是一样的，但我们没有成功实施，有的看起来确实实施了，但效果相差甚远，这样才达到了我说这些的目的。

我希望通过这样的记述——虽然记述并不够完善，但是我的目的是很明确而坦率的——向我的读者完全传达出我对看到的情况的满意程度。

我认为，对习惯了威斯敏斯特大厅的英国人而言，美国的法庭是很奇怪的，这就跟美国人对英国法庭的看法是一样的。除了华盛顿的最高法院（法官们穿黑色制服）之外，没有哪里的法院规定正义的宣判者要穿制服、戴假发。辩护律师同时也是法律代理人（在这里，这两者不像在英国那样被区分开），与他们的代理人之间的距离很近，就像我们破产债务人救济法院中的法律代理人们和代理人之间没有距离一样。陪审团成员都很自在，并且在环境许可的情况下自得其乐。证人所在的位置并不比法庭的旁听人员高出来，或者和他们隔开，因此一个休庭时间闯进来的陌生人很难在旁听人群中区分出他来。如果他闯进的是刑事法庭，那他的眼睛十有八九会在被告席上搜索犯人的身影，但结果却是徒劳，因为犯人可能正悠闲自得地坐在尊贵的法律顾问席间，低声与辩护律师耳语，或正用刀子削旧鹅毛笔做牙签。

参观波士顿的法庭时，我不得不注意到一些与英国的不同之处。看到辩护律师庭审中询问目击证人时是坐着的，我很惊讶。但我还发现他同时还在记录着问答，这时才想起来他只是一个人，没有"书记员"陪同帮忙。我立刻安慰自己说，这里的诉讼没有英国那么昂贵，去掉我们认为必要的烦琐礼节，这无疑有利于减少诉讼开支。

美国的每一个法庭中，旁听的人都有宽敞舒适的席位。每一个公共机构的活动，只要感兴趣，所有公民都有权力参加，这已经得到了普遍的认可。没有哪个讨厌的看门人会因为人们交了六便士的钱才冷漠而礼貌地请人进去。我相信，法庭中也不会有任何傲慢无礼的官员。这个国家不是展览馆，而政府工作人员也不是演员。近些年来，我们英国才开始模仿这个范例。我希望我们能继续这样做下去，持之以恒，甚至最终将最顽固的教长和全体教士也转变过来。

民事法庭中，一个因铁路事故造成的持续损害的案子正在审理中。目击证人刚刚经过了问询，律师正在向陪审团发言。这位有学识的绅士（就跟他的英国同行们一样）演讲冗长累赘，一直在重复说同样的事，主旨就是"那个火车司机沃伦"，犯下了他所述的每一条罪过。我在那里听了十五分钟。辩论结束之后，我走出法庭休息，对这个案件的真相没有得到一点启发，我感觉像是又回到了英国。

在犯人牢房里，有一个男孩因被控盗窃正在等候法官审讯。这孩子不会被送往普通的监牢，而是将被送往南波士顿的一间收容所。在那里，他将学会一种本领，然后他会成为某个很有名望的师傅的学徒。因此，这样他就不会在犯罪的道路上越陷越深，更不会不明不白地死去，而是会被人们用合情理的行动从堕落中拯救出来，成为对社会有价值的人。

我绝不会对我们法律的庄重仪式产生完全的敬意，因为我们的大部分法律仪式都让我觉得荒谬。这话听起来有些奇怪，在某种程度上，制服和假发维护了法律的严肃性——穿戴上这些，就可以不考虑个人所应承担的责任——这让那些经常进入法庭的真相辩护者们举止无礼，出言不逊，恶意颠倒真相。这种行为在我们的法庭是很常见的。而且，我还质疑，在摆脱旧体系的荒谬和弊端方面，美国是否陷入了另一个极端。尤其是在波士顿这样的小城市里，人们彼此都非常熟悉，日常生活中的亲切问候与司法部门的严谨格局是不相吻合的，人们是否应该将司法部门用人为的障碍包围起来？执法所需的一切条件，像法官们高尚的品格和超强的能力——不仅在这里是这样，在其他地方也是这样——这里都有，而且是理所应当的。但审判案件还需要点儿别的东西，这并不是为了让知识广博、思想深沉的法官给人留下深刻的印象，而是为了警告那些无知和粗心之人，包括某些囚犯和许多证人。当然，这些机构是以法律制定者们必会遵守法律的原则而设置的。但是，实践却证明，这个愿望是靠不住的，因为，在美国，没有人比美国法官更清楚，在很多使大众兴奋的场合下，法律是无能为力的，那时法律也不能维护自己的权威地位。

波士顿的社交圈是礼貌、谦恭和良好教养的完美统一体。女士们毫无疑问是非常漂亮的——在外貌上，但我只能说到这里了。她们的受教育程度与我国女士相当，既不更好也不更差。我听过很多关于这方面的不可思议的传闻，但我并不太相信其真实性，因此见到实情也并不失望。波士顿有很多有学问的女士，但就像其他地区穿同样衣服、同样性别的学者一样，她们只是希望自己看上去优秀，而不在乎实际上是不是优秀。福音教派的女士这里也有，她们对宗教仪式的依赖和对戏剧娱乐的厌恶，都很出名。热衷参加演讲的女士在各个阶层、各种情况下都能找到。像波士顿这样的城市的生活里，布道坛有深厚的影响力。在新英格兰的布道坛上（除了那些一神论派牧师），人们会因进行无害而合理的娱乐活动而受到谴责。教堂、附属教堂、布道堂等才是得到兴奋的唯一场所，女士们蜂拥而至。

无论在哪儿，宗教就像是烈酒一样，帮助人们逃避沉闷乏味的生活，布道最激动的牧师一定是最受欢迎的。那些在永生之道上撒硫黄最多，随意践踏路边的花草最无情的人，被认为是最有正义感的；将天堂视作高不可攀的目标的人，被认为是确定能够到达那里的虔诚信徒。但是我们很难解释这种结论是怎么得出来的。在英国是这样，在国外也是这样。与其他激励的手段相比，布道至少是新鲜的。一个布道紧跟着另一个布道，但人们记住的却很少。这个月的话题在下个月还是会继续，人们仍然还觉得它很新颖，还会很感兴趣。

地上的果实都是在腐物中成熟的。在这些枯枝败叶之中，波士顿出现了一系列先验论哲学家。探寻这个名字的含义时，我发现，任何无法理解的东西都肯定是符合先验论的。得到这个结论后，我还不满足。我继续探寻，发现那些先验论者都是我的朋友卡莱尔先生的信徒，或者更确切地说，是他的信徒之一——拉尔夫·瓦尔多·爱默生的信徒。这位大师写了很多散文，很多内容都是空幻缥缈的（请一定原谅我这样评价），还有更多实际的、冷静的、坦率的、果断的内容。先验论主义偶尔也有奇怪的表现形式（哪种学派没有呢？），但尽管如此，它还是有其积极的一面：它的信徒们从不说令人反感的黑话，也不挖空心思从各个方面验证理论的长久性。因此，如果我是波士顿人的话，我应该也会是一个先验论者。

在波士顿，我认识的唯一一位牧师就是泰勒先生。他的布道是专门为海员而做的，因为他自己曾经就做过水手。他的小教堂位于一条窄小、陈旧、靠水边的小街道上，一面灰蓝色的旗帜在教堂的屋顶随风飞扬。布道坛对面的长廊里，有一个小唱诗班，由男男女女的歌手加一把大提琴、一把小提琴组成。牧师已经在阶梯上的布道坛上坐好了，身后装饰着造型夸张的彩绘织物，看上去惟妙惟肖，形态逼真。他看起来棱角刚硬、饱经风霜，大约五十六到五十八岁的样子，脸上的皱纹很深，头发漆黑，目光敏锐而深沉。但从整体来看，他的模样还是令人感到愉快而舒适的。仪式是从赞美诗开始的，随后是未经准备的祈祷。不断地重复说过的内容是这类祈祷者经常犯的错误，但这些祈祷都很平白易懂，充分表达了祈祷者的同情和慈悲，对上帝的祷告本应如此，但并不太常见。结束之后，牧师开始布道，他从《雅歌》中摘录了一段作为布道的题目。仪式开始之前，教会的一名成员就已经将它放在布道坛上了，歌词是这样的："谁，倚在爱人的臂膀上，从荒野走来？"

他用各种方式操控着他的题目，将它变成各种形式。他布道时侃侃而谈，将所要表达的含义以深入浅出的方式讲述出来，让听众们都能听懂。如果我没有理解错的话，是为了让他们理解他的话，激起他们的同情心，他才煞费苦心地准备了这些内容。他所用的意象全部都是大海上的事物，都源自海员的生活，非常精彩。他经常跟他们提起"那位享有盛名的纳尔逊勋爵"，跟他们说科林伍德①。他切入和转换话题的时候从不是"突然急转"的，而是有目的性地、很自然地切换过去，并且效果非常好。有时候，他说得太过兴奋，举止就变得很奇怪——就像是约翰·班扬②和伯利的巴尔弗③的结合体——他将四开大的《圣经》夹在腋下，在布道坛上不断地快速走来走去，同时，眼睛一直注视着布道坛下面的听众。当他对第一次听布道的听众发挥他的主题，并向他们描绘教会得知他们自行集会时的惊讶时，他会像我之前所描述的那样，将《圣经》夹在腋下，停顿一下，然后用如下的话继续布道：

"这些人是谁——他们是谁——这些同伴是谁？他们从哪儿来，又要往哪儿去？从哪儿来？——有人知道吗？"他身体前倾，探出布道坛，用右手指着下方，"从下面来！"然后，他又站直了身体，看着面前的水手们，"从下面来，兄弟们。来自罪恶的船舱下面，恶魔从你们上面封住了舱口。你们就是从那儿来的！"他在布道坛上来回走了一次，"那你们要去哪儿呢？"他突然站住，"你们要去哪儿呢？去上面！"他轻轻地向上一指，"去上面！"然后提高了声调，"上面！"更大声地喊道，"那就是你们要去的地方——伴着和风——风帆已经调整好了，直接向神圣的天堂出发。那里没有风暴，没有糟糕的天气，邪恶不再作乱，疲惫的

---

① 英国海军将领，特拉法尔加战役中任纳尔逊的副手，纳尔逊阵亡后继任总指挥。

② 英国作家、布道家，《天路历程》的作者，以布道时有力动人著称。

③ 司各特小说《清教徒》中的人物。小说中有个情节，巴尔弗一手拿《圣经》，一手持剑和虚空中的敌人搏斗，样子古怪。

灵魂也得到了安息。"说着，他又来回走了一次，"那就是你们要去的地方，朋友们。就是它，就是那里，就是那个港口，就是那个避难所。那是一个神圣的海港——那里也有水，也有风向和潮汐变化，去海岸的时候不必冒着触礁的危险，不用松开缆绳冲进海浪中，一切都是安全、安宁而平静的——平静——一切都是平静的！"他又来回踱步了一次，轻轻拍着左腋下的《圣经》，"什么！这些同伴都来自荒郊野外，是吗？是的，从颓废凄凉的邪恶荒郊走来，那里的唯一作物就是死亡。那他们有倚靠吗——这些可怜的海员难道没有倚靠？"说着，他轻轻敲打了三次《圣经》，"噢，是的，是的。他们倚靠的是爱人的臂膀。"他拍了三次《圣经》，"倚靠在爱人的臂膀上。"他又拍了三次《圣经》，再次来回踱步一次，"引航员、指路的明星和指南针，三者合一，对所有人都这样——就在这儿。"他又拍了三次《圣经》，"就是这样。他们能很果敢地履行水手的职责，就算身处险境，他们也能自如应对，只要有这个——"又拍了两次《圣经》，"他们也可以，就算是这些可怜的家伙也可以，倚靠他们所爱之物的臂膀，从荒野走来，一直往上，往上，往上走！"每重复一次，他的手就举高一点儿，最后，他站了起来，手高高举过头顶。他用一种奇特的眼神全神贯注地盯着听众，同时非常陶醉地将书压在胸膛上，然后他逐渐平静下来，开始说另一个主题。

我之所以记述这些，是为了说明这位牧师的奇特之处，而不是来表扬他的优点，但结合他的神情和举止，以及他的听众们的个性来说，即便奇怪，但也是引人注意的。然而，我对他的好印象还是非常深刻的，其一是由于他让他的听众们明白，宗教仪式和让人觉得风趣的举止并不相冲突，并让他们暂时放下了自己的职责，而他们平常履行的这种职责是时时刻刻在鞭打他们的；其二则是因为他警告听众们不要独享天堂。以前，我从未听到过任何牧师将这两者明智地结合在一起过（如果我确实听到有人将这两者结合在一起过的话）。

在波士顿的时光过得很快，我一直都在关心这些，试图融入这个社会，并为之后的旅程做准备，我认为没有必要把这一章再延长下去了。因此，一直没有提及的社交礼仪方面的内容，我在这里只能做个简单的记述。

通常，正餐时间是下午两点，晚宴是下午五点。晚宴时间极少超过十一点，因此即便是大型的舞会，人们也能在午夜时分到家。我没发现波士顿的宴会和伦敦的宴会有什么不同，除了波士顿的舞会时长安排更合情，而且他们的交流也更大声，更令人感到开心。客人总会去顶层存大衣，餐桌上总有家禽肉，而且每次晚饭时至少都有两大碗热腾腾的炖牡蛎，每个碗大得都足以轻易淹死未长大的克拉伦斯公爵①。

波士顿有两家剧院，规模很大，装潢也很华丽，唯一美中不足的是很少有人光顾。没有哪个经常光顾的女士将坐在包厢前排当成特权。

酒吧是个铺砌着石地板的大房间，里面的人整晚都站在那儿抽烟，闲逛，想来就来，想走就走。陌生人很快就会被杜松子酒、

---

① 英国贵族，因反对爱德华四世被判死罪。据传允许他自择死法，他选择淹死在葡萄酒桶里。

鸡尾酒、桑加里酒、薄荷朱利酒、雪利酒和其他各种少见的饮料吸引着迷。屋子里有很多寄宿者，已婚和未婚的都有，他们很多人就睡在酒吧里，膳食和住宿费每周结一次账。人们的早、中、晚饭都是在一间豪华的大厅里吃的，他们的食物都被放在这大厅里的一张公用桌子上。前来用餐的食客少则一百人，多则两百甚至更多。每次开饭时酒吧就会敲锣，这锣声震耳欲聋，房间的窗玻璃都会随之震动，让初来乍到的外人心惊肉跳。给女士准备的是一套膳食，给男士准备的是另一套膳食。

在我们的房间里，桌子中间如果没有一大盘蔓越橘，我们就不会铺上桌布开餐；除非主菜是一块糟糕的牛排——中间是一块大牛排骨，漂浮在热腾腾的黄油之中，上面撒满了胡椒——否则对我们而言，早餐也不算是早餐。我们的卧室很敞亮，空气很好，但（就像大西洋西岸的所有的卧室一样）房间里没有什么家具，法式睡床上并没有挂帐幔，窗户上也没有挂窗帘。然而，房间里还是有一件奢侈品的，那就是一个刷过漆的木质衣柜，它比英国的岗楼稍小一点儿。如果这个对比还不能说明它的尺寸，那这么说你就明白了，我住在那的十四个日夜里，一直坚信它是个淋浴房。

第四章
一条美国铁路　洛厄尔城及其工厂制度

离开波士顿前，我去洛厄尔城玩了一天。我给这次游玩单独设立一章，不是因为我要记录很多内容，而是因为我觉得它很特别，我希望读者们也会有同感。

这一次，我第一次登上了美国的火车，开启了第一次美国火车之旅。由于美国各地的铁路都差不多，因此要描述它们的共性也很容易。

这里的火车不像英国那样分一二等车厢，但分性别，有男士车厢和女士车厢。这两种车厢的差别首先在于，在男士车厢，大伙儿都抽烟，而在女士车厢，没有人抽烟。由于黑人不得跟白人同坐一个车厢，因此还特别设置了黑人车厢。黑人车厢庞大、笨重而难看，就像是格列佛在巨人国出海坐的箱子一样。车厢颠簸得很厉害，噪音很大，到处都是墙壁，很少有窗户。车头有一个蒸汽发动机、一个汽笛和一个铃铛。

车厢就像是破旧的公共马车，但是体型更大，能坐三十到五十人。车厢中的座位并不是首尾相接地摆放，而是横着摆放的。每个座位能坐两人。车厢两边各有很长一排座位，中间留了一条狭窄的过道，车厢两端各有一扇门。车厢中间有一个火炉，燃料是木炭或无烟煤，大部分时间都是炽热的。关上门是很难受的，你都能看到热气流化作幽灵般的轻烟，在你和其他人和物之间飘浮游荡。

女士车厢里，有很多女士都有男士陪伴，也有很多女士没有人陪伴，因为任何女士都能独自从美国这一端去另一端旅行，并且无论在哪里，她们都能得到最彬彬有礼、最周到的接待。无论是列车长，还是检票员，还是警卫，或者其他的车站工作人员，都不穿制服。他们在车厢里随意走来走去，进进出出；双手插在口袋里，靠在门上盯着你——如果你是个陌生人的话——或者跟身边的乘客们交谈。许多人掏出了报纸，但看的人不多。每个人都会和你聊天，或者和任何他们感兴趣的人聊天。如果你是英国人，他就说希望这条铁路跟英国的铁路是一样的；如果你说"不一样"，他就回应说"真的吗"（仍然持有疑虑），然后询问究竟有什么不同。你把不同的一项一项列出来，每列一项，他都会质疑起来，问"真的吗"。然后他会说在英国坐火车旅行不会这么快吧，你回答说一样快，他又会说"真得吗"，还是怀疑的语气，显然，他还是不太相信你的话。沉默了很久，他才会时而看你，时而看着手杖上的圆球状把手，说："大家公认美国佬是有进取精神的民族。"你回应说"是啊"，他这次才会很肯定地说"是吧"。你看向窗外，他就会给你介绍，那边那座山后，距下一站大约三英里的地方，有一个美丽的小镇，他希望你能在那里停留一下。你若是做出了否定的回答，他就会问你原本打算走的路线。你会发现，无论你去哪儿，都会有困难，有麻烦，最美的风景总是在别的地方。

如果某位女士想坐别的男乘客的座位，陪伴她的男士就会跟那位男士打招呼,而后者则会非常礼貌地让座。人们之间谈论最多的话题是政治、银行和棉花。个性喜静的人会避免总统任期这类的话题,因为每隔三年半就会有新一轮的选举而选举时各党派的情绪必将高涨:这是在美国政治中最能体现宪法精神的,即上次大选的相互攻讦刚刚结束,下次大选就开始了。对所有强势的政治家以及绝大部分深深热爱这个国家的人——也就是说,九十九又四分之一个大人和孩子中的九十九个大人和孩子——而言,这种乐趣是无法言说的。

除了偶尔的支路汇入主干道,所经之处都只有一条轨道,因此道路非常狭窄,视野也不开阔。视野开阔起来的时候,目之所及的景色都是一样的。一路上都是矮小的树,有的被斧头砍倒了,有的被风刮折了,还有一些树不知为何依附在别的树上。许多树虽然称作树,但都深陷沼泽之中,还有很多已经腐败了,融进了这里的泥土里。每一摊污水都漂浮着这样的腐烂物,到处都是粗大的树枝、树墩和树干,在人迹罕至的地方枯萎、腐烂。现在,你踏上了一片广袤的原野,这里湖泊的水面闪烁着光彩,像许多英国的河流一样宽,但在这里却显得很小,都没有名字。然后你会瞥到远处的村镇,房子是洁净的白色,前面还有凉亭,整齐的新英格兰教堂和学舍……你还没完全看明白,火车又把你带入了之前的那种景色之中:矮小的树木、树桩、木屑和污浊的死水,你好像被魔力带回了之前经过的地方。

火车停靠的车站都在树林之中,没有人有理由从这荒野之中下车,就像不可能有人会从这儿上车。火车经过了一条收费道路。这里没有大门,没有警察,也没有什么指示牌,只有一张木拱门,上面写着"听到铃声时，请留心火车"。火车从拱门下疾驰而过，再次钻进了树林中，在大地上发出沉闷的轰鸣声，迅速穿过一座木制天桥。经过的一瞬间，阳光被挡住了，就像眨了一下眼一样。火车的轰鸣忽然惊醒了大城市的主要街道，那里也回荡着这轰鸣声，一直荡到马路的中间。那里，机器也在轰鸣，人们倚在门口和窗口，男孩子们放着风筝，玩着弹珠，男人们抽着烟，女人们聊着天，小孩子们在地上爬着，猪儿们拱着地，马儿们因受到了惊吓而跳了起来，用后腿支在地上，靠近围栏……火车像一条疯狂的龙一样飞驰前进，火炉中的火花四处飞溅。火车咆哮着、嘶鸣着、怒吼着、喘息着，最后，这头口渴的怪兽停在了一个隐蔽的车站里补充水分。人们都围了过来，你这才有时间再次呼吸。

在洛厄尔车站，一位跟那里工厂的管理层关系密切的绅士过来接我，我很高兴地跟随他的脚步，立刻赶往了我的目的地——那间工厂的所在地。如果我的记忆不错的话，洛厄尔这座城市虽只有不过二十一年的历史，却是一个人口众多、富于活力的大城市。首先吸引眼球的是它的年轻活力。对于一个来自历史悠久的国度的旅客而言，这种活力显得很奇怪，这种感觉也是很有意思的。我到这儿的时候，是一个天气恶劣的冬日。我认为，这里没有什么我熟悉的古老的东西，只有泥泞，有些地方齐膝深，可能是某次洪水退去后淤积下来的。某个地方有一座新建的木教堂，里面没有尖塔，也还没有装潢，看起来就像一个巨大的空货箱。另一个地方有一家大旅馆，墙壁和柱廊都非常脆弱、单薄、细长，看起来就像是纸牌组成的一样。我们经过的时候，我尽量憋着气。看到有一位工人从房顶钻了出来，我真是胆战心惊，总是害怕他一不小心脚步重了一些，就会将屋顶踩塌，让整栋建筑物都坍塌下来。那条从工厂旁经过的河流（工厂的器械是靠水力运转的），经过工厂亮红色的砖头与漆木建造的房舍时，似乎从中获得了某些新的特质，变成了一条轻快的、自由的、年轻的河流，低声呢喃着，尽情奔腾着，正如大家希望看到的那样。一个看到这些的人一定会发誓说每一家"面包厂""食品杂货店"和"装订厂"以及其他商店都是第一次摇下它们的百叶窗，并且昨天才开始营业的；药店外摆放的做招牌的金色的杵和臼，就像是刚从美国铸币厂拿出来的。在一个街角，当我看到一个妇女抱着一个一周或者十天大的小婴孩时，我竟然不自觉地思考这小婴孩是哪里来的，因为我从没有想过在这个如此年轻的小城里会有婴儿出生。

洛厄尔有好几家工厂，每家都隶属于我们英国人所说的"经营者公司"，而美国人则称之为"企业"。我参观了好几家工厂，如羊毛制造厂、地毯制造厂和棉花加工厂，仔细地走过每一个角落，也看到了工人工作的方方面面。他们没有为我们的到来做任何准备，也没有因为我们的参观而与平时不同。在这里我要补充一句，我很熟悉英格兰的工业城镇，也同样参观过曼彻斯特和其他地方的许多工厂。

抵达第一家工厂的时候，刚刚过了午餐时间，女工们都在返回工作岗位。事实上，我到的时候，她们正聚集在工厂的楼梯上。她们的穿戴都很讲究，但我并不认为她们的打扮不适合这个环境。因为我喜欢社会的低等阶层关心自己的穿着打扮，如果她们愿意，在衣服上加一些小配饰能更显她们的气质。如果是在合理的限度内，我更愿意鼓励这种方式，这样能让被雇佣者增加自尊心和自信心。我不会因为有些女人将自己的堕落归咎于喜欢衣服就阻止我的佣人买衣服，正如我绝不会因为有些人将自己的堕落归咎于安息日，而改变自己的对安息日的真实含义和意义的看法，因为这种警告很可能是来自令人怀疑的权威——纽盖特监狱的杀人犯。

正如我说过的那样，这些女工们的穿戴都很得体，毫无疑问也非常整洁干净。她们戴的软帽经久耐用，穿的外套和围巾质量都很好、很保暖，脚穿木底鞋或木套鞋。另外，工厂里还有专门存放这些衣物的地方，能保证这些东西不遭破损。清洗也很方便。她们看上去很健康，有些人特别健康。她们的举止和态度都很得体，没有因受生活重负而变得放荡不羁。如果我在这里的工厂里见到（尽管我特别留意过这方面的人物事迹，但没有任何发现）矫揉造作、装腔作势、装模作样、荒诞不经的年轻人，我会想到她的反面是粗心大意，生活闷闷不乐，行为不检点，自甘堕落，而且不够机灵（我见过这样的人），那我应该还是乐意见到这前一种人。

女工们的工作间也跟她们本人一样干净整洁。有些工作间的窗台上还摆放着绿色植物。这些植物都经过了修剪，刚好能挡住窗外的阳光。所有的工作间都透气、通风、干净整洁，让人觉得舒适，这个工厂的所在地也给人这样的感觉。这里这么多女性，其中有很多刚刚接近少妇的年纪，有理由相信，这其中有一些个性柔弱敏感、看起来也弱不禁风的，而且这里肯定有这样的人。但说真的，仔细回忆那天在那么多工厂里见到的女工，我实在想不到有谁对我露出过任何痛苦不堪的表情。没有一个年轻姑娘认为，通过日常劳作赚面包是痛苦的；没有人认为，如果有能力，自己就不应再做这些工作。

她们的住所就是这附近的公寓房。工厂主人们特别留心，不让任何未经检查和盘问的人住进这些公寓。寄宿在这些公寓里的人或者任何其他人如果抱怨谁的话，谁就会接受盘问和调查。如果别人反映的情况属实，那她就会被赶出去，她的房间也会交由其他更合适的人入住。这些工厂也雇佣童工，但人数并不多。州里法律规定童工一年工作时长不得超过九个月，另外的三个月，他们必须接受教育。为此，洛厄尔还设立了学校，还有不同派别的教堂和附属教堂，年轻女士们属于哪一教派，便可以去哪种教派的教堂做礼拜。

洛厄尔的医院坐落在距工厂不太远的地方，是那一带地势最高、也最令人心旷神怡的地方。这家医院是那一带最好的房子，本来是某个知名商人的私家住宅。就像前文描述过的波士顿的慈善机构一样，它不是那种牢房式的房间，而是被分割成了很多便利的小单间，每一个单间都像家一样令人感到舒适。院长也跟病人们像一家人一样住在同一屋檐下，这样病患们也能得到更及时的照顾，更细致的体贴。这家医院的每个女病人每周的费用是三美元，换算成英国货币就是十二先令。但在这里任何一家工厂工作的女工，从来没有因交不起费用被医院拒之门外。当然，交不起费用的事不常发生，这从一个事例中便能看出：1841 年 7 月，至少有九百七十八名女工在洛厄尔储蓄银行开户，存款总额据估计达十万美元，或者说两万英镑。

我接下来要举的三个事例，会让大西洋这边的读者感到非常惊讶。

首先，许多女工公寓宿舍里都有一架合资购买的钢琴。其二，几乎所有这些年轻女士都订阅流动图书馆里的书。其三，她们自己还办了一份杂志，名为《洛厄尔的献礼》。"这里发行的都是原创的作品，作者都是这些工厂里活跃的女工。"这份杂志是正式印刷、出版并发行的。离开洛厄尔的时候，我买了一本，足有四百页，但我还是从头一直看到了尾。

大部分读者也许会对此感到惊讶，并一致喊道："这不可能吧！"如果我继续询问理由，他们也许会说："她们那样的身份，怎么能做这些事来呢？"为了回答这个问题，我想先问一下："她们的身份是什么？"

她们的身份要求她们工作，而她们也的确在工作。她们每天都待在那些工厂里，平均每天十二个小时，当然毫无疑问是在工作，而且工作量还不小。也许在任何条件下，满足对娱乐的需求，都超出在她们身份允许之外了。我们是否能确定，在英格兰，我们是不是因固有的偏见而形成了对劳动阶级"身份"的普遍看法，而不是他们本来会成为什么样子呢？我想，如果从我们自己的情感出发，我们会发现，令我们诧异的是这些钢琴、流动图书馆甚至《洛厄尔的献礼》，而不是由它们而引起的这种生活是不是适合劳动阶级的这种无聊问题。

对我来说，一个人欢乐地做完今天的工作，又欢乐地迎接明天的工作，对于有这样身份的人而言，再没有比享受上述的娱乐更符合人道和值得赞扬的了。我不知道有哪一种与愚昧相伴的身份，能给该身份的人带来更长久的安稳，让该身份之外的人感到更安全。我不知道哪一种身份的人有权利垄断本应所有人共享的知识、进步和合理的娱乐，或者在垄断了这些后还能长久保有他们的身份。

我发现，《洛厄尔的献礼》除了是那些女工汗水的结晶之外，作为文学作品来看，它完全能与许多英国年报相提并论。其中的许多故事都是关于那里的工厂以及工厂里的工人们的，这让我感到很高兴。它们教导我们要保持自我克制、知足常乐的心态，要多行善，不断奉献爱心。一种对自然之美的强烈情感，伴随着作者离家后的孤独感，从文字中体现出来，就像乡村的空气一样清新。很少有书写美丽的服装、美满的婚姻、宽敞的房屋和美好的生活的，虽然流动图书馆里的书大多都是这种主题的。也许有人不赞成刊物用这样文艺的名字，但这就是美国的特色。马萨诸塞州议会的一个职责，就是将自己原本粗俗不堪的名字改成高端大气的名字，就像孩子们改变父辈的品位一样。这样的改变不需花费什么代价，每一次议会开会时都有大量的玛丽·安妮改名为比维利娜。

据说，不知是杰克逊将军还是哈里森将军（我忘记究竟是谁了，不过这都无所谓）某次来这座小城时，在这条街道上走了三英里长的距离，围观的群众中，一半的年轻女士都穿着长筒丝袜，打着遮阳伞。但据我所知，除了市场上遮阳伞和长筒丝袜的生意突然好起来，也许有几个新英格兰投机商人不惜一切代价把它们买光，希望能引起抢购风潮，却不幸落空而破了产外，这件事没带来更坏的结果。所以我觉得这侦探事没什么大不了的。

这篇对洛厄尔的简短介绍，如果能够给任何对文中工人的处境产生兴趣和关注的人以思考，那我就满足了。我很小心地不将这里的工厂与英国国内的工厂做任何对比。英国工业市镇很多产生多年影响的情况，在这里并没有发生。此外，洛厄尔没有本地的工业人口，这些工厂里的女工（大多都是小农民的女儿）是从其他州来的，而且她们只在工厂里工作几年的时间，然后再回家找更好的工作。

但是两国工厂一对比，差别就很大，因为这就是好与劣的差别，光和影的差别。我尽量避免进行对比，只是因为我不想这样做。但我要更真诚地请求读者们，读到这里的时候请稍作停顿，想一想洛厄尔这座城市与那些充满着绝望和不幸的大城市之间的差别。请记住，如果那些大城市处在党派冲突和口角的混乱之中，就请付诸努力来清理充满城市的苦难和危险。最后，也是最重要的一点是，不要忘记，时间是很宝贵的，但也很容易失去。

晚上，我乘坐同来时一样的火车，沿同一条铁路回去了。一位乘客十分急切地向我的同伴（当然不是我）滔滔不绝地说着英国人写作美国旅行指南所需要的真正原则，而我则假装睡着了。但是，一路上我都用眼角的余光看着窗外，看到了一种可以极大地消磨旅程的景色，就是火车上木柴燃烧的效果，这种景象是早晨体会不到的，而此刻天已经黑了，就完全凸显了出来，我们就从亮闪闪的火星飞溅里穿行而过，这光影就像雪花一样轻舞飞扬。

第五章
伍斯特　康涅狄格河　哈特福德　纽黑文　去纽约

　　2月5日，周六下午，我们离开了波士顿，乘坐另一条线路的火车去伍斯特：这是新英格兰地区的一座美丽的城市。我们计划住在热情好客的州长的家里，周一上午离开。

　　新英格兰地区的这些市镇（在旧英格兰，许多这样的市镇只能算乡村），是令人印象良好的典型美国乡下，就像这里的居民是令人印象良好的典型美国乡下人。这里没有精心修剪过的草坪和平坦青翠的牧场，相比英国那些观赏用的草坪和牧场，这里的青草长势更茂盛、更粗放、更野性；到处都是山坡、小山、幽谷和溪流。每一片房屋聚集地都有自己的教堂和学校，它们在白色的屋顶和繁茂的树丛中探出头来，偷偷窥视着这个地方。每一栋房子都白得透亮，每一扇软百叶窗都绿得宜人，每一片晴朗的天空都蓝得透明。我们抵达伍斯特的时候，寒风凛冽，路面上还结了霜，那布满车辙的小道就像是刻满了岩纹的石头山山脊。当然，一切都充满着新生的活力。所有的建筑看起来都像是当天上午刚刚建好并装潢过的，就算周一要拆掉它们也一点都不难。在傍晚的空气中，每一座建筑的轮廓都十分清晰、鲜明。干净的硬纸壳似的石柱廊看上去就像是茶杯上画的中国桥，而且看起来同样无法实用。一间间独立的小屋的轮廓像剃刀一样锐利，似乎割断了刮过来的风，风也因此变得更加凛冽，风声也更加凄厉。那些低矮的木头房屋后面，夕阳正静静播撒着余晖，一切都非常清晰，任何居民此时若想要躲避众人的关注或者想要隐藏什么秘密，都是不可能的。远处没有挂窗帘的屋子里，透过玻璃窗能看到房间里闪烁的炉火，它看起来虽然明亮，却带不来暖意。这景象让人想到的不是温暖舒适的房间，围在炉火旁的人们明亮的脸庞，而是那新涂的泥灰和潮湿的墙壁的气味。

那天晚上，我就陷入了这样的想象之中。第二天早上，阳光明媚，教堂的钟声清晰地传到耳边。人们穿着最好的服装络绎不绝地走在近处和远处的道路上，一切都散发着安息日愉快而宁静的气息，身处其中，感觉非常舒适。如果有老教堂和墓地，感觉会更好一些，但当时，整个景象平和安宁。体验过永不安宁的海洋和匆匆忙忙的城市生活之后，人在这里要更加愉悦、爽快。

第二天一早，我们继续乘火车赶往斯普林菲尔德。我们准备从那里去哈特福德，距离仅有二十五英里，但那时候路况很糟糕，行程可能花了十到十二个小时。幸好这里的冬天一直都不太寒冷，康涅狄格河是"敞开"的，换言之就是没有结冰。一艘小蒸汽船的船长那天正准备开始那个季节的第一次航行（如果记得不错，应该是人类记忆中第二次在二月航行），只等我们上船。因此，我们急忙上船，尽量不耽误时间。他信守诺言，等我们一上船，他就出发了。

这艘船被叫小蒸汽船肯定不是没有原因的。我并没有问原因是什么，但我猜它的功率也就一匹矮种马的一半。这个船的船舱就像平常居室一样，装着框格窗，那位著名的侏儒帕普先生[1]可以在里边快乐地度过一生。窗口，大红色的窗帘挂在低矮窗格的松绳上，让这船舱看起来就像是小人国的旅馆客厅一样，一点儿洪水就能将它冲得不见踪影。但这样的地方居然也放着一把摇椅。在美国，没有摇椅就没地方可坐了。我不敢说这船舱有多矮，也不敢说有多狭窄，在这里使用长宽这样的词是自相矛盾的。但要说一句，我们都待在甲板中间，以防一不留神船就翻了。甲板和龙骨之间，居然塞进了一个嗡嗡作响的发动机，整个看上去就像一块散发着热气的三明治，约三英尺厚。

雨下了一整天。我曾经以为，除了苏格兰高地，其他地方都不下雨的。河面上漂浮着冰块，在我们的船下嘎吱作响，碎裂融化。水很深，大冰块被水流冲过来，挡在河中间不走了。尽管如此，我们还是巧妙地躲开了它们，继续前行。我们都裹着大衣，无视恶劣的天气，尽情享受这次旅程。康涅狄格河真是不错，我猜，夏天的时候，两岸的景色一定很迷人，无论如何，船舱里一位年轻的女士就是这样跟我说的。如果一个人拥有的美德包括了对这种美德的鉴赏力，那她一定是一位审美专家，因为她就是我所见过的最美的人。

两个半小时的枯燥旅程之后（中途，还在某个小镇停留了一下，我们在那里受到了鸣礼炮的待遇，炮口比我们英国的烟囱口还要粗），我们抵达了哈特福德，并立刻进入了一家非常舒适的

---

① 荷兰侏儒，历史上最有名的矮人之一，身高28英寸，体重27磅。1815年曾到英国展出过。

旅馆休息——像往常一样，除了卧室。这里的卧室跟我们到过的任何地方的卧室一样，当然，这种卧室非常利于我们早起。

我们在那里住了四天。这座城市恰好坐落在青山脚下，土地肥沃，草木繁茂，显然经过精心的护理。这里是康涅狄格州立法议会的所在地。以前，贤人们在这里颁布了名为"蓝色法规"^①的法律，其中有这样一项规定：任何市民，如果周日的时候亲吻了妻子，将会受到惩罚。对此，我深信不疑。在这些地区，古老的清教精神一直保存到现在；其影响力到现在也没有丝毫减弱，但并没有让人们在生意场上讨价还价时少一些固执，多一些公平。由于在其他地方我没听说受清教精神影响这么强，因此我认为它的影响在这里也不会长久。实际上，我习惯于通过冠冕堂皇的语言和道貌岸然的神情来判断来世货物的价值，就像判断现世货物的价值一样，而无论何时，只要看到商人在店铺里堆放了大量的商品，我就会怀疑商品的质量。

哈特福德有一棵著名的橡树，是查理二世特许状所藏之处^②。如今，这棵树正位于某位绅士的花园里。特许状存放在州议会的办公室里。我发现，这里的法院跟波士顿的一模一样，慈善机构也跟波士顿一样好，疯人院和聋哑人庇护所的管理措施都很到位。

---

① 殖民初期，新英格兰地区颁布的清教徒法规，也称蓝色法规，禁止周日的世俗活动。

② 1662年，英王查理二世给康涅狄格的殖民者颁发了特许状，使康涅狄格拥有了高度自治权利。1687年，詹姆士二世想收回殖民地的自治权，命人收回了康涅狄格的特许状。一名民兵将特许状偷走，藏于一棵橡树中，使之得以保存下来。这棵橡树被称为"特许状橡树"，1856年毁于暴风雨。

我穿过疯人院的时候，内心里还在考虑，要不是听到了护理员和医生正在讨论他们看护的一位病人的情况，我是否能从病人中辨认出护理人员来。我仅仅从他们的表情得出了结论，因为关于疯人的谈话真是疯得可以。

　　一位个头矮小、衣着整洁的老妇人从长廊的尽头朝我走过来，她笑容满面，看起来非常和善。她非常谦恭地朝我行了一个屈膝礼，然后开始了不知所云的询问：

　　"先生，庞蒂弗拉克仍然在英国活得很好吗？"

　　"是的，夫人。"我回答。

　　"你上次见他的时候，他——"

　　"他很好，夫人，"我说，"非常好。他请我代他向您致意。我从没见他气色那么好过。"

　　听到这话，这位老妇人非常开心。她注视了我一会儿，好像在确认我的恭敬是否是真诚的。她轻轻后退了几步，又朝前走了几步，突然跳了一下（这个动作让我不由自主地后退了一两步），说：

　　"我是个老古董了，先生。"

　　我想最好的回答便是肯定她的话，因此，我也就肯定了她的说法。

　　"先生，做一个老古董是很令人骄傲，也很令人愉快的事。"

　　"我也如此认为，夫人。"我回答。

　　老妇人吻了一下自己的手，然后又跳了一下，并开始傻笑起来。她用一种奇怪的步伐慢慢地走过走廊，回到了自己的卧室里。

　　在这栋房子的另一个地方，一位男病人躺在床上，全身发热，面色通红。

"哎！"他说着，突然坐起来，扯掉他的睡帽，"终于决定了。我已经跟维多利亚女王商量好了。"

"商量了什么？"医生问。

"啊呀，就是那个，"他说着，手疲惫地抚过额头，"围攻纽约。"

"噢！"我说，一副茅塞顿开的样子，因为他看向了我，像是希望我明白。

"是的。英国军队会放火烧掉所有没有做标记的房子。其他人都不会受到伤害。没有一点儿危害。想要保住性命，就要升起国旗。他们只要升起国旗就好了。他们必须升国旗。"

我认为，他这么说的时候，似乎也模糊地意识到自己的话不合逻辑。他说完了这些，就再次躺了下去。他发出了呻吟声，用毯子盖住了热得发烫的头。

还有一个年轻人，他发疯的原因是爱情和音乐。用手风琴弹奏过一曲自己创作的进行之后，他焦急地等待着我去他的病房，我也马上就过去了。

由于已经熟悉了这些病人的心理，我决定顺从他的喜好。走到窗前，我发现这里的景致真不错，于是用一种我非常熟悉的方式惊呼道：

"你所住的地方风景真不赖！"

"啐！"他说着，手指轻抚过手风琴上的琴键，"对这种机构来说够好的啦！"

我一生中从未如此吃惊过。

"我来这里只是一时兴起，"他冷冷地说，"就这样。"

"噢，这样啊！"我说。

"是的，就这样。医生是个聪明人，他很快就会处理这件事了。这是我开的玩笑。我有时候就喜欢这样。你不要跟他们说。我想下周二我就能回去了。"

我向他保证我会保守我们间的秘密，然后回了医生那里。我们出门经过走廊时，一位穿着整洁的女士，十分镇定从容地走上前来，递给我一张纸和一支笔，要求我给她签名。我按她说的做了，然后我们分别了。

"我记得，在外面，有很多女士都像刚刚那位一样，要求我签名。我想，她不是疯了吧？"

"她是疯了。"

"哪种疯法？喜欢签名吗？"

"不是。她总是听到空中有人说话。"

"哎！"我心想，"要是能让那些假先知们闭嘴就好了，在这样的时代里，他们还做着跟过去一样的事。最好从一两个摩门教徒开始试试。"

这里有一座关押未经审讯的囚犯的拘留所，它是世界上首屈一指的；还有一间秩序井然的州立监狱，其布置和环境跟波士顿的监狱类似，只是，这里的监狱门口总有一个配着枪的哨兵，枪还上了膛。那时，那里关押着两百名囚犯。有人带我去看了一个曾经是卧室的地方。多年前的一个晚上，有一个囚犯试图逃离这里，却没有成功，无奈之下，他杀掉了看守。我还被带去见了一个女人，因为谋杀了自己的丈夫，已经在这里关了十六年。

"你认为，"我问我的向导，"被关在这里这么久，她究竟有没有想过重获自由？"

"噢，当然，"他说，"她肯定想过啦。"

"但我想，她没有这个机会吧？"

"唉，这我就不知道。她的朋友们都不相信她。"

"这些人跟她的自由有什么关系？"我问道。

"噢，他们不会为她上诉。"

"但我想，就算上诉了，她也不会被放出来吧？"

"嗯，也许第一次、第二次不会，但多年长期上诉，让上面感到厌倦疲惫了，可能就会了吧。"

"那有人这样做过吗？"

"啊，是的，有时候。政界人士有时候会插手。经常会有这样的事。"

哈特福德给我留下了愉快而美好的回忆。那真是个可爱的地方，我在那里结识了很多朋友。现在回想起来，我都禁不住思绪澎湃。十一号周五那天傍晚，我们很愉快地离开了那里，乘火车去纽黑文。在路上，火车上的警卫和我很快就熟悉了起来(旅途中，我经常会去结识车上的警卫)，并交谈过很多次。经过三个小时的行程，我们于八点抵达了纽黑文，住进了当地最好的旅馆。

纽黑文，也称榆树城，是一座优美的城市。它的许多街道两旁都种了很多古老的大榆树（它的这个别称也充分说明了这一点），耶鲁大学就在这个城里，大学校区旁也围满了榆树。耶鲁大学是一所卓尔不群、赫赫有名的学府。大学的各院校都建在城市中心，在榆树丛的掩映下若隐若现，看起来就像是英格兰的古老教堂一样。当树木枝繁叶茂的时候，景象一定很美。就连在冬天，这些完全长成了的大树，丛生在这繁荣城市的街头巷尾，让这城市有了别样的风韵，似乎是将城市和乡下结合在了一起，好像城市和乡村在半道上碰了面，用这些树来握手致意，真是新奇而令人舒适的场景。

休息了一个晚上，我们很早就起来了，及时赶到了码头，登上一艘名为"纽约"号的船去纽约。这是我第一次见到美国的蒸汽轮船，但对我这个英国人而言，它不像是蒸汽轮船，而更像是一个巨大的浮动浴缸。我真的很难说服自己相信，威斯敏斯特桥边的那家澡堂子，我离开时还是个婴儿，现在突然长大了，离开了家，到了国外变成了一艘蒸汽船。不过这是在英国来的流浪者都会得到帮助的美国，这也是很有可能的。

这里的蒸汽船跟我们英国的最大不同就在于，这里的船主体很大，主甲板是完全封闭的，里面堆满了木桶和货物，就像是一间仓库的二层或三层。散步甲板或天篷甲板则在主甲板上面。一部分机器也装在这甲板上，坚固高大的连接杆来回动作，就像一个铁制的锯木工人站在木头上面来回拉动锯子①。这里没有桅杆和索具，高空中只有两根又高又黑的烟囱。舵手在船前方的一个小房子里（舵轮用铁链跟船舵绑在一起，贯穿了整个甲板）。除非天气很好，不然乘客们都窝在甲板下面。一起航，船上的嘈杂和混乱都消失了。出发之后很久，你都会疑虑，这艘船是怎么开始行程的，因为看起来好像没有人在操控船只；当另一艘笨重的

---

① 锯木头时，在地上挖一个大坑，木头横在坑上，一人在坑里，一人在木头上，来回拉动锯子工作。

汽船轰鸣排浪而过时，你感觉非常气恼，因为这个丑陋的、讨厌的庞然大物一点儿也不像船，你完全忘记了，你所乘坐的汽船也是和这庞然大物一样的。

底层的甲板上有海员的办公室，你就在这里交钱。此外还有女士船舱、行李间、轮管室等等，总而言之，那儿各种各样的船舱都有，要找男士船舱还真是不容易。一般情况下，男士船舱要占据整条船的长度（这次这艘船就是这样），每一边的卧铺都有三到四层。我刚刚进入"纽约"号男士船舱的时候，还不太适应。在我看来，它就跟伯灵顿拱廊大街一样长。

要穿过的海峡并不总是一段安全愉快的旅途，那里曾经发生过几次不幸的海难。这天早上空气湿润，起了海雾，视线模糊，很快，我们就看不到陆地了。但是，天气却很平和，中午时还出了太阳。在一个朋友的帮助下，我解决掉食物橱里的食物和啤酒后就躺下睡了，因为昨天的参观真是太让我疲乏了。但船经过"地狱之门""野猪背""油炸锅"等恶名昭著的地方时，我还是及时醒了过来。著名的《纽约外史》的读者们应该对这些地方很感兴趣。然后，我们进入了一道狭窄的河道。河道两旁是倾斜的河岸，岸上有舒适的别墅，还有让人精神一振的草地和树丛。很快，我们走马观花地看到了一座灯塔、一家精神病院（那些疯子们挥舞着自己的帽子，大声吼叫，他们的叫声与汽船的马达声、海浪的声音交织在一起！）、一座监狱和其他的建筑物。最后，汽船驶入了一个巨大的海湾。清澈的海水折射出明媚的阳光，闪烁着灿烂的光芒，就像是在抬头窥视天空一样。

随后，在我们面前，右侧是交错盘旋的屋顶，偶尔有尖顶从中探出头来，俯瞰着下面的人群，时不时地，建筑物之间会生出轻飘飘的烟雾；最前方是一排船的桅杆，上面的风帆和旗帜迎风飘扬。它们对面的岸边，有许多蒸汽渡轮，载满了乘客、马匹、四轮马车、篮子、箱子等。它们来来回回，从不停歇。这些无休止运动的船只中还有两三艘大船，它们的速度很慢，就像是贵族一样慢慢前行。它们看起来像是很鄙视这些小船，一路开进了大洋之中。更远的地方有一片丘陵和岛屿，岛屿上有河流。尽管相隔甚远，但我们还是能看到那闪亮的蓝色光芒，比天空更蓝，似乎要与天相接了。城市的纷繁嘈杂，绞盘的吱呀声，钟声和铃铛的声音，狗吠，车轮的辚辚声，都回荡在我的耳旁。这里的热闹纷繁都因这荡漾的海水而来，也因之而获得了新的活力和生气。这里本就是轻快活泼的，这闪光的水面就是凭证：水从船底飞溅开来，让船只驶进新的港口，然后轻快地离开去迎接新的客人，带他们进入这繁忙的港口。

第六章
纽　约

　　作为美国数一数二的大都市，纽约跟波士顿一样的干净整洁。街道有很多相同的特点，只是纽约城里的房子色彩并不鲜艳，广告牌也没那么艳丽，镀金的字母并不那么金光闪闪，建筑物的砖墙也不那么鲜红，石头也没有那么洁白，百叶窗和栏杆扶手也没有那么绿，街道旁的房门把手和门牌也不那么闪耀。这里有很多小街道，看上去就像伦敦的小街道一样，在清洁方面黯淡无光，在肮脏方面色彩艳丽。这里有一个街区，名叫"五点"，在肮脏和悲惨方面，可以跟英国的"七面钟"或是圣吉尔斯街区①的其他任何地方相提并论。

　　众所周知的著名道路就是百老汇，街道宽敞，人来车往，熙熙攘攘，络绎不绝，从炮台公园一直到对面的一条乡村小路结束，大约四英里长。我们坐在卡尔顿旅馆的楼上（位于纽约这条主干道最好的位置），当楼下的纷繁看得厌倦的时候，我和妻子也可以手挽手地走下楼去，汇入熙熙攘攘的人流中吗？

　　真是暖和！阳光透过这扇敞开的窗户照在我们头上，好像是透过凸透镜聚焦了一样。这时正是一天中阳光最烈的时候，这是

---

①　伦敦著名的贫民区，"七面钟"是其一部分。

一个不同寻常的季节。还有比百老汇更阳光明媚的街道吗？人行道上的石头被人们的脚步打磨得再次闪光；房屋的红砖仍然像在干燥温热的窑里一样；公共马车的车顶看上去就像被泼了水一样，嘶嘶作响，还冒着烟，闻起来就像即将熄灭的火一样。这里的公共马车真多！几分钟内就过去了好几辆。这里还有很多出租马车和四轮大马车、轻便双轮马车、敞篷马车，还有私人马车——它看起来很笨重，跟其他普通的马车也没什么不同，不过它是为了走坎坷的道路而造的，而不是为了走城市马路。黑人和白人车夫，戴着草帽、黑帽子、白帽子、光面便帽、皮帽，穿着的衣服也是各式各样，浅褐色的、黑色的、棕色的、绿色的、蓝色的、淡黄色的，衣料有牛仔布的、亚麻布的。此外，我还看到一个（他刚一经过我就看了一眼，不然就看不到了）穿着制服的车夫。那是一个南方的共和党人，给他的黑奴穿上制服，看起来就跟土耳其的苏丹一样华丽而威严。那边，一辆两匹毛发修剪整齐的灰马拉的四轮轻便马车停着，旁边站着一位来自约克郡的车夫，他来这儿的时间还不长，正悲伤地四处张望，想找一个穿高筒靴的伴侣，恐怕他在这座城市找上半年也找不到。愿上帝保佑那些女士们，她们的穿着是多么奇特呀！这十分钟内，我们所见到的色彩，比这些天来在其他地方见过的还要多得多。各色绚丽的阳伞从街道上飘过！衣服都是真丝和绸缎制成的！粉色的长筒丝袜，狭小轻薄的高跟鞋，随风飞舞的缎带和丝质流苏，还有带兜帽和衬里的华丽的斗篷，看得人眼花缭乱！你看，年轻的男士们喜欢将衬衣的领子卷起来，蓄着胡须，尤其是下巴处的胡须。说实话，他们跟女士们的穿着打扮属于完全不同的风格，自成一种格调。书桌和柜台后的拜伦们^①，你们继续走吧，让我们看一下你们身后的那两个男人。那是两位穿着节日服装的劳动者，其中一个手里拿着一张皱巴巴的纸，一直在试图拼出纸上难读的名字，而另一个则在所有的门窗上找这个房子。

两个都是爱尔兰人！就算他们戴着面具，你也一眼就能辨认出来，因为他们穿着蓝色的长尾外套，上面的纽扣亮闪闪的，还有土褐色的裤子，很不自在的样子，他们似乎只习惯于穿工作服，穿上其他衣服就浑身不舒服。如果不是有这两个工人的男女同胞，你们这个模范共和国就无法维持下去了。除了他们，还有谁会在这里挖掘、开凿、做苦工、做劳役、开运河、修道路，为这个国家的经济发展做贡献呢！他们两个都是爱尔兰人，似乎在为没找到要找的人而不知所措。让我们看在老乡的关系上去他们身边帮帮他们吧，因为诚实的人应得实在的帮助，实在的劳动应得真正的面包，无论是什么样的劳动。

很好！我们终于找到了纸上所写的地点，虽然那地址写得很潦草，好像写的人不会用笔，而是用铁锹柄乱画的一样。他们要去的地方还在里边一点儿，但是他们为什么来这里？他们是攒了些钱，要把钱存起来吗？不。那两个人是兄弟。其中一个先独自漂洋过海来到这里，辛苦工作了一年半，更艰难地生活了一年半，攒了足够的钱，将另一个也接了过来。然后，他们一起工作，共同分担艰苦的工作和生活。然后他们的姐妹们也过来了，另一个

---

① 指上文说的年轻男士们。蓄胡须、衣领卷起来，是诗人拜伦的装扮，在当时是一种时髦的打扮。

兄弟也过来了，最后，他们把老母亲也接过来了。那现在怎么样了？这个可怜的老妇人在陌生的国土上无法安心，她说希望能将自己的老骨头埋到故乡的旧墓地里去，与她的先人们葬在一起。于是，她的孩子们又凑路费送她回去。愿上帝保佑她和她的孩子们，以及每一颗淳朴的心灵，以及一切转回年轻时的耶路撒冷，在父辈冰冷的墓地上点燃圣火的人们。

现在，我们来到的这条沐浴在阳光中的狭窄街道就是华尔街。它是纽约的股票交易中心和金融中心，就跟伦敦的皇家交易所和朗伯德街一样。在这条街道上，很多人一夜之间富可敌国，也有很多人一夜之间就从天堂掉到了地狱里。你看，这时就有一些商人在这里徘徊，他们将钱牢牢锁在保险柜里，就像《一千零一夜》里的那个人一样，当再次打开保险柜的时候，却发现里面只有一堆枯败的树叶。再往下看，在这里的河边，轮船的船首斜桅横过了街道，几乎要戳到别人家的窗户里去了。那里非常气派的船是美国邮轮，它们的服务是这世上数一数二的。这些船还把外国人带到美国。外国人遍布在这里的街道上，可能纽约的外国人不比其他城市多，但在其他城市，外国人都有特别的聚集场所，你只能在那里找到他们，但在这里，外国人遍地都是。

现在，我们必须再次穿过百老汇街，看看大量的冰块被运到商店和酒吧里，满街在卖的菠萝和西瓜，以此在酷热中提振一些精神。你看，华丽的街道两旁的房屋宽敞——华尔街经常兴建和拆除房屋——这里还有一个绿树成荫的大广场。那里一定有一家热情好客的旅馆，大门敞开，里面有很多漂亮的植物，孩子们大笑着在窗口窥视着窗台下的狗。你会好奇旁边小街道上的这根旗杆究竟是做什么用的，类似自由帽①的东西在上面飞扬，我也很不明白。但是这一带地区流行竖这种高大的旗杆②。如果留心的话，那你五分钟之内你就可以看到类似的旗杆了。

再次穿过百老汇街，再次穿过那里色彩斑斓、亮闪闪的商铺，进入了另一条长大街——包厘街。那里有一条铁轨。两匹健壮的马沿着铁轨跑着，拖着三四十个人和一个大木箱。这里的商铺更破旧一些，这里的人们也没有那么招摇。衣服做好了，肉煮好了，都可以拿到这些地方来叫卖。轻便马车清脆的车轮声被货运马车低沉的隆隆声所取代。像河上浮标和小气球一样的标示很多，用细绳绑起来挂在杆子上飘荡，你一抬头就能看到，如头上这条就写着"各种风味牡蛎"。这些标示晚上最吸引食客的眼球，因为里面会亮起蜡烛，使这些文字发光，人们读到这些的时候，嘴里会不由得涌上口水来。

那个有点儿像情景剧中巫师宫殿一样的建筑是做什么的？那是一座著名的监狱，名叫"坟墓"。我们要进去吗？

好的。这是一栋很长很高的建筑，不过很窄，跟其他监狱一样用壁炉取暖，四层游廊，一层比一层高，围绕着这栋建筑，可以通过楼梯上去。每个游廊的两旁和中间都有桥，方便人们穿梭。每一座桥上都坐着一个人，有的在打瞌睡，有的在读书，还有的

---

① 又叫弗里吉亚帽，因古希腊和罗马奴隶获释后戴这种帽子，故为自由的象征，名画《自由引导人民》中象征自由的女子头上戴的就是这种帽子。
② 这种旗杆叫自由之杆，在美国独立战争和法国大革命中是自由和解放的标志。

在跟不值班的同事们闲聊。每一层都有两组相对的小铁门，看起来就像火炉的炉门一样，但它们是漆黑的、冰冷的，好像里面的火都灭了。有两三扇门是打开的，垂头弯腰的女犯人正和室友交谈。整座楼只有一个天窗可以透光，但此刻天窗是紧闭着的，两片风车叶片软绵绵地挂在房顶上，根本毫无用处。

一个身上挂着钥匙的人过来了，要带我们参观这里。他长得还不错，文质彬彬的，看上去很亲切。

"这些黑色的门后边就是牢房了？"

"是的。"

"都住满了吗？"

"差不多了，这是真的。"

"那下层的牢房应该是不卫生的吧？"

"哦，事实上，那里关的都是有色人种。"

"犯人们什么时候出来活动？"

"嗯，他们不怎么活动。"

"难道他们不在院子里散步？"

"几乎不。"

"应该有时候也会吧？"

"嗯，他们很少散步。就算不散步，他们也很健康啊。"

"但是，假如某一个人关在这儿一年呢。我知道这里是关押那些犯了重罪却还没审判或等待重审的人的监狱，但是这里的法律有很多种可能会令审判延期。比如申请重审，这样一个囚犯就可能在这里关上一年的时间，是这样吗？"

"嗯，我觉得是的。"

"那就是说，那么长的时间里，他甚至都不能从那扇小门里出来，哪怕锻炼一下也不行？"

"也许可以散散步，但时间不会太长。"

"你可以打开一扇门让我们去看看吗？"

"所有门都打开也可以，如果你愿意的话。"

伴随着嘎嘎的声响，一扇铁门缓缓打开。我们进去看了下。这个房间很小，几乎空无一物，一道微弱的光线从高墙上的一个缝隙中透进来。房间里有一个简陋的盥洗台、一张桌子和一张床。一个六十岁的男人正坐在床上读书。他抬起头打量了一下我们，然后不耐烦地摇了摇头，又低头看书了。我们出来后，门很快就关上并锁好了。这个人杀害了他的妻子，可能会被绞死。

"他来这儿多久了？"

"一个月。"

"他什么时候接受审判？"

"下一次开庭。"

"具体是什么时候？"

"下个月。"

"在英格兰，就算一个人可能即将被处以死刑，他也能在白天的某些时间段内出来活动，呼吸新鲜空气。"

"真的吗？"

他非常平静地说出这句话，然后漫不经心地带领我们到了女囚这边。他边走边用钥匙敲打着楼梯栏杆，就像敲打硬木响板一样。

这一侧的门上都有一个方形的孔。有些女囚犯一听到脚步声就会通过这个孔往外看，而另一些人则很害羞地躲开了。这里有一个孤独的孩子，看上去不过才十来岁的样子。他是犯了什么罪而被关在这里的？噢，那个孩子？他是我们刚刚见过的那个囚犯的孩子，是父亲案件的目击者。他被关在这里是出于安全考虑，直到开庭审判时为止，就是这样。

但对一个孩子来说，要整日整夜地待在这里真是受罪。这对这位年轻的目击者而言真是个巨大的考验，不是吗？我们的向导是怎么说的？

"嗯，这里的生活比较安宁，这是事实！"

他再次用钥匙敲打起栏杆来，悠闲地领着我们离开了。一边走，我一边向他提了个问题。

"他们为什么管这里叫'坟墓'？"

"啊，那就是一句黑话。"

"我知道，不过为什么用了这个名字？"

"刚刚建成的时候，这里发生过几起自杀事件。我想，应该就是这个原因吧。"

"我刚刚看到，那个犯人的衣服扔得满地都是。你们难道不让犯人们遵守秩序，把那些东西都收起来吗？"

"收起来？那放在哪里？"

"当然肯定不是放在地上啦。把它们挂起来怎么样？"

他停下了脚步，环顾四周，申明他的观点。

"这才是关键。他们有了挂钩，就会自己上吊。所以所有的钩子都被从囚室拿走了，现在只有曾经挂过钩子的痕迹了！"

这时候，他在监狱的院子里停了下来，这里曾经上演过执行死刑的恐怖场面。犯人们被带到这个狭窄的、像坟墓一样的地方，然后被处死。可怜的犯人站在绞架旁的地上，绳索套在了他的脖子上，指令一旦下达，绳索另一端的重物就会快速下降，将犯人吊到空中，而犯人也渐渐变成了一具尸体。

按法律规定，出席观看执行死刑的人包括审理案件的法官和陪审团，公民人数不超过二十五人。死刑不公开执行。对坏人们而言，这里变成了一个神秘而又令人恐惧的地方。监狱的墙壁就像是神秘的黑纱一样，将犯人们和坏人们分隔开来。这是死亡之床的床幔，是坏人们的裹尸布，是他们的坟墓。犯人们被这堵墙隔离在了生活以外的地方，忏悔的冲动出现在生命的最后时刻，仅仅一个闪念就是全部。这里没有厚颜无耻的人纵容厚颜无耻，没有无法无天的恶徒继续无法无天。那道冰冷的石墙后，是一个完全未知的空间。

我们还是回到令人感到欢快的街道上来吧。

还是百老汇街！这里的女士们仍然穿着亮丽的服装来来往往，有的三五成群，有的独自一人，那边仍然有人撑着浅蓝色的阳伞经过。我们坐在旅馆里的时候，就见到过二十多次这样的阳伞一次次经过。我们正要穿过这条街。当心那些猪！两头肥硕的母猪正追着一辆马车在跑，还有六头公猪刚刚转过街角来。

还有一头猪独自闲逛，准备回家。它只有一只耳朵，它某次在城里闲逛的时候，另一只耳朵被一群流浪狗咬掉了。但没有那只耳朵它依然过得很好。它一边着轻松自在的流浪生活，一边保持着绅士的派头，有一点儿像我们英国的俱乐部里的男士。它在每天上午固定的时间里出门，自己逛到镇上，自得其乐地过完一整天，晚上再回到自己的家里，就像吉尔·布拉斯[1]神秘的主人一样。它自由散漫、粗枝大叶，是很平常的一头猪，其他猪群中有很多跟它志同道合的伙伴。它不需跟它们多做交流，只要看一眼就能辨认出它们来。但它很少停下脚步，跟别的猪礼貌地客套，而是咕哝着走过整条阴沟，一边跟别的猪交谈着城市里关于白菜叶子和碎屑的各种新闻和小道消息。它拖着自己的小尾巴，这条尾巴很短，因为它的宿敌——那些流浪狗曾经也咬掉了它，让它无法再摇着尾巴咒骂它们。它一直拥护共和党派，随心所欲地去它喜欢的任何地方，混迹于那里的上流社会，它出现的时候，每一个人都会为它让道，如果他愿意的话，那些最傲慢自大之徒也会把靠墙的便道让给它。它是个伟大的哲学家，很少因什么东西而激动不已，除了前面提到的那群狗之外。有时候，你确实能看到，它望着那些被宰杀的同伴——它们的尸体被挂在屠户的门框上——时，小眼睛一眨一眨的，但它只叫道："这就是生活：凡有血气的，尽如猪肉！[2]"然后，它的鼻子再次拱进了泥潭里，然后顺着沟道摇摇摆摆地离开了，还在心底里安慰自己，无论如何，又少了一头来这沟里跟自己抢烂菜叶的猪了。

　　这些猪还是城市的清道夫。它们丑陋、肮脏、冷酷无情，后背呈棕色，很窄小，就像旧马毛皮箱的盖子，上面点缀着肮脏的

---

①　法国作家勒萨日同名流浪汉小说的主人公。书中有一段情节是：吉尔·布拉斯在马德里给一个绅士当跟班，这个人每天早上出门，晚上回家，没有人知道他叫什么，做什么工作。

②　化用《圣经·旧约·以赛亚书》第40章第6节的话：凡有气血的，尽都如草。

黑色污点。它们的腿枯瘦而纤长，口鼻处尖尖的，如果你能让它们坐下来画张侧面像，没有人会发现它们是猪。它们没有人照料、喂养，也没有人逼迫或者捕捉，而是自己开始了自己的生活，并且获得了非常丰富的知识和学问。每一头猪都清楚地知道自己生活的地方在哪儿，不用任何人给它们指路。这时候，夜幕刚刚开始降落，你看到它们络绎不绝地朝家里走去，一边走一边吃。偶尔，它们中的年轻者吃得过多或者被狗追得过急，就会畏畏缩缩地往家里赶，就像一个回头的浪子。但这种情况很少发生，因为它们都是自力更生、沉着冷静之辈，不容易被打动，这也是它们最主要的特点。

街道上和商铺里的灯都亮了，目光顺着长长的街道望过去，能看到街道旁星罗棋布的明亮汽灯，这让我想起了英国的牛津街和皮卡迪利街①。到处不时会出现通往地下室的宽阔石阶，彩灯指引着你前往保龄球馆或十柱球球馆。十柱球是一种既需要技巧也需要运气的游戏，是法律禁止玩九柱球之后被创造出来的一种游戏。另一些通往地下室的石阶旁，也有一些彩灯。这些彩灯后面是一家名为牡蛎屋的餐馆——在我看来，这是个令人愉快的隐修所，不仅因为这里精妙的牡蛎烹调技法和像奶酪盘子一样大的牡蛎（也不仅因为您，亲爱的希腊文教授②），更因为在这个国家所有提供鱼肉家禽的地方，只有爱吃牡蛎的人不喜欢成群结伴，

---

① 伦敦著名的两条商业街。
② 指美国学者菲尔顿，他是哈佛大学希腊文教授，也是狄更斯的朋友。据狄更斯在一封信里说，狄更斯在从波士顿到纽约的船上与他偶遇，两人把船上的奶酪都吃光了。

好像他们变得和他们爱吃的东西一样，也变得羞羞答答的。他们吃牡蛎的时候，总是两个两个地坐在挂着帘子的包间里静静地吃，而不是两百个人坐在一起吃。

这里的街道多么安静！这里没有流浪的乐队，没有风笛或是其他管弦类乐器的演奏者吗？是的，什么也没有。白天的时候，这里没有潘趣戏、木偶戏、跳舞的狗，没有玩杂耍的、玩魔术的，没有弹奏手摇风琴和筒风琴的？是的，没有。哦，我想起来了，有一架筒风琴和一只跳舞的猴子。猴子天性好玩好动，但现在在功利主义的诱导下，它变成了一只迟钝的、麻木的猴子。除此之外，再也没有活跃的东西了，甚至连一只蹬转筒的小白鼠也没用。

这里没有什么娱乐活动吗？有的。路旁有一个小讲堂，里面透出了灯光，每周女士们可能要来做三次或更多次晚祷。年轻的男士们爱逛的有账房、商店和酒吧。你看，商店和酒吧里挤满了人。听！里面传来了铁锤敲打冰块的声响，打碎的冰块哗啦啦地掉进了大桶里，还有搅拌冰块的时候发出的细碎声响！没有娱乐活动？这些大口抽烟、大口喝酒的人，随意交叠着双腿，帽子也被扭作了一团，这些人不是在娱乐是在做什么呢？这里有五十种报纸——在街上便由早熟的孩童叫卖，在室内则整齐地摆在架子上——这难道不是娱乐吗？不是索然无味、空洞贫乏的娱乐活动，而是实实在在、地地道道的真家伙。污言秽语，揭人隐私，像西班牙的瘸腿魔鬼①那样将人家的屋顶掀开，为一切肮脏丑恶保媒

————

① 法国作家勒萨日同名小说中的人物。小说主人公误入星相家的实验室，放出了被关在一个玻璃瓶里的瘸腿魔鬼，魔鬼带着他在马德里的上空飞行，揭开人们的屋顶，窥探各种见不得人的隐私。

拉纤，无耻地编织着各种谎言，将所有从事政治的人说成是出于各种卑鄙、粗劣的目的，将善良正直的老实人从满身疮痍的国家身旁吓走，为毒虫恶鸟大声欢呼鼓掌——这难道不是娱乐！

我们继续往前走，经过了一家旷野中的旅馆——它的底层是商铺，就跟某些欧洲剧院一样，也像是伦敦大剧院的柱廊被移走了——进入了"五点区"①。不过我们还是有必要让两位警察陪同的。他们训练有素，反应敏捷，就是在大沙漠里遇见你也能一眼认出来。无论在哪里，相同的事业都会让不同的人具备同样的品质。这两个人就像是生在博街②，长在博街似的。

无论是白天还是晚上，我们在街上都看不见乞丐，却有很多流浪者。我们要去的地方，便充满了贫穷、不幸和罪恶。

这里就是这样，左右都是狭窄的街道，到处都是灰尘，肮脏不堪。这里的人们过的就是这样的生活，但这种状况在其他地方也有。门口那些粗糙而浮肿的脸庞，在英国和世界各地都能看到。荒淫无度的生活让这里的房子破败下去。看看这些破败的横梁是怎么坍塌的吧。这些破烂不堪的窗户似乎是微皱着眉头，像是酗酒斗殴伤了眼睛的人。上文提到的那些猪住的就是这样的地方。它们有没有思考过，为什么它们的主人是直立走路的，而不是四肢伏地而爬的呢？它们的主人为什么能够说话，而不是呼噜噜地叫唤呢？

到目前为止，我们所见的每一栋房子都是低矮的酒馆或客栈，

---

① 19世纪时纽约的一个著名街区，为移民聚居区，以环境差、治安乱著称。

② 18世纪英国伦敦警察法庭所在的街道。

酒吧房间的墙壁上贴着的是华盛顿、英国维多利亚女王和北美秃鹰的彩色画像。那些摆放酒瓶的柜子上装饰着厚玻璃片和彩纸，因为就算是这样的地方也需要有一点儿装饰。由于海员们经常光顾这些地方，这里还有一些海员图片，水手们与恋人告别的场景，民谣中威廉跟他黑眼睛的苏珊[1]的画像，大胆的走私者威尔·沃奇[2]、海盗保罗·琼斯[3]等诸如此类的人物画像。他们和维多利亚女王以及华盛顿的画像排在了一起，这布置看起来很奇怪，就像两者之间有某种交情一样。

这条肮脏的街道把我们引到了什么地方？一个充满了像得了麻风病的房子的广场，其中几栋房子只有通过摇摇欲坠的木楼梯才能进入。这些在我们的脚下嘎吱作响、摇晃不止的阶梯后面有什么呢？一个破败不堪的房间，里面只有一支蜡烛，光线昏暗，只有那一张烂床才能给人一丁点儿的舒适感。床边坐着一个男人，他的手肘支在膝盖上，双手遮住了额头。"你怎么了？"走在最前面的警察问道。"发烧了。"他头也不抬，有气无力地回答。想一想，居住在这种环境中的人发烧是怎样的情形吧！

顺着幽暗的楼梯往上走，每一步都要小心翼翼，以防一不小

---

① 英国诗人约翰·盖伊所作诗歌《温柔的威廉和黑眼睛苏珊的告别》中的人物。

② 19世纪初水手们传唱的歌曲中的人物。威尔·沃奇是个走私犯，他与爱人苏约定，干完最后一次买卖就不干了，结果在最后一次走私中被官兵所杀。此故事与上文提到的威廉的故事及人物类似，疑为同一故事的不同版本。

③ 苏格兰海上冒险家，曾加入美国、法国海军，为私掠船船长，袭扰英国海岸，攻击英国商船。

心就从这岌岌可危的楼梯上摔下去。跟我一起摸索进入这个狭小的屋子吧，这里没有光线，也没有新鲜的空气。一个黑人少年因警察的呼喊而从睡梦中惊醒——他很熟悉这个声音——确定了警察不是来这儿执行公务后，他放下心，非常殷勤地想要寻找蜡烛。火柴的亮光闪烁了一会儿，隐约照到了地上的一个大破布堆，然后火柴熄灭了，房间看起来比之前更黑暗了，好像在这黑到不能再黑的地方，黑暗程度还能划分等级似的。他蹒跚着爬下楼梯，不久又返回来，用手遮着一根火光摇曳的细蜡烛。接着，那一堆破布开始活动起来，慢慢地爬了起来，原来地上躺着一群黑人妇女。她们从睡梦中醒来，她们的牙齿洁白闪亮，明亮的眼睛四处张望，透着无尽的惊讶和恐惧，就像是一个非洲人照哈哈镜的时候看到了无数自己的映像一样。

同样小心翼翼地再爬上这阶梯（这里到处都是陷阱，如果有人跟我们不一样，没人陪同的话很容易摔跤），登上顶层，光秃秃的房梁和房椽就在这里相交，夜色就从这屋顶的缝隙中洒落到房间里。这房间里挤满了睡着的黑人。打开其中一扇门，啊！里面居然烧着炭火，不知是衣服还是皮肉烧焦了的刺鼻气味扑面而来。他们紧紧地挤在火盆旁，水蒸气从火盆上袅袅升起，让人睁不开眼，难以呼吸。在每一个角落，你视线所及的每一处黑暗之中，都有个身影昏昏沉沉地蠕动着，好像末日审判已经到来，所有的坟墓都已经敞开，死人们都复活了过来。这里的房屋就像是狗窝一样，女人、男人和孩子们在里面躺下酣眠，而为了寻找更好的避难所，老鼠们成群撤离。

这里也有小巷和胡同，街上的泥齐膝深，人们在地下室里跳舞和游戏，墙壁上画满了各种船只、堡垒和旗帜，还有数不清的美国秃鹰，倒塌的房屋门朝街道敞开。透过破烂的墙垣，映入眼帘的是其他建筑的废墟，好像这个肮脏污秽的世界再没别的景致可看了一样。这些房屋因曾发生过盗窃和谋杀而得名。这里的一切都是可耻的，肮脏的，令人憎恶的。

我们的向导把手放到阿尔马克酒吧的门锁上，在台阶底层招呼着我们，这个"五点区"时髦人物聚会的地方得从这儿下去才能到。我们要进去吗？只要一会儿就能到了。

嘿！阿尔马克酒吧的老板娘身形丰满，是黑白混血，眼睛里闪烁着光彩，头上戴着一块色彩斑斓的头巾。老板的打扮很帅气，身穿一件深蓝色的夹克，就像船员一样，小手指上戴着一个硕大的金戒指，脖子上还挂着一条金灿灿的黄金表链。他看到我们多么热情啊。他问我们想玩点儿什么，跳支舞吗？——马上可以来，先生——"地道的踩脚曳步舞①。"

那个肥胖的黑人小提琴手和击手鼓的搭档坐在一个高出地面的半圆形小舞台上，不断踩踏着舞台，演奏着一首欢快的乐曲。在一个活跃的年轻黑人的指挥下，五六对人在地板上欢快地跳起舞来。那个黑人是这里的开心果，也是公认最优秀的舞蹈家。他不断地做着鬼脸，逗得别人不断地咧嘴大笑着。这些舞者中还有两个年轻的混血女孩，她们的眼睛又大又黑，显得有点儿疲倦，头饰跟老板娘的差不多。她们看起来很害羞，或许是假装害羞吧，好像以前从未跳过舞一样。她们在观众面前一直低着头，所以她

---

① 一种轻快喧闹的美国乡村舞蹈。

们的舞伴看不到她们的脸，只能看到那长长的睫毛。

舞蹈开始了。男舞者和女舞者都想跳多久跳多久。所有人都跳个没完，不久就兴致低落了，突然，那位活跃的英雄出场了。很快，小提琴手就微微一笑，拼命演奏起来，击手鼓的乐手爆发出新的活力，舞者们露出了新的笑容，老板娘也露出了新的微笑，老板也展现出了新的信心，就连蜡烛也焕发出新的光芒。

单腿曳步、双腿曳步、穿梭、交叉、打响指，眨巴着眼睛，弯曲着膝盖，扭腿，用脚尖和后跟旋转，动作灵活得就像是鼓手的手指一样，好像在用两条左腿、两条右腿、两条木腿、两条金属腿、两条弹簧腿在跳舞一样——像各种各样的腿，也像没有腿——这些对他来说算得了什么？当他结束舞蹈，得意扬扬地跳到柜台上，用一种不可思议的声音发出黑人惯有的笑声——有谁在自己的一生中，在自己的任何一场舞蹈中得到过如此多的掌声呢？

即使在这种混乱的地方，经历过如此的嘈杂后，空气都是清新的。此刻，我们走上了一条更宽阔的街道，这里的空气更加清新，星星看起来也很明亮。我们再次经过了名为"坟墓"的监狱。城市的看守所也是这里的一部分，它就这样自然地出现在我们的视野之中。我们再看它一眼，然后去睡吧。

什么？你们就把违反了警律的普通罪犯塞进这样的洞里？那些男人和女人，罪名还没有定下来之前，整日整夜地躺在这黑暗之中，周围散发出恶臭，这些人不得不呼吸着这令人作呕的、污秽的空气！这种肮脏污秽的地牢，会让世上最专横的帝国都脸上无光！看看他们吧，你这每天晚上都能看到他们的拿着钥匙的老爷。你知道他们是什么样的吗？你知道街道下面的下水道是怎样修筑出来的吗？你知道这些人肉筑成的下水道除了总是停滞不动外，和真正的下水道还有什么不同之处吗？

嗯，他不知道。这里曾一次关押过二十五位年轻女性，你想象不到这里面有多少张俊美的面孔。

以上帝之名！关上这可怜人面前的铁门吧，这里比欧洲那些最古老的城市还要污秽、肮脏、混乱。

那些还没经过审讯的人，真的都整夜被锁在这黑暗的牢笼中？每天晚上都如此。看守每晚七点开始执行任务，法官每天早上五点才开庭。这是第一个受审的囚犯能最早得到解脱的时间，如果有警察对囚犯提出了控告，那囚犯被提审的时间会延迟到九点之后。但如果有人在待审时死去呢？不久前就发生过这样的事。那他的尸体很快会被老鼠们吃掉，就跟不久前的那个人一样，这就是他们的结局。

那震耳欲聋的钟声是怎么回事？远处传来的车轮声和人的呼喊声又是怎么回事？原来发生火灾了。对面那深红色的光又是怎么回事？也是火灾。我们面前那被烧得焦黑的墙壁是怎么回事？这里曾经发生过火灾。在一份不久前发布的官方文件中，还有一些记载显示，有些火灾并不完全是偶然发生的。冒险家和投机者即便在火灾中也能拓展出新的领地，就如刚刚那场火灾一样。前一晚就发生了一场火灾，这一晚上则发生了两起，你甚至可以断定，明天晚上至少还有一场。带着这样的想法，我们互道晚安，然后上楼睡觉。

住在纽约的时候，某一天，我曾拜访了长岛（或者是罗得岛，我不记得是哪个岛了）的几个公益机构。其中一家是精神病院。这栋建筑很美，楼道宽敞而整洁。整栋建筑还没有完全完工，但已经颇具规模，可以容纳很多病人。

参观这家机构后，我对它并不很满意。这些特殊的病房原本能更干净整洁、更有秩序的，而我在其他地方看到的更好的制度，在这里并没有看到。这里的一切都混乱不堪，这真令人痛苦。百无聊赖的患者蜷缩在角落里，头发蓬乱；口齿不清的患者手指乱舞，不时发出恐怖的笑声，双眼空洞无神，脸上神情狂乱，灰暗的嘴唇咬着手指甲；他们都是这样，没有任何伪装和掩饰，赤裸裸地将丑陋暴露在公众眼前，让人心惊。餐厅里空荡荡的，令人觉得压抑，因为除了空空的墙壁，什么也没有，只有一个女人独自被锁在这里。这里的看护告诉我，她一直想自杀。如果有什么能刺激到她，肯定就是这单调乏味的生活吧。

这里的大厅和过道里挤满了病人，这让我太震惊了。我不得不将自己在这里停留的时间缩减到最短，并且谢绝了去参观被关在这里的处于严密监控下的狂乱的疯子们。毫无疑问，我记述的这位管理这间医院的人，有能力管理好这里，并尽全力提供最好的服务。但你能相信吗，党派之间可怕的纷争所带来的影响也渗透到了这座悲惨的疯人院？你能相信吗，这里的病人们都将自己的本性充分暴露出来，神志不清，而看管他们的人视野也并不开阔，也会带上有色的政治眼镜去看他们？你能相信吗，这样一间医院的管理者的任命、罢免、更换，就像党派的竞争一样，出于各自的目的见风使舵，今天上台，明天下台？每周有许多次，一些新的却并不出众的党派出现在公众视野之中，宣扬的都是偏执的、浅陋的党派精神。这些党派精神就像美国的西蒙风①，危害所及之处的所有事物。这种状况让我为之侧目，但是都没有像这次参观这家精神病院时那样失望和轻蔑。

距这家精神病院不远的地方，还有一家"施舍院"，也就是纽约的"济贫院"。这家机构规模也很庞大，我在那儿参观的时候，那里住着约一千位贫困人士。这里的通风状况和光线都很差，也不太干净，总而言之，就是个很不舒服的地方。但你们要知道，作为世界的一大商贸中心，也是旅游胜地，纽约要接待的客人不仅来自美国各地，还来自世界各地，也就包括非常多的乞丐，因此，这里的居民压力也很大。不要忘了，纽约是一座大城市，数不清的好人和坏人都居住在这里。

施舍院附近还有一个育婴堂，年幼的孤儿们就在这里成长。我没有去参观，但我相信，这里的环境和设施应该都很不错。因为我知道在美国是多么留意《公祷书》中"牢记所有病人和孩子"这句美丽的话。

我是走水路去这些机构的，乘坐的船是属于岛上的监狱的。摇桨的囚犯们都穿着黑色和浅黄色条纹相间的囚服，看起来就像是老虎一样。他们也用同样的船送我去监狱探视。

这所监狱有些年头了，是相当久远时代的产物，遵循的是我之前提到过的原则。我对这一点感到很高兴，因为这实在是一家不那么严格规范的机构。然而，就它的条件来说，已经办得很不错了，这里的一切也秩序井然，跟这类机构平常所能达到的程度

---

① 一种沙漠中的恶风。

一样好。

女人们在专门搭的棚子里工作。如果我没记错的话，这里没有男人们的工作车间，男人们都在附近的采石场工作。当时天正下着雨，采石场的工作也暂停了，囚犯们都待在牢房里。想象一下，这里大概有两三百间牢房，每一间里都关着一个人，有的人在门旁呼吸新鲜空气，双手伸出栅栏之外，有的人躺在床上（记住，这是中午时分），还有的人蜷缩在地上，头顶着铁栅栏，像一只野兽一样。外面大雨倾盆。永不熄灭的火炉放在监狱中间，热得透不过气来，雾气弥漫，朦朦胧胧，就像女巫的蒸锅冒出的毒气一样。还有一种淡淡的潮气飘出来，就像是哪里堆积着一千把发了霉、湿透了的雨伞，还有一千个装满了洗了一半的衣服的洗衣篮——那天的监狱就是这样。

从另一方面来说，纽约州的新新州立监狱是一所模范监狱。我相信，它和奥本监狱一样都是采用静默制度①的监狱中最大也是最好的典范。

这城里的另一个地方，有一座"贫寒收容所"。这家机构的设立目的是为了改造年轻的罪犯，无论男女，无论人种，没有差别。要教他们有用的手艺活儿，让他们给所做行当里的行家里手做学徒，让他们成为对社会有用的人。你们会发现，这家机构的设立意图跟波士顿的那家差不多。这同样是一家令人称道、值得赞扬的机构。我在这里视察的时候不禁产生了疑惑：这家机构的负责

---

① 一种监狱管理制度：夜间分房监督犯人，白天共同劳动，禁止相互交谈，保持绝对沉默。因最早在美国纽约州奥本监狱实验实行，也被称为"奥本制度"。

人对人情世故有深入的了解吗？将那些不论从年龄还是经历看都已成年的女性还当成孩子来对待，是否犯了严重的错误呢？这在我看来真是很可笑，也许在她们看来，也很搞笑吧，不然就是我搞错了。然而，这家机构一直处于一群明智而经验丰富的人的管理之中，它不可能会处于疏于管理的状态。无论我在这一点上的执念是对还是错，这对它的功绩和品质都是无关紧要的，而在这两个方面，它都是无可匹敌的。

除了这些机构，纽约还有很棒的医院和学校、文学协会和图书馆，以及优秀的消防机构（肯定优秀，因为经常会实际演练），还有其他各种各样的机构。城郊有一片空旷的公墓，虽然没有完工，但每天都有进展。在那里，我见到的最让人感伤的就是"异乡人墓地——这座城市的另一个旅馆"。

这里有三家主要的剧院。其中两家，一家是公园剧院，一家是包厢剧院，规模很大，装潢也很漂亮。但令我感到遗憾的是，它们几乎无人光顾了。第三家是奥林匹克剧院，就是一间专供杂耍和滑稽戏演出的小戏院。只有这一家，在米切尔先生的精心管理下运营良好。米切尔先生是一个滑稽演员，有很出色的幽默感和想象力，伦敦爱看戏的观众一定记得他并尊敬他。很高兴能在这里介绍这位德高望重的先生。他的剧院经常座无虚席，每次演出剧院里都充满欢声笑语。我几乎都忘了，那里还有一家小夏令剧场，叫尼布鲁，它还有花园和露天表演，但是，我认为，它还是无法幸免于逐渐衰落的结局。

围绕着纽约城的乡村真是非常美丽。像我之前所提及的那样，这里的气候是最暖和的。如果傍晚时没有从那美丽海港中吹拂过来的海风，这里将会是怎样的情形？我真的不想让读者们费神去思索这些。

这城里的上流社会，跟波士顿的上流社会风气一样，与那里相比，可能更多的商业精神侵入了这里，但都是经过了磨砺和改造的，以跟这里的环境更加相宜。房子和餐桌都布置得很漂亮，宴会的时间更迟，更随意。也许，从表面上看，这座城市是充满活力的，人们纷纷展露自己的财富，尽情奢侈地挥霍着生活。这里的女士们格外漂亮。

离开纽约之前，我预订了"乔治·华盛顿"号邮轮的船票，准备回英国。这艘船预计会在六月出航。我确定，如果没有其他意外事件干扰我在美国的游程，我将在那时离开美国。

我没有想到，当我最后要离开美国，登上这艘船，跟在这里陪伴我的朋友们告别，要返回英国，回到我的至亲身旁，回到那已经成为我本性中一部分的工作身旁时候，居然会那样难过。我没有想到，一个曾经如此遥远，而且认识如此晚的地方的名字，会在我的记忆里留下如此深刻的印象，并且鲜明生动，永不褪色。这座城市的人能照亮拉普兰①最黑暗的冬天。当我们彼此说出那句令人痛苦的话，那句伴随着我们所有思想和行动、婴儿时萦绕在摇篮边、暮年时将生活远景结束的话时②，在他们面前，就连家乡在存在都失去了光彩。

---

① 斯堪的纳维亚半岛最北端地区，四分之三处于北极圈内。

② 指"再见"。英语goodbye是God be with you 的缩写，意为"愿上帝与你同在"。

第七章
费城和它的单人囚室

从纽约到费城，先要坐火车，还要搭两次渡轮，通常需耗时五六个小时。上火车的时候是傍晚，天色正好，我们坐在车厢门口，从座位旁的窗口正好能看到缓缓下降却依然明亮的夕阳。突然，我的目光被前面那节男士车厢的窗户飞出来的东西吸引住了。我本来以为是前面某些勤劳的家伙扯开了羽毛床垫，羽毛飞出了窗外，后来我才意识到，那不过是前面的人吐的口水。而事实也确实如此。虽然那节车厢里的乘客应该不多，但他们为何要把这当成游戏反复玩，我到现在都无法理解，尽管后来与吐口水有关的经历我遇到很多次。

这一次，我结识了一个性格温柔、非常谦逊的年轻的贵格会教徒。是他先找我聊天的，他悄悄告诉我，他的祖父是冷提蓖麻油的发明者。我之所以在这里说这些，是因为这是我第一次遇到以贵重药物作为话题的交谈。

那天，我们很晚才抵达费城。睡前，我从卧房的窗口往外看，街道对面，有一栋很漂亮的白色大理石建筑，看起来就像个幽灵一样，令人心惊胆战。我认为这种效果是因为夜色太深的缘故，到早晨再看，应该就能看到那里的台阶和门廊上挤满了进进出出的人吧。但是，早晨时，那扇大门仍然是紧闭着的，那里的气氛仍然冷清，只有堂古兹曼①的大理石雕像才会进入到这栋建筑里去。我马上去打听这栋建筑物的名字和用途，然后我的惊讶才被完全打消。这是钱财的坟墓，是投资活动的地下墓穴，也就是赫赫有名的美国联邦银行②。

这家银行的关门带来了毁灭性的后果，让费城的天空蒙上了一层巨大的阴影（各方面的人都这么告诉我）。这个令人压抑的阴影仍然在这里的街道上徘徊，让整个城市变得阴沉灰暗，没有精神。

这座城市很漂亮，但整齐得令人发狂。步行了一两个小时后，我想我宁愿用整个世界来换一条弯曲的小径。在它贵格会精神的影响下，我的衣领变得硬挺，帽檐似乎也更宽了。我的头发好像自己缩成了时髦的短发，双手好像自己交叠放在了胸前，穿过商业中心区寄住到马克街，用玉米做投机买卖来大赚一笔的想法不知不觉涌上了我心头。

费城的淡水资源丰富，大雨之后，雨水遍地横流。自来水厂建在城市的一处高地上，不仅实用，而且美观，像一座公园一样景色秀美，秩序井然。河水在这里被河坝拦截，变成蓄水池或水库。

---

① 疑指17世纪中期西班牙首相加斯帕尔·堂古兹曼。大理石雕像的典故无可考。

② 美国独立后，在财政部长汉密尔顿的支持下，成立了一家私人中央银行，称美国第一银行，总部设在费城。由于杰弗逊、麦迪逊等人反对，于1811年关闭。后于1816年重新成立，称美国第二银行，总部仍在费城。1832年，杰克逊总统将财政部的钱从第二银行提走，引起经济恐慌，随后引起通货膨胀和经济危机。1836年，第二银行重组为宾夕法尼亚美国银行，并于1841年倒闭，倒闭时负债累累。

而整个城市，哪怕是高楼的顶层，也只要支付少量的钱就能获得供水。

这里有各种各样的公益机构。其中就包括一座很棒的医院——也是贵格会教徒创办的机构，但机构里的服务人员并不向被救助者传播宗教理念。还有一家以富兰克林命名的古老的图书馆，古雅而清幽；一座富丽堂皇的提供外汇的邮政局，等等。紧挨着那家贵格会医院的一间房间里有一幅韦斯特的画作，医院为了筹集必需的慈善基金而将这幅画拿出来做过展览。画的主题是救世主拯救病人，这种主题应该在其他地方也是很受人欢迎的。至于对画作的评价，或高或低，就全看观赏者的品位了。

这个房间里，还有一幅非常生动、个性十足的肖像画，作者是著名的美国画家萨利先生。

我在费城停留的时间不长，但我非常喜欢我在这里所领略到的一切。关于它的整体特色，我觉得，它比波士顿和纽约更具乡土气息。这个美丽的城市有一股文雅的风气，颇具莎士比亚的风格，就跟《威克菲尔德的牧师》中的音乐杯一样。距城市不远的地方，有一座未完工却很漂亮的大理石雕像。雕像是为吉拉德学院已故的创建人吉拉德绅士塑造的。吉拉德很有钱，如果按原计划将学校建造完工的话，那可能就是现在最大的学府了。但是他的遗产却被卷入了法律纷争之中，遗产的分配问题一直没有得到妥善解决，因此也就像美国其他的伟大工程一样，这一项工程有可能会拖到将来的某一天才能完成。

城郊有一座大型监狱，名叫"东方监狱"，由宾夕法尼亚州管理。这里的制度强硬、严苛，犯人们被严密监视着，四处弥漫着绝望而痛苦的情绪。我认为，它的手段是恶劣的、残忍的，造成的后果也一定是悲惨的、错误的。

我确信，它的意图是善意而人性化的，并且是锐意进取的，但有人提醒我，那些创建这个监狱系统的人，与那些使之付诸实践的善心的绅士们一样，都不知道自己做的究竟是什么。我相信，制定制度的人很少有人能够知道精神上的惩罚究竟有多么令人痛苦难熬。长年累月的监禁对犯人的身心都产生了深远的影响，从他们脸上的神情就能看出来。我也更加确定，他们内心那种深沉而可怕的感受，没有任何人能够体会，也没有任何人会将这些苦楚加诸自己的同伴们身上。这种日复一日缓慢而持久的对思想的折磨，比任何生理上的惩罚更具破坏性，因为这种折磨所留下的伤痕不像肉体上的伤痕，能被我们的眼睛和其他感官所感觉到，这些伤痕并不在体表，它没有造成任何人耳都能听到的哭喊声。因此我更应谴责它，作为一种泯灭人性的秘密惩罚手段，它再没有存在的必要了。我也曾扪心自问，我要是有权判定"对"和"错"，我是否会在某些案件审判时作出监禁犯人的判决，只是监禁的时间不会太长。但现在，我郑重声明，没有任何的奖赏和荣誉值得让我在大白天将一个快乐的人关进屋子里。我有为人的良知，但假如让我一个人躺在黑暗的屋子里，无论时间长短，无论任何理由，去承受这种监狱里的精神上的惩罚，无论如何我都不会同意的。

陪我来监狱的是两位官方指定的监狱管理者。这一天，我在他们的指引下视察监狱，并与犯人们交流。他们接待我的态度都非常谦恭，对我没有任何隐瞒或遮掩，我询问的所有问题，都得到了公开而直白的解答。这里的秩序井然，再怎么赞扬都不过分，任何善意的行为都会马上传达到上级部门那里。

在监狱的牢房和外面的围墙之间，还有一个宽敞的花园。我们通过牢房大门旁的一扇小门进入花园里，走过面前的小道，去了一栋大房子里。这栋房子周围有七条走廊与外界相通。第一层的过道两旁有很长一排的牢房门，每一扇门上都标了号。楼上的牢房也跟第一层的类似，只是前面没有那窄小的院子连接（而第一层的牢房就有），而且牢房看起来比第一层的也小一些。这样的房间布置能够让犯人每天多呼吸一点新鲜空气，活动空间也更大一点。

站在楼上的大厅中央，俯瞰这些阴暗的走廊，死气沉沉的氛围令人感到压抑。偶尔也会传来纺织工的梭子或是鞋匠的鞋楦头发出的声响，但这些声响全都被厚重的墙和铁门阻隔在外面，让这里更显死寂。每一个进入这里的囚犯，脸上和头上都蒙着黑色的布，仿佛是要将自己与活生生的世界隔开的屏障。他被带进了牢房里，刑满释放之前都不会从里边出来了。他没有任何关于妻子和孩子、家人或朋友的消息，完全不知道他们的生老病死。除了监狱管理者之外，他再看不到任何人，也再听不到任何人的声音。他就像是一个被埋葬了的活死人，在往后的日子里逐渐被遗忘，除了折磨带来的紧张和绝望，再没有别的情绪。

他的名字和罪行，以及他所承受的苦难，没有人知道，就连每天给他送食物的人也不知道。他的牢房门上有一个数字，这个数字代表着他的生平简介，监狱长官的名册上也有一份，还有一份在德育教官那里。除了这些，监狱对他的存在再没有别的记录。虽然他在这监狱里住了整整十年，但直到生命的最后一刻，他也

117

无法知道自己的牢房在这栋建筑的什么位置；他也不知道，他周围都住着什么人，漫长的冬夜里，这附近是不是有其他活人，他是不是一个人住在这座大监狱的一个人迹罕至的地方。这里有高墙、过道和铁门将他和其他人阻隔了起来，令人心慌难安。

每一间牢房都有两扇门，一扇门是坚固的橡木制作的，另一扇则是冰冷的铁门，铁门里有一个狭窄的通道，囚犯的食物就是从这里送进来的。他有一本《圣经》、一块石板和一支铅笔。有时候，出于某些目的，监狱管理者还会给他提供其他的书，也会相应提供钢笔、墨水和纸。他的剃须刀、盘子、罐头盒和脸盆都挂在墙上或是置放在牢房里的小架子上。每间牢房都会供应水，他可以随意饮用。白天，他会将床板靠放在墙边，这样他的劳作和活动的空间就会大一些。他的织布机、长凳都摆在那里，他就在那里劳作、睡觉、醒来，数着季节交替，渐渐变老。

我进去探视，遇到的第一个囚犯正好在织布机前工作。他当时已经在那里被关了六年了，我想他应该还要再关三年才能被释放。他曾被指控接收了一批被盗的货物，但经过这么久的关押，他仍然拒不承认，说自己从没有做过那样的交易。这是他第二次犯罪。

我们一走进去，他就停下了工作，摘下了眼镜，自如地回应我们的问话。但奇怪的是，他回话的时候总会先沉默一会儿，然后才若有所思地低声回答。他曾经用一些废弃的物品做了一面荷兰钟，做工很精巧。他还用醋瓶做了钟摆。见我对这个发明感兴趣，他很自豪地抬起头来，说他也一直希望能改良一下，希望大钟旁边的锤子和细碎的玻璃"不久之后便能奏乐"。他还从自己纺纱用的线中抽了一些色彩鲜明的，在墙上编画出了一些拙劣的形象来。画在门上的那位女性，他称之为"湖泊仙女"。

见我看着他打发时间制造的创意发明，他微微一笑。但我把目光转向他时，我发现他的嘴唇在颤抖，似乎应该能合上他的心跳节拍。我现在不记得为什么他会那样了，但我想他可能有过妻子。对于我的这个疑惑，他却摇了摇头，双手捂着脸转向了另一边。

"那你现在是听天由命了？"短暂的沉默之后，一位先生问道。期间他又恢复了之前的状态，回答的时候，他叹了口气，似乎这种无望他一点也不放在心上："噢，是的，是的！我已经听之任之了。""你认为自己是个好人吗？""哎，希望是吧，我确实希望如此。""时间过得很快吧？""先生们，在这四面墙壁之中，时间是很漫长的！"

他说这些的时候，看着周围的一切——天知道这是多么令人消沉的生活！——看着看着，他的神情变得非常奇怪，好像忘掉了什么。一会儿之后，他重重地叹了口气，然后戴上眼镜，再次工作起来。

另一间牢房里关着一个德国人，他因盗窃罪被判监禁五年，他也用纺线在牢房的墙壁和天花板上画满了画，这些画很漂亮。他在牢房里面整理出几英尺大的地方，做了一张小床放在中间，看起来像坟墓一样。他的品位和创意都超过寻常人，很难想象他会变得意志消沉。我从没有见过一个人精神上这样令人心酸、令人痛苦的场面，我的心在为他而流血。他脸上流着泪，将一个参观者拉到一旁，用颤抖的双手死死抓着对方的外套，让他站着不动，并询问自己是不是没有减刑的希望了。这场面看着真令人心痛。我从没见过，也从未听说过比这更悲惨的事情了。

我们又参观了一个牢房，这里关着的是一个又高又壮的黑人盗贼，他的工作是制造螺丝钉这类的东西。他就快刑满释放了。他不仅是个身手敏捷的盗贼，而且以冷酷无情著称。他滔滔不绝地向我们讲述自己的犯罪经历，用了一种十分留恋的语气。他绘声绘色地跟我们讲述盗窃时发生的趣闻，他还说他曾看到有老妇人戴着银制的眼镜坐在窗口（即便隔着一条街，他也能迅速发现对面的金属制品），随后他就去偷了。这个家伙只需一点点鼓励，就会把他最卑劣的行径都说出来。我很怀疑他是否会真的改邪归正，对此他保证说，被关进监狱的时候他深感庆幸自己还能出去，因此他有生之年再也不盗窃了。

在这些囚犯之中，有个人得到特赦，可以养兔子。因此他住的牢房也一股臭味。他们传唤他的时候，总是到门口叫他，让他去走廊里，他当然立刻照办。他站到窗口，背对着强烈的阳光，让憔悴的面容隐在光影里。他的脸上没有血色，苍白得可怕，好像是从坟墓里出来的一样。他本来抱着一只小白兔，但小白兔从他怀里跳下，跑回了牢房里。于是我们也让他回去，他便畏畏缩缩地跟着白兔回了房间。我真的很难判断他和那只兔子谁是更高等的生物。

这里还有一名英国囚犯，他刚来这儿不久，不过刑期却有七年。他看上去就是个坏蛋，眉毛很低，嘴唇很薄，脸色白净。他对参观者一点也不热情，甚至还企图用鞋匠用的刀袭击我，他会为此受到更多惩罚。还有一位德国囚犯，他前一天刚进监狱。我们看到他的时候，他惊得从床上跳了起来，用不太流利的英语努力请求让他工作。还有一位诗人囚犯，整整忙了两天，工作刚刚结束，他就在构思写关于船（他曾经当过水手）、"疯狂的葡萄酒杯"和他家乡的朋友的诗。监狱里囚犯很多。有些人一看到参观者就激动得脸红，而有的人则面色苍白。有两三位囚犯甚至还有护士照料，因为他们非常虚弱。有一个胖胖的老黑人，他的腿在服刑期间被打断了，他的护理者是一位经验丰富的医生兼古典文学学者——这位多才多艺的学者自己也是个囚犯。一个可爱的混血男孩坐在楼梯上，做着一些简单的活儿。"难道，费城没有青少年罪犯收容所吗？"我问。"有的，但是只关白人孩子。"罪犯居然也分贵贱！

还有一位水手，已经被关在这里十一年了，几个月后就会恢复自由了。十一年的单独囚禁啊！

"听说你快要出狱了，真为你高兴。"我的这句话得到了什么回应？什么也没有。他为什么要一直盯着双手，将皮从手指上撕下，不时地抬起头，看着周围光秃秃的墙壁？在这里，他的一头青丝都变成了灰白。这只是他消磨时间的方式。

他从不看别人的脸吗？他总是这样撕扯手上的皮，好像对皮肉分离很感兴趣吗？这只是他的消遣方式，仅此而已。

他说他现在并不期待着出去，对释放时间的临近也没什么高兴的感觉。他也曾期待过这一时刻，不过那都是很久以前的事了，现在他已经对一切都失去了兴趣。这是他的情绪，他已经变成了一个无助的、被毁掉的人。只有苍天能为他证明，他的情绪已经完全发泄出来了。

附近的监狱里还有三个女囚，她们因检举人指控她们意图抢劫而同时入狱。在沉寂而孤独的岁月中，她们变得更加美丽。她们看起来很忧伤，可能会让最铁石心肠的参观者落泪，但这种神情跟男囚犯们的表情是完全不同的。其中一个女囚还很年轻，如果我没记错的话，她当时还不满二十岁，她雪白的囚室里挂满了前一个犯人留下的东西。墙壁高处的缝隙里漏进来了些许阳光，照在她情绪低落的脸庞上，透过那缝隙，还能看到外面湛蓝的天空。她神情安静，充满了忏悔。她不停地说着悔过的话，她说的这些我都相信。"那么，你在这里快乐吗？"我的一个同伴问。这个问题让她内心非常挣扎——这种挣扎的确很厉害——过了很久，她才回答："是的。"但她抬起眼眸，望着头顶象征着自由的阳光，眼里突然涌出了眼泪来，说："我想要快乐，我从不抱怨，但有时候我也想要从牢房里出去，享受自由，这是人之常情，而我却无能为力……"说着，她啜泣起来，真是可怜！

那天我一间间牢房探访下来，我所见到的每一张脸孔，所听到的每一句话和观察到的每一个细节，都透露着无尽的痛苦。但我还是先把这些放在一边，再跟你们说说我接下来在匹兹堡的监狱里的所见所闻吧，这一定能让你们轻松一点儿。

我用同样的方式参观完监狱之后，就问主管，那里是否有即将刑满的犯人。他回答说，有一个第二天就会释放了，但他只在这里关了两年。

两年！我回顾了过去两年自己的生活，在监狱之外，生活富足而开心，充满愉悦、快乐和祝福——我们之间的差别多大啊，这两年封闭、囚禁的生活多么漫长啊！我现在还能回忆起那个第二天就要被释放的人的面容来。他脸上的幸福神情比其他人的痛苦更令人回味。在这里，要做出对这个监狱很棒的评价自然是容易的，对他来说，时间"过得相当的快"。当一个人觉得自己触犯了法律，他必须自我安慰，说出"无论如何都要向前走"这类的话来。

"他做出那么奇怪的姿势，叫你回去是做什么？"向导锁好门，在走廊里跟我会合的时候，我问他。

"噢！他说他的靴底可能不适合走路了，因为他进监狱的时候就已经磨损得不行了。他说我要是能给他找个修鞋匠，他会非常感激。"

那双靴子从他的脚上被脱下来，跟他其他的衣物放到了一起，这都是两年前的事儿了！

我借机询问向导，他们出狱之后会过得怎么样，并且说，我猜他们一定很焦急。

"嗯，也不是特别焦急。"向导回答，"但他们确实紧张——好像精神错乱了一样。他们无法用笔签名，有的甚至握不住笔，茫然地看着四周，好像不知道自己在哪里，究竟为什么而在那里；有时候坐立不安，一分钟内站起坐下要做二十次。要知道，这时他们还只是在办公室里，他们当初被送进监狱的时候，就是在这里戴上囚犯帽的。之后，他们走出大门，先看看这边，然后再看看那边，不知道要走哪条路。有的像喝醉了酒一样摇摇晃晃，有的靠在围墙上：他们的状况很糟，但时间久了他们也许就会清醒过来。"

我参观这些单间牢房，看着关押在里面的犯人的脸，试图去想象他们的思想和感觉。我想象着他们的帽子被摘掉，他们露出对漫长而单调的监狱生活感到消沉乏味的神情。

起初，那个囚犯是茫然无措的。监禁对他来说是一个可怕的幻象，而他过去的生活才是真实的。他倒在床上，全然陷入绝望中，不可自拔。渐渐地，难以忍受的孤僻和无聊让他从茫然中苏醒过来。他的房门锁一打开，他就低声下气地请求要工作："让我做点什么吧，不然我会疯掉的！"

他得到了一份工作，一次次地让自己专心工作，但是，他不时还是会想到要在这石棺材里浪费好些年的光阴，这让他深感苦恼。回忆起自己再也见不到，也再也无法陪伴的亲朋，他惊得从座位上跳了起来，双手捂着脸，仰着头在窄小的房间里大步来回走着，不由自主地往墙上撞去。

然后他又倒在了床上，呻吟着。突然他又跳了起来，他仔细聆听着怀疑附近是不是有人，是不是还有另一间牢房就在他旁边。

尽管并没有什么声音，但附近还是可能有别的囚犯。他记得，刚来这里的时候，就听说过，这里的牢房结构，使囚犯们无法听到彼此在房间里的声音，但监狱的管理人员能够听到。最靠近这个房间的人在哪里——在左边还是右边？还是两边都有？那个人现在坐在哪里——面朝光的方向？还是他在来回地走呢？他穿着什么样的衣服？来这儿很久了吗？他是不是很无聊？他是不是面色苍白，像个幽灵一样？他是不是也在想象他的邻居的样子呢？

他几乎屏住了呼吸，一边想象一边侧耳倾听，想象着身后有一根手指朝他伸过来，穿透了墙壁进入了旁边的牢房里。他不知道那间牢房里住着的是一个怎样的人，有一张怎样的面庞，但确定是一个弯腰驼背的模糊身影。另一侧的墙壁后也有一个人，背对着他，他看不到脸庞。时间一天天过去，他在夜里从梦中醒来的时候总是想起这两个人，直到想得心烦意乱为止。他的想象从来没有改变过，总是跟第一次想象的场景一样：右边的是个老人，左边的是个年轻人——他们一直背对着他。他总是想弄清楚他们的样子，这想法让他发狂，这个谜一样的想象让他惊恐难安。

让人厌烦的日子踩着沉重的步伐经过，就像参加葬礼的悼念者一样。渐渐地，他开始觉得牢房洁白的墙壁也变得令人害怕起来。这墙壁白得吓人，光滑的墙面让他的血液里都生出了寒意，而墙角也让他觉得痛苦。每天早上一醒来，他都会把头埋到被子里，不敢看那俯视着自己的可怕的天花板。白天的温暖光线也钻了进来，透过天花板上那不变的裂缝，露出一张丑陋的鬼脸——那里已经成了他的窗户。

虽然缓慢但逐渐地，对那个恐怖角落的恐惧感逐渐膨胀，这恐惧感一直包围着他，打扰他休息，让他的梦境也变得令人恐惧起来，让他在夜晚难以入眠。起初，他非常不喜欢这种感觉，认为这在他的大脑里孕育成了某种形状的、本不应该出现的东西，不断折磨着他。他开始觉得害怕，然后会梦到它，梦到有人轻声提到它。他不敢再理会它，但也不敢将它弃之一旁。现在，每天晚上他的头脑中总有一个阴影，一个鬼魂样的存在——它一直沉默不语，看起来十分可怕，但那究竟是鸟、野兽还是一个模糊的人影，他也分辨不出。

白天，待在牢房里时，他总是害怕去外面的小院子里。而等他去了小院子里，他也同样害怕再回到牢房。晚上，那个角落里有一个鬼怪。他好不容易鼓起勇气站到那个角落里，将鬼怪赶走

（实在无法忍受的时候，他曾经试过一次），但那鬼怪却逃到了他的床上。傍晚时分，总是在同一时刻，他总感觉有某个声音在呼唤他。随着夜色加深，那个模糊的阴影也开始活跃起来，即便如此，他的安慰者，那个不清晰的身影，却一直注视着他直到天明。

然后，这些恐怖的幻象逐渐消失了，但有时候也会重新回来，这很让人意外，但间隔的时间比之前更长，而形象也不再那么令人恐怖。他已经跟来探望他的先生谈了谈宗教问题，也读过了《圣经》，并在自己的石板上写下了一句祈祷词，将它挂在墙上以辟邪，希望能得到上天眷顾。现在，他有时候也会梦到自己的妻子和孩子，而实际上，他的妻子已经死去了，孩子也离开了他。他很容易因为感动掉眼泪，他很温顺、脆弱、心力交瘁。偶尔，那种熟悉的苦恼感还会回来，一点点儿小事，哪怕是一点儿寻常的声响，或是空中飘来的花香都可以让它复苏。但现在这种感觉持续的时间不会太长，因为外面的世界对他而言都是虚幻的，只有这里空虚的生活，才是真实的。这真令人伤心。

如果说他的监禁期还不长——我是说相对而言还不算长，因为他的监禁期不可能会短——这最后的半年几乎是最糟糕的，因为这个时候的他认为，监狱可能会着火，而他会被烧成灰烬，也许他会一直蹲监狱到死，或是受到错误的审判而继续服刑，无论是什么事，都一定会让他逃不脱监禁。这是很自然的想法，不可能反驳，因为他长期远离群居生活，加上他所承受的巨大的痛苦，他当然会更倾向认为会发生其他事情，而不是会重获自由，跟自己的亲朋团聚。

如果他的监禁期很长，对获释的渴望会让他感到困惑和迷茫。

一想到外面的世界，他破碎的心可能会重新澎湃起来，毕竟独自度过这么多年对他而言太难熬了，但也仅此而已。监狱的门关闭了太久了，里面的人已经完全丧失了希望和期盼。一开始就把他绞死要比把他关进这里，让他和他的同类们（此时他们已经跟他不一样了）待在一起要更好。

这些囚犯憔悴的脸上，都挂着同样的神情。我不知道应该把这神情跟什么做类比才好。有我们在那些盲人和聋人脸上看到的紧张，夹杂着恐惧，好像他们都受到了惊吓一样。我每走进一间牢房，每停留在一扇门旁，都能看到茫然的表情。它们似乎有非凡的魔力，一直停留在我的记忆里。如果我眼前站着一百个人，其中有一个很快就要刑满释放，不再过这无聊的日子了，我很快就能辨认出他来。

那些女囚的面容，正如我说过的那样，在这里变得更加文雅而充满人性的光辉。这是因为她们的天性更加善良，在荒僻的地方才更加凸显出来呢？还是因为她们更加温顺，更有耐心，所受的苦难也更长呢？这我不知道，但事实正是如此。然而，我认为，对她们的惩罚就像对那些男人的惩罚一样，都是残忍而不公平的，这一点我十分确信。

我坚定地认为，精神上的痛苦——非常强烈非常震撼的痛苦，你完全无法想象出来的痛苦——摧残着人的意志，让人完全无力应对这粗俗而忙碌的世界。我也一直认为，那些经历过这种惩罚的人，再次走进社会时心态也一定是不健康的。我知道很多这样的例子，那些走出监狱的犯人，不是自己选择了完全孤立的生活，就是被迫孤苦伶仃地过日子。但我真的想不起来，哪怕是那些才智高超的、意志力坚强的人之中，有没有一个人可以不受这种生活所影响，不变得思维错乱，不胡思乱想的。由消沉的意志和疑虑所创造的鬼怪是多么可怕，它们在荒芜的地方出生、成长起来，化成丑恶的生物，让天堂之路变得一片黑暗！

这些囚犯很少自杀，我确实也没有听说过有这样的现象。但无可争议的是，是这种制度适度地控制了这种倾向的发生，尽管通常情况下是会促成这种倾向的。所有了解心理疾病的人都很清楚，这种极度的失望和绝望会完全改变人的个性，会消除他自我克制的力量。这种理论很可能在某个人内心起作用，从而阻止他自我毁灭。通常都是这样的。

我很确定，它会让人的感官变得迟钝，并逐渐削弱人身体的官能。在费城的这座监狱里，我对那些陪同我的人说，囚犯在这里被关的时间太长，会变成聋子。那些人都已经习惯来查看犯人了，听到我的话，他们非常惊讶。他们认为我的说法是没有根据的，是荒谬的。但他们为推翻我的说法而求助的第一个囚犯——这是他们自己选择的，因此我印象很深刻（这一点他不知道）——却立刻证明了我的观点。他的语气不容怀疑，他说他也不知道究竟怎么了，听力越来越不行了。

毫无疑问的是，这是一种非常不公平的惩罚，对于那些已经身处绝境的人而言一点好处也没有。作为一种改革手段，与那些允许囚犯们一起劳动却禁止他们交流的手段相比，它的效果可能会更佳，但我不相信这种成效会持久。他们向我介绍的改革的例子，都是由"沉默的制度"催生的——我对此一点都不怀疑。想一想那位黑人窃贼和那位英国小偷，就算最乐观的人也不会对他们的改造抱有希望。

我认为，这种制度的缺点就在于，这种非自然的孤独环境下不可能产生任何健康的、有益的东西，即便是一只狗，或是其他更高等的生物，在这种环境下也会变得憔悴、消沉，逐渐失去活力。这种制度本身就足以引起对这种制度的争议。但我们还总能想起，它有多么残暴严苛。孤独的生命总是容易变得乖张古怪，令人扼腕，这种缺陷此时已经露出了端倪；另外，还要记住，我们要做出的选择不是这个制度或另一个糟糕的制度，而是另一个更好的制度，它的设计和实用性应该更强更好。我们当然有充分的理由抛弃这样一种毫无希望和期盼、充满苦恼、非常恶劣的惩罚手段。

为了从这种思索中解脱，我以一个同样主题的新奇故事来结束这一章。这个故事是这次参观的时候，某些相关人士告诉我的。

这所监狱的检查员们某次开定期会议的时候，一位费城的工人出现在他们面前，强烈请求他们将他关在一个封闭的地方。问他为什么要提出这样的请求时，他回答说，酒对他有难以抗拒的吸引力，他总是沉醉其中无法自拔，这毁掉了他的生活，让他陷入绝望，但他无法控制自己，他只是希望能不再受到诱惑，除了被关在远离酒的诱惑的地方之外，他实在想不到其他办法。他们回答他说，监狱是用来关押那些接受过审判并被判了刑的人的，不能用来关他这样的人。他们劝告他一定要戒酒，这一点只要他愿意肯定就能做到。他还从他们那里得到了其他好的建议，但他听得不耐烦了就离开了。对这个结果，他非常不满意。

他几次三番地来，每次都死缠烂打。终于，他们一起商议道："要是再次拒绝了，他还是会来的，还是把他关起来吧。很快他就会想要离开的，这样我们就能摆脱他了。"于是，他们让他签署了一份声明，防止他因为错误的拘禁而提起诉讼，写明了他被监禁是完全出于自愿，是他自己的选择。他们告诉他，无论是白天还是夜晚，只要他想出去了，就可以敲打房门来示意，参与会议的所有人都会同意放他出来的。但也提醒他，只要出来了，他就不可能再有进去的机会了。这些都交代清楚了，他仍然坚持原来的想法。于是他们将他带进了监狱，把他锁在其中的一间牢房里。

这个人，一个只要看见酒就忍不住诱惑的人，在这个囚禁他的牢房里，每天都忙着补鞋制鞋，一住就是两年。两年的时光快结束的时候，他的健康状况变得很差。医生建议他偶尔去花园里浇浇花。他非常喜欢这个提议，每天都很高兴地去做这份新工作。

某个夏季的一天，他非常投入地在花园里松土，外出的大门旁的那扇小门正巧打开了，那布满灰尘的道路和黝黑的田野出现在他眼前。对他，对任何一个活人而言这都是自由的象征。他刚一抬起头，就看到这在阳光的照耀下熠熠生辉的景象，出于一个囚犯的本能，他马上以最快的速度跑了出去，头都没有回。

第八章
华盛顿　国会　总统府邸

　　那天清晨六点，天气很冷，我们乘船离开了费城，前往华盛顿。

　　在这一天的旅途中，跟后来的所有旅程一样，我们都遇到过在美国定居的英国人（在国内他们都是小农场主或是乡下的酒馆老板），他们因为谋生而出国。外国人在美国乘坐公共交通工具的时候，遇到的各类人中，这些同乡是最让人难受的旅伴。我们的这些同乡将在美国飘荡的异乡人的最差劲的特点集于一身，这些人表现出非常冷漠的态度，好像高人一等一样，态度傲慢无礼，让人心生畏惧。他们吵吵闹闹的问候，肆意不断询问（对此他们总是急匆匆地辩护，好像是为了报复在国内时所受到的限制），这种态度甚至远超我所观察到的美国人。看到和听到他们的时候，我总是不由自主地产生爱国心理，如果这世上其他国家的人向他们索赔，我认为他们应该接受罚金——为了他们子孙的荣誉。

　　华盛顿被称为烟草唾液的大本营，这点儿我必须坦率承认，咀嚼和吐痰也是这时开始流行起来的，很快就变成了令人不愉快的、反感的行为。在美国的所有公众场所，这些肮脏的行为都得到了认可。在法庭中，法官、传唤员、证人和囚犯都各有各的痰盂。法院还会特地准备痰盂给陪审团和听众们，因为在庭审过程中，大部分男人都得要吐点东西。在医院，医学院的学生按墙上贴出的告示要求，抽烟之后将唾液吐在专为此设立的痰盂里，而不是吐在楼梯上。公共建筑物里也要求来访者将他们的咀嚼物——或称"烟草块"，我曾听某些绅士这样称呼这种食品，吐到公用的痰盂里，而不是吐到大理石柱的柱基处。在某些场合，这种习惯甚至跟日常用餐紧密联系在了一起，深入到了社交生活之中。如果有人步我的后尘来华盛顿，他就会发现，在这里，这种不雅的习惯已经盛行起来了，并且发展得势如破竹。希望他不要安慰自己（我曾经就这样做过，这真是令人感到羞愧），说之前的旅客们都对这种习俗言过其实。它本身就是最大的污秽行为，无须用语言渲染。

在这艘船上，有两个年轻人，领口翻转着，拄着很粗的手杖。他们选了距我们约四步远的甲板中间的座位，拿出了自己的烟盒，面对面地坐下来，开始咀嚼。不到一刻钟时间，黄色的烟草汁液就从这两位年轻人嘴里流出来，滴落到船的甲板上，像下了一场黄色的雨。他们滴落的那些汁液在地上形成一个魔圈，在这个圈的范围内，没有人敢进来，而且随着他们不断地咀嚼，这烟圈还没有完全干透就又加入了新的烟草块。早餐前看到这一幕，真让我觉得恶心。通过仔细观察，我发现，他们中的一位，在咀嚼烟草这方面还是个新手，因为他看上去心神难安的样子。看到他这样我很开心，但我发现他脸色越发苍白了。他一脸痛苦的神情，烟球在他的左腮一侧滑动，他吐着，嚼着，再吐，像在跟老朋友比赛一样。我敢肯定，他还会这样持续好几个小时。

我们都去了下面舒适的船舱里吃早餐。这里的早餐不像在英格兰那样匆忙混乱，大家在桌旁都非常优雅有礼。九点时，我们抵达了火车站，乘火车继续行程。中午时分，我们下了火车，再次登上另一艘汽船横穿过一条宽阔的河流，抵达了对岸的另一个火车站，搭乘了另一列火车。在接下来的一个小时左右的时间里，我们经过了好几座木桥——每座大约一英里长，两条小河——分别叫作大火药河与小火药河。两条河上北美大野鸭成群，河水似乎都被它们染成了黑色。这些野鸭可是餐桌上的美味，每年的这个季节它们都会聚集于此地。

那些桥都是木制的，没有栏杆，宽度仅容一列火车经过，一旦发生什么事故，火车都可能掉进河里。这种设计真让人害怕，侥幸通过真令人觉得庆幸。

我们在马里兰州的巴尔的摩吃饭，也是第一次接受奴隶的服务。这些奴隶是被贩卖到这里来的，当时这里黑人众多，很令人同情，接受奴隶服务真不是令人觉得羡慕的好事。像巴尔的摩这样的城市，对这种制度的排斥可能是最轻的。尽管我尊重他们，但他们毕竟是奴隶。他们是无辜的，他们的存在让我觉得很羞愧、很自责。

晚饭后，我们再次登上了火车，前往华盛顿。当时时间还很早，那些黑人和孩子们刚好没有什么事做，他们又对外国人非常好奇，于是纷纷围到我坐的车厢窗下（这是一种风俗）。他们将头和肩膀塞进车窗里，用双肘支住身体，心不在焉地评论着我的外在打扮，好像我是个木偶一样。我从来没有听到过关于我鼻子和眼睛的这样绝对的评价，他们对我的嘴唇和下巴的看法也不一致，还有我的头从后面看起来是怎样的，等等。有些人只要看到后就很绅士地离开，而那些孩子们（美国的孩子们真是很早熟）却不满足于此，还会一次次跑回来。许多孩子都走进了我的车厢。他们头上戴着帽子，双手插在兜里，盯着我看了整整两个小时。偶尔捏捏自己的鼻子，或者从水壶里喝点水以提神，有时还会走到车窗口，招呼下面街道上的其他孩子们过来，叫道"他在这里""过来""把你的伙伴们都叫来"，或做其他类似的事情。

那天晚上六点半，我们抵达了华盛顿。去旅馆的途中，我们看到了漂亮的国会大厦。这是一栋华丽的科林斯式建筑，高贵典雅，富丽堂皇。抵达旅馆后，我没有继续去游览这个地方，因为我感觉很疲惫，所以很快便上床睡觉了。

第二天吃过早餐后，我在街道上逛了一两个小时，然后回到旅馆，打开了房间前后的窗户，趴在窗台上看风景。这里是华盛顿，我对这里记忆犹新。

城市干道和郊区的本顿维尔，还有落后的帕里斯郊区，都是最糟糕的地方，房子都非常小，而且依然保留着它们特有的奇怪的特征。尤其是本顿维尔的那些小商铺和居室（但华盛顿不是这样），被家具代理、可怜的餐馆老板和养鸟的人所占据。整个城镇都在火中化作一堆废墟后，人们再次用木头和水泥将这里堆砌起来，并扩大了一点点地盘，一直延伸到圣约翰森林。所有的私人房屋窗外都挂上绿色的窗帘，里面则挂一张红色或白色的。将所有的道路都挖好，每一个地方都种上大量的树，哪怕是不该种树的地方也种上。用石头和大理石修筑三座豪华的建筑物，地方随便选，只要不挡别人的道就好，其中一座是邮局，一座是专利局，还有一座是财政局。上午天气炎热，下午又非常寒冷，偶尔还有沙尘风暴。有一座砖厂，却不产砖。所有中心地段都有街道，这就是华盛顿。

我们住的旅店，就是面朝街道的一长排小房子，房子后面有一个共用的院子，里面挂着一个巨大的三角环。无论何时，只要需要服务，就会有人敲这个三角环，次数从一到七不等，代表着那个人所住的房子号码。由于服务员们总是在忙，当天也没有人过来敲环，这个有趣的物件那一整天就成了摆设。衣服的晾晒也是在这个院子里。头上包裹着棉头巾的女奴们跑进跑出地忙着旅馆的活儿，黑人侍者们手端着餐盘来回穿梭。两条大狗在小广场中央围着一堆散砖头玩耍；一头猪以肚皮朝天的姿势躺在阳光下，看起来很是舒服。有时，那个三角环叮叮咚咚地响着，而那里的男人、女人、狗和猪都像是没听到一样。

我走到前面的窗口，看着街道对面的那一长排散乱的房屋，都只有一层楼高，建在一块生满杂草的荒地上，看上去像一个喝醉了酒的乡下人，完全迷失了自我。一栋房子错乱地矗立在那一片开阔的地上，就像是从月球上掉下来的尘砾一样。它看起来很奇怪，是倾斜着的、木制的房子，看起来像是一座教堂，里面有一座比茶叶箱稍大一点的尖塔，塔上竖着一根旗杆，几乎跟塔身一样高。窗户下面有一个四轮马车停车处，黑人车夫们正坐在我们旅馆的门口晒太阳，懒洋洋地相互聊着天。有三栋房屋离我们最近，也是最破旧的。其中之一是一家店铺，窗口并没有什么货物，门也没有开过——门上涂着一行字"城市午餐"。另一栋房子看起来像是在什么地方有后门一样，但它是一栋独立的饭店，里面能做各种风味的牡蛎。第三栋是一个很小的裁缝铺，可以按订单缝制裤子，换言之就是，只要给出合适的尺寸，裤子就能被定做出来。这就是华盛顿的街道。

有时候，华盛顿也被称作"最美远景城市"，但也许被称作"最美规划城市"更恰当，因为只要从国会大厦楼顶往下俯瞰一眼，人们就会明白，城市的设计者是一个伟大的法国工程师。宽广的人行道不知从何处开始，也不知会将人导向何方；街道都只有一英里长，房屋、道路和居民穿杂在其间；公众建筑缺少公众来参观入驻；大道的装饰物很多，却少了大道来装饰——这是最主要的特点。这样的情景会让人想象到，春季一过，这里的大部分房屋都会跟随其主人一起永远消失。这座城市虽然规划不错，但没有什么值得令人驻足回味的景观。对那些喜欢城市的人而言，这里就像是一场巴米赛德宴会（《一千零一夜》中波斯王子举办的没有食物的假宴会），就像是空想家的乐园，就像是一座纪念夭折工程的纪念碑，上面甚至没有清晰的碑文记载那工程的伟大。

这就是华盛顿，它还会继续存在下去。它被选为美国的首都，也许是为了转移各州激烈的矛盾冲突、平衡各州利益，也非常可能是为了远离那群暴徒，无论是怎样的考虑，都是有目的的。这里没有自己的商业和贸易，除了总统和他属下的政府工作人员，几乎没有别的人口。立法机关的工作人员在开庭时期才会住在那里，政府文员和工作人员分别被雇用到不同的地方工作，有的当旅馆老板，有的当商人。这一切都很不正常。我认为，如果不用强制手段，没有人会住在华盛顿。移民潮和投机狂潮，那些所谓狂乱的潮流在这样一摊死水中无论如何都不可能成气候。

国会大厦的两栋主要建筑物自然是两座议院。但是，大厦的中央是一座豪华的圆形建筑，直径约九十六英尺，高度也约为九十六英尺。圆形的墙壁被间隔开，形成不同的大厅，墙上装饰着历史图画。其中的四幅主题是一次伟大的革命事件，作画者是特朗布尔上校，战时他是华盛顿参谋机构的成员。从这一点可以看出，这位上校对自己所参与的战事记忆深刻。近期，还有一座由雕塑家格里诺创作的华盛顿塑像被摆进了这里。它的造型非常美，但让我惊讶的是，它的主题竟然是关于暴力和压迫的。我希望它的摆放之处是一个光线更好的地方，而不是现在所在的那个位置。

国会大厦里还有一个宽敞而舒适的图书馆。如果像我刚刚提议的那样，从前面的阳台鸟瞰一下，就能看到附近美丽的乡村景色。在这栋建筑物的一个地方，有一座正义女神塑像，在《旅游指南》上有这样一段记载："雕塑家原本是想要塑造一个更加裸露的塑像，却遭到警告：这个国家的公众不会答应。而出于谨慎，他也许走向了另一个极端。"可怜的女神！在美国的国会大厦里，她不得不换上了那些奇形怪状的服装。我们希望，她能换一个裁缝师，因为她的衣服已经过时了，但这个国家的公众却没有剪短遮盖她可爱躯体的衣料。

众议院是一个宽敞而堂皇的大厅，呈半圆形，底座是精美的柱头。走廊的一个部分是女盥洗室。女士们在盥洗室前面坐成一排，进去，出来，就像是看戏或听音乐会一样。议院里的椅子上都装有天篷，每一个议院成员都有自己的安乐椅和写字台。这一点却遭到某些非议院成员的谴责，他们说这是最不明智、最愚蠢的安排，却适合长时间的会议和冗长乏味的发言。这看起来是一个富丽堂皇之地，但是它高高在上，不倾听人民的呼声。参议院的面积要小一点，但这对它并没有什么影响，使用起来也非常方便。这里的会议——其实我不用多说——都是在白天举行。国会的模式都是模仿一些古老国家的形式。

有时候，特别是在其他地方旅行的时候，我会遇到这样的问题：我对华盛顿的法律制定者们是否印象深刻。这里说的并不是立法机关的领导和成员在办公的时候的样子，而是他们作为平常人的样子，例如，他们的头发是什么样子？他们的外貌特征是什么样的？我的回答也让他们惊愕不已："不，我认为他们并不比我强。"虽然这话听起来有点冒犯，但我必须公开声明，我只是以尽可能简短的语言将我对这些人的印象表达出来。

首先——可能是我向来就对这地方缺乏崇敬的情感——看到任何立法机构时，我从未因骄傲和自豪而感动落泪过。我曾经像任何普通人一样支持过英国国会的下议院，但对完美却麻木的上议院敬而远之。我曾经看到过区郡的选举，却从来没有因为胜利（无论是哪个党派）的喜悦而把我的帽子扔到空中去；也没有因为任何与我们尊贵的宪法有关的事件、纯粹的自由选举或自由选举成员无懈可击的行为而欢呼雀跃，叫喊到喉咙嘶哑。我的坚韧经得起任何猛烈的冲击，可能是因为我的个性比较冷漠，而且对这些事并不那么敏感，甚至可以称得上麻木。因此，我对华盛顿国会大厦里那些栋梁之材的印象也大打折扣，以至需要这样坦率的承认。

在华盛顿停留期间，我每天都要参观国会两院。第一次去众议院的时候，他们正因为椅子而发生分歧，结果是，支持椅子的这一派赢了。第二次去的时候，有个议员正在发言，却被笑声打断，那个发言人也笑了一下，像是两个孩子在争吵的时候会做的那样，并继续说："我会让对面那位尊贵的绅士，大声唱出更多声音来。"但是被打断的情形很少见，发言人说话的时候，大家都在静静聆听着。他们会议中的争吵比我们议会会议的争吵多得多，这里的人们争论的时候比任何文明社会中的绅士们都更爱用威胁的手段。他们演讲的技术更加熟练，也更有意思，总是用不同的话语来阐述同样的思想。不懂的听众们问的也不是"他在说什么"，而是问"他说了多久了"。但是，这些不过是夸大了别的地方使用的某一条行为原则罢了。

参议院是一个高端文雅的机构，它的日常工作都是很严肃的，而且这里秩序相当严谨。参众两院地上铺的地毯都很华贵，但是由于大家都漠视了每个议院成员携带的痰盂，地毯的数量也减少了。这种不同寻常的改变是因为哪里都有人吐痰，将地毯弄得湿漉漉的，令人难以忍受。根据我的观察，我要强烈建议所有来参观的人都不要看地板，如果不小心掉了什么东西，哪怕是自己的钱包，也一定要戴上手套才能去捡。

起初，看到那么多尊贵的议员鼓着两腮，确实令人觉得惊奇。当我发现造成这一现象的缘由是他们含在嘴里的烟草块，无论如何也不能说这不是不寻常的事了吧。看到一位尊贵的绅士背靠在椅背上，双腿搭在写字台上，用小刀削烟草块，一旦削好了，就吐掉嘴里已经咀嚼完了的，就像机关枪发射子弹一样，并把新的塞进嘴里。

我发现，即便是经验丰富的老"烟枪"，吐烟草块的技术也不是很好,不总是能百发百中,正好吐到烟灰缸里。我觉得很惊讶，这让我想到了来复枪的使用。这种例子我们在英国听得很多。有好几位绅士来探访我，我们交谈的时候，他们总是不理会五步之外的痰盂，其中一位绅士（他确实近视）甚至将附近的窗格当成了痰盂。还有一次，我出去吃饭，开餐前正跟两位女士和几位先生们围坐在火旁，其中一位先生有六次没能将痰吐到壁炉中。我不禁认为，他不过是没能瞄准那个目标而已，要是在壁炉的炉围边加上一圈白色大理石镶边，这样就会更加方便，他也会瞄得更准。

华盛顿的商务专利局是体现美国进取和独创精神的最好范例。因为这里所容纳的无数模型，都是近五年内的发明，而以前累积的所有收藏品都在一场大火中被烧毁了。这些模型所安放的地方，现在还只是个精致的架子，并没有最后完成，因为整个大楼的墙壁只有一面竖起来了，而施工目前处于停滞时期。邮局是一栋朴素但不乏美丽的建筑。其中的一个部门有很多稀有的收藏品。在这些收藏之中，有一些不同时期、不同国家的当权者送给美国大使的礼物。按美国法律，这些礼物不得私自收藏。我承认，我认为这真是令人痛苦的展出，绝不能体现这个国家的真诚与荣耀。一个很有名气、很有地位的绅士，会被鼻烟壶、镶嵌着宝石的短刀或东方的披肩所吸引，而忘记了自己的职责，这根本体现不了人的高尚情操。当然，如果这个国家更加信赖它任命的仆人，而不做这种卑鄙而低劣的猜疑的话，它可能会得到更好地维护吧。

在乔治城的城郊，有一所耶稣会学院，我有幸参观过一次，环境幽雅宜人。其中有许多人并不是天主教徒，他们选择这里，只是为了方便孩子接受教育。旁边的高地上，波多马可河潺潺流过，两岸风景如画，跟华盛顿那病态的样子完全不一样。由于海拔略高一点，这里的空气非常清新而凉爽，而在城市里却是无比火热的。

无论是外景还是内景，与我参观过的其他建筑物相比，总统府邸都更像是英国的俱乐部会所。花园小径都是经过精心装修的，看上去很漂亮，赏心悦目，只不过给人一种昨天才刚刚铺好的印象，这让它们的风采减了不少。

在我来到华盛顿后的一个上午，有一位政府官员来迎接我。他负责将我送到总统府，这也是我第一次去那里参观。

我们进入了一间大厅，按了两三次铃也没人理会，于是，在没有任何欢迎仪式的情况下，我自己穿过了底层的房间。一些男士看起来非常悠闲（他们大部分人都戴着帽子，双手插在口袋里）。其中有些人还有女士陪伴，他们对这些女士彬彬有礼。有的则懒散地倒在椅子或沙发上，还有些人一副精疲力竭的样子，正无精打采地打着哈欠。每个人都知道，这里的集会不过是为了维护他们无可匹敌的地位，而不是真的有什么特别的事要做。有一些人密切关注着这里的家具，好像是要确定总统会不会拿走这些家具，或者是为了个人私利将它们卖掉（看来总统并不受欢迎）。

那些闲人们聚集在一间漂亮的客厅里——有的上了阳台，从那里可以一览河上和附近乡村的美景；有的在一间名为"东方画廊"的大房子里闲逛。看过这些闲人之后，我们走上了楼，进入了另一个房间。这里有很多来访者等待着被召见。一见到我的向导，一个穿着平常衣服，跨着黄色拖鞋的黑人悄无声息地跑了过来，附在向导耳旁低声说了些什么，做了个赞赏的手势，然后又悄悄跑开了。

我们之前已经看到，另一个大厅里摆满了大书桌或写字台，上面摆着很多报纸，很多绅士都在翻看那些报纸。在这个房间里，除了看报，再没别的消遣可以打发时间。这真是个令人厌倦的地方，就跟英国公共机关的接待室一样，也像是某些政客在家里举办的宴会一样无聊。

　　房间里约有十五到二十人，其中有一个身材高大、肌肉结实的老人。他来自西部，皮肤被太阳炙烤得黝黑，膝盖上放着一顶棕色和白色相间的帽子，双腿之间夹着一把大伞，在椅子上坐得笔直，皱眉凝视着地毯，嘴唇扭曲成了一道弧线，似乎是打定了主意要让总统记住他说的话，一字一句都不能少。另外，有个农民，来自肯塔基州，身高六英尺六英寸，头上戴着帽子，双手放在上衣的后摆下面。他靠在墙上，用脚后跟不断踢踩着地面，好像时间的头颅正在那里，而他则正要"踩死"它。还有一位，长着一张鸭蛋脸，看起来脾气暴躁，留着时髦的短发，胡须剃得很干净，甚至皮肤上还显露出了蓝色的点点。他将手杖的把手放在嘴里，又不时从嘴里掏出来，看看它变成了什么样。我观察到的第四个人只是在吹着口哨，而第五个人一直在吐痰。确实，这些绅士们总是对吐痰这事儿乐此不疲，在地毯上留下了很多痰液积液。我想，总统府的女佣们工钱应该很高，或者更委婉地说，她们得到的"报酬"很高。这个词是一个美国式词汇，指的是公务机关职员的薪水。

　　我们在这里没等多久，那位黑人侍者又回来了，将我们带到了另一个更小的房间里，总统本人就坐在一张堆满了文件的办公桌后。他看起来有点儿疲倦，还有点儿焦虑，但看起来还不错——

尽管他一直在跟别人作战，但他脸上的神情非常柔和，看起来很愉快，他的举止也很自然，很绅士，令人感觉舒畅。我想，他的举止和神情都显得非常平易近人，这也拉近了他和拜访者之间的距离。

我用人们建议的在共和党圈子里能得到认可的礼节，很委婉地拒绝了晚宴的邀请。这并没有任何不妥，因为我之前没有收到任何通知，而几天后我就要离开华盛顿了，此前所有的安排都已经准备好了。后来，我又去过总统府一次，参加过一次在特定夜晚举行的普通宴会。宴会时间在九点到十二点之间，被称为总统招待会。

那天大约十点，我和妻子抵达了总统府。院子里有很多人和马车。据我观察，人们上下马车并不遵守什么秩序。这里也没有警察来控制受惊的马匹，既不能割断缰绳，也不能挥舞棍棒在它们面前晃来晃去。我发誓，没有任何无礼的人会来敲打它们的头，也没有任何人会来戳它们的背或肚子，或用类似温柔的方式让它们停下来，然后把它们关起来，不让它们离开。但是这里一点也不混乱无序。我们的马车顺利抵达了门廊，没有任何阻拦、咒骂和喊叫，没有倒退，也没有其他任何骚乱。我们非常轻松愉快地下了马车，好像护送我们的是整个城市护卫队。

一楼的房间里都点了灯，一支军乐队正在大厅里奏乐。小会客室里坐满了人，人群中间的是总统和他的儿媳。总统的儿媳宛如这府邸的女主人。她是一位风趣、优雅又极富才艺的女士。这里面还有一位绅士，看上去像是这里所有仪式的主持人。我没有看到有其他工作人员和服务员，这里不需要他们。

如前所述，一楼的大会客室和其他的房间里都挤满了人。这些人都不是经过特意挑选的，因为他们来自各个阶层，也没有人身着华贵的服装，但事实上，我认为，他们中有的人穿的衣服非常怪异。这里盛行优雅的谈吐和礼貌的举止，任何粗俗的行为和不愉快的争论都无法破坏这里融洽的氛围。每一个人，乃至混迹在那个不需要任何邀请函或入场券就能进入的那个大厅里的人，看起来也像是觉得自己就是这府里的一个成员，有责任用自己良好的举止言行来维护它的形象。

　　这些访客，无论身处什么地位和阶级，都具有一定的品味和才华，知道敬重那些因才华出众而表现出无限魅力的人。这些人会提升自己在其他领域的才能。他们见到我亲爱的朋友华盛顿·欧文的时候，露出非常诚恳的表情。欧文当时刚刚被任命为驻西班牙的宫廷大使，那天晚上他也以他的新身份出席了那次宴会。那是他出国前第一次也是最后一次参加这种宴会。我真心认为，在混乱的美国政坛上，很少有公众人物像这位有魅力的作家一样热心、专注而深情地维护着这身份。我很少对自己参加过的公众聚会充满敬意，就像对这一次一样。聚会中的人都不再关注那些聒噪的演说家和政府官员，而是热情诚恳地围绕着这位追求平淡的人，因他的光临而骄傲，并会将这难忘的一幕带给故乡的人。因为他一直向他们播撒真诚和优美，所以他们对他非常感恩。愿他会一直这样慷慨地赠送这些财富，愿他们永远对他心怀崇敬！

　　我们计划在华盛顿停留的时间已经到期了，我们将再次开始旅程，像之前那样继续乘坐火车，探访那些古老的城镇，尽管在这块大陆上它们非常渺小。

刚开始的时候，我是准备南下去西弗吉尼亚州首府查尔斯顿的，但是考虑到这趟旅程所需耗费的时间，以及这个季节过早的炎热——就连在华盛顿，这种炎热也让人无法忍受，还有，我自己也很挣扎，我究竟是活在思考奴隶制的痛苦之中，还是让自己更深入地了解这种痛苦，并且耗费时间继续陈述与之相关的事例？我开始听从那古老的耳语，在英格兰的时候我就经常听到，那时候我还没想过要来这里，并梦想着看到城市成长起来，就像童话里的宫殿一样，坐落在西部的荒野和森林之中。

　　我开始按内心的愿望，打算向罗盘上的那一点行进的时候，有一位善良的好心人告诉我，这次西行肯定会遇到很多无趣的事，我和我的同伴会遭遇很多危险和不愉快。并且我也知道，当地的环境比我曾经走过的地方更令人不舒服。但还是要说一句，像汽船爆炸和马车散架无法前行这种事应该是不会发生的。当我从那位最善良好心的权威人士那里获得了一份西行路线图之后，我不再去想可能会遇到什么困难，并很快确定好了我的行程计划。

　　我们准备往南行，但只到弗吉尼亚州首府里士满，然后返回去中西部地区。我希望读者们在下一章里跟我继续我的行程。

第九章
波托马克河夜行　弗吉尼亚之路　黑人车夫　里士满
巴尔的摩　哈里斯堡邮政局　哈里斯堡一瞥　运河上的
小船

　　首先，我们还是要搭乘汽船。船出发的时间定在了凌晨四点，所以我们还可以在船上睡上一觉。我们按时抵达了船停泊的码头。这个时候起床真是难受，但想到一两个小时后就能躺到舒服的床上，我们又觉得非常愉快。

　　晚上十点左右，确切地说是十点半，皎洁的月光洒在河面上，感觉很温暖，但也很沉闷。这艘汽船（跟缩小版的诺亚方舟差不多，只不过发动机要装在船顶上）正在河上懒洋洋地漂浮着，随着水波的荡漾，不断往木头建造的码头旁边靠。码头距离城区还有一段距离。这里人烟稀少，汽船甲板上一两盏昏暗的灯就是唯一的有人生活的迹象。我们来码头时搭乘的马车已经离开了。我们的脚步声刚刚在甲板上响起，一位天生爱热闹的胖胖的女黑奴从漆黑的楼梯走下来，将我的妻子带到了女士船舱休息。我决定不去船上睡觉，而是一直在码头上散步直到天亮。

　　我并没有思考近旁的人和事，而是回忆着那些相距遥远的朋友和很久之前的事情。我来回踱步，这一走就是半个小时。然后我再次上了船，来到甲板上的灯光下，看了看我的手表，怀疑它

146

是不是停住不走了。我想起了那位从波士顿跟我一起来的秘书。他为人忠诚，这时也许正在同为我们送行的最后一位房东共进晚餐，也许还要两个小时才能回来。我再次去码头踱起步来，但感觉愈发沉闷了。月亮已经下山了，六月的气息在黑暗中似乎离我们越来越远了，我自己脚步的回声让我觉得紧张不安。现在感觉也更凉了，在这种孤寂的环境下一个人来散步，只不过是可怜的消遣。于是，我不再那么坚持之前的观点，而是认为最好还是去睡会儿。

我再次上了船，打开了男士船舱的门，走了进去。不知道为什么，我认为里面没人——可能是因为里面太安静的缘故吧。但让我吃惊的是，船舱里有很多人，且睡姿和睡相都不一样。卧铺上，椅子上，地板上，桌子上，尤其是火炉旁边，到处都是人，我真的很讨厌这样。我再往前走了一步，不小心碰到了一个裹着毯子睡在地上的黑人船员的脸。他跳了起来，一半是由于痛苦，一半是出于礼貌而微笑着。他低声在我耳旁叫出了我的名字，摸索着经过了那些睡觉的人，将我领到了我的卧铺边。我站在那里，数了数那些睡在舱里的人，大约四十人。没法再做别的事，于是我开始脱衣睡觉。由于椅子上堆满了衣服，我的衣服也就没地可放了，于是我将衣服扔到地上。但这也弄脏了我的手，因为这里就跟国会大厦的地毯一样脏，而且也是因为人们频繁吐痰的缘故。我没有完全脱光衣服，就爬上了卧铺。我将床帘打开了几分钟时间，再次看了看我的同伴们。然后，我把帘子放了下来，不再理会他们和整个世界，转过身，准备睡觉。

我醒来的时候，船已经开了，因为我听到了轰隆隆的噪音。

147

当时天刚刚破晓，所有人都已经醒来。有的人泰然自若，有的人却像是不知道自己身在何方，要使劲揉揉眼睛才能明白。我斜靠在手肘上，看着他们。他们有的打着哈欠，有的发出了呻吟，大家几乎都吐了一口痰。有一些人起床了，我也准备起床来。外面的新鲜空气透不进来，船舱里满是难闻的恶臭味。我草草地穿上衣服，走下床铺，去了前客舱，让理发师给我剃了胡须，并给自己洗漱一番。为乘客准备的盥洗用品包括两块卷毛巾，三个木制的小脸盆，一小桶水，还有一个装运水用的长柄勺，六平方英寸的镜子，两块黄色的肥皂，一把梳子，但没有牙刷。除了我，大家都用了这里提供的梳子。大家都看着我用自己的梳子，两三位男士还因为我对这些东西有偏见而想要打趣我，但他们并没有那么做。洗漱之后，我去了甲板上散步，这一走就是两个小时。太阳已经升起来了，阳光明媚。我们的船经过维农山庄，乔治·华盛顿就在那里长眠。那里河流宽阔而湍急，两岸景色秀美。白天的光辉灿烂已经完全展露出来，而且每一分钟都在加深。

八点钟时，我们在我过夜的船舱里吃早餐。这时门窗都打开了，空气非常清新。用餐的时候没有人匆匆忙忙，没有人狼吞虎咽。这顿饭花的时间比我们吃过的任何一次早餐都长，也更有秩序，人们也更礼貌。

九点刚过，我们就到了波托马克河。我们将在这里登陆，探访旅途中最奇特的地方。七辆公共马车正等着我们，有的已经完全准备好出发了，有的还没有准备好。有的车夫是黑人，有的车夫是白人。每一辆马车都配有四匹马，有的马已经套上了马具，有的还没套上，它们都在那里等着。旅客们从船上下来，上了马车，行李都是通过手推车运过来的。手推车发出嘎吱嘎吱的响声，马儿们受了惊，不耐烦地嘶叫着。黑人车夫对它们叽叽喳喳地叫，像猴子一样，而白人车夫则像牲畜贩子一样对它们高声呵斥。各种各样的马车夫都聚集在这里，他们的主要任务好像是要弄出尽可能大的噪音。马车都有点儿像法国的马车，但没有那么精致。马车上用的不是弹簧，而是最坚实的皮带。它们之间并没有什么差别，都装着车盖、车轴和车轮，挂上彩色的帆布当帘幕。所有马车从车顶到车轮都裹着泥浆，好像从它们被制造成之后就没有清洗过。

我们在汽船上收到的车票写着一号，所以，我们乘坐一号马车。我把外套扔到马车上，并帮助妻子和她的侍女进入车里。马车只有一级踏板，距离地面有一码高，通常要踩着椅子上去，如果没有椅子的话，女士们就只能靠上帝保佑了。马车能搭载九个人，两扇门之间有一个座位。在英国，我们通常就是把腿搁在这上面的，这就让其他人上下车都有点儿困难。车厢外可以坐一位乘客，我就是那个乘客。所有的行李都用绳子绑到了车顶上，在后面堆得很高。我爬到车顶，坐上去，正好有机会好好观察这位车夫。

他是个黑人，皮肤的确也很黑，穿一身灰色的衣服，上面打满了补丁（尤其是膝盖那里），灰色的长筒袜，不怎么黑的半筒靴，很短的裤子。他戴着一双奇怪的手套，一只是杂色的毛线手套，另一只却是皮革的。他的马鞭很短，中间断掉了，是用线连接起来的。他还戴着一顶低顶宽檐的黑帽子，看起来有一点儿像是英国车夫的打扮。我刚观察到这里，就有人在马车里叫道"出发"。一辆四匹马拉的邮车在前面领路，其他的马车紧随其后往前走，一号马车在最前面。

顺便说一下，面对同样的情形，我们英国人说"好了"的时候，美国人都是说"出发"！这就是两个国家在语言表达上的差异。

路程的前半英里是通过那座由松散的木板架在一排排平行木桩上而搭成的桥。车轮经过桥面时，那些木板的一头就翘了起来，另一头则扎进了河里。河底看起来满是黏土，而且到处都有坑。马儿们要是不小心准会陷一半身体进去，而且要很久才能把它们弄出来。

尽管情况如此，我们还是顺利地过了河，然后就上了对岸的路，路上有很多沼泽和沙坑。黑人车夫眼珠子滴溜溜地转动，嘴唇紧抿着，看着前面两辆引路的车，好像在自言自语："我们以前也总会这样，但这次，我觉得我们会撞毁的。"他双手握着缰绳，不断拉扯着，双脚不断地在挡泥板上舞动着（当然人还是没有离开座位）。我们还是陷了进去，泥土几乎埋到了马车的窗口。马车以四十五度角的形态倾斜着，动弹不得。里面的人都尖叫了起来。马车停了下来，马儿们不断挣扎着，其他六辆马车也都停了下来，它们的马同样挣扎不已，也陷入了和我们一样的境地。接着发生了如下一幕：

黑人车夫（对马儿们喊道）："嗨！"

然而马儿们不为所动。马车里的人再次尖叫了起来。

黑人车夫（对马儿们喊道）："嗬！"

马儿们开始踏步，溅了黑人车夫一身泥浆。

车里的一位绅士（看向车外）："喂，到底在——"

这位绅士也被溅了很多泥浆，不得不将头缩回车里，既没有问完问题，更别提得到回答。

黑人车夫（仍然对马儿们说）："吉达！吉达！"

马儿们奋力拉车，终于把车从泥坑里拉了出来，带到了地面上，但车厢仍然倾斜着。黑人车夫的双腿悬在空中，回到了车顶的行李之间。但他很快就恢复了平静，仍然对马儿们叫道："拉！"

但是不管用。相反地，一号马车居然倒在了二号马车上，二号马车又倒在了三号马车上，三号又倒在了四号上，以此类推，直到七号马车。七号里面传来的诅咒和谩骂声离我们的马车应该有四分之一英里的距离。

黑人车夫（更大声地叫道）："拉——！"

马儿们绝望地挣扎了一下。

黑人车夫（恢复了精神）："嗨，吉达，吉达，拉！"

马儿们再一次作出了努力。

黑人车夫（更加振奋了起来）："阿里路！嗨！吉达，吉达！拉！阿里路！"

马儿们全力以赴。

黑人车夫（眼睛似乎都要从眼眶里跳出来了）："哩——登。哩——登。嗨！吉达，吉达！拉！阿里路！哩——哩——哩——！"

马儿们最终冲上了路面，以一种令人惊恐的速度再次往下冲去。这一次什么都无法阻止它们的步伐。路面上有无数个积满了水的浅坑，马车飞驰而过，里面的人尖叫不已。泥浆和水飞溅到我和马车夫身上。黑人车夫像疯了似的手舞足蹈。突然，不知道遇到了什么，马车不可思议地停了下来，我们的呼吸恢复了正常。

黑人车夫的一个黑人朋友坐在一堵矮墙上。他像一个小丑一样快速转动着脖子和眼睛，不断耸着肩，大笑不止。黑人车夫很快就把他认出来了。他突然停下了动作，转而对我说：

"很快，这一切就会过去的，希望这一路你们能开心。老女人在家里呢，先生。"他大笑着说，"先生们出门的时候，总是牵挂家里的老女人，先生。"他说着，再次笑了起来。

"哎，哎，我们会照顾好老女人的。不要担心。"

黑人车夫也再次大笑了起来，但是前面又出现了一个坑，再前面是平地，离我们很近。因此他再次停了下来，对马儿们叫道："放轻松,轻松点儿。轻松。保持稳定。嗨! 吉达。拉。阿里——路。"他一直没再喊"哩——"，随后我们再次陷入了困境，而且这一次看起来再也无法脱身。

因此,我们就这样往前"走"了十英里左右，耗时两个半小时。虽然没有伤筋动骨，但也造成了很多擦伤。简而言之，走过这一段路确实是"很快"的。

这段奇特的旅程在弗雷德里克斯堡告一段落，因为在那里，有一条通往里士满的铁道。这条铁轨经过的乡村地段原本也是肥沃多产的，但是自从引入了大量奴隶务农之后，这里的土壤便遭到了破坏，而且土地也没得到护理。这里只是比没有树木的沙漠稍稍好一点儿而已。尽管这里看起来非常乏味、没有趣味，但我很乐意去探索为什么这片土地会变成如今我看到的这样，并更乐意思索这片荒凉的土地带给人的启示，也不愿意去想象这片土地以后会变得多么繁华。

这里，就跟所有其他蓄养奴隶的地方一样（我经常听到人们承认这一点，即便是最拥护奴隶制的人也承认），是奴隶制的温床，呈现在外面的腐败与衰烂，与这种制度是密不可分的。牲畜棚和厕所都破烂不堪，破了屋顶的小棚子四分五裂，木头小屋（弗吉尼亚的木头小屋都有户外烟囱，用黏土和木头制成）肮脏至极，满目疮痍，看不到什么像样的、令人感到舒服的东西。铁道旁那些低矮破旧的房屋属于锯木厂，厂门前的地上，黑人孩子和狗、猪等动物滚来滚去。锯木厂的负责人离开了，那里的人们焦虑不已，沮丧不已。

我们搭乘的这趟列车的黑人车厢里，有一位女士和她的孩子们刚刚被人买了下来，而她的丈夫却依然留在了他们原来的主人身边。孩子们一路上一直哭泣，母亲在一旁愁眉不展。那位买下了他们的主人——一个号称生活、自由和幸福的捍卫者，也在我们这节车厢里。每次火车停下的时候，他就赶去看看她们是不是还在。《辛巴达历险记》里，那个前额有一只像燃烧的煤球一样闪闪发光的眼的黑人，跟这位白人男士相比，就是一个天生的贵族。

晚上六点到七点之间，我们乘马车到了旅馆，看到前面有一排宽大的阶梯通往旅馆的门口，那里，有两三位旅客正在摇椅上一边抽着烟，一边休息。我们发现，这家旅馆很大，也很豪华，旅行者在这里会得到热情周到的服务。这里的气候干燥，所以任何时候，这里宽敞的酒吧里都不缺乏客人，也没有中断过冷饮的供应。这里的人们过得非常开心，一整晚都能欣赏到音乐，再次听到这些乐曲真是再好不过的娱乐。

第二天和第三天，我们在这城里骑马散步。这个小城坐落在八座平缓的山丘上，山下就是詹姆士河。河面波光粼粼，河流喧哗着淌过小岛，还有断岩。尽管这时才三月中旬，但这个南方小城的天气却已经相当暖和，桃花和玉兰争香斗艳，草木返青。在山间的一块低地上，有一个名为"血涌"的山谷。它之所以得了这么个名称，是因为曾经白人与美洲印第安人在这里爆发了一场血腥的战争。这是一个值得争夺的好地方。我在其他地方也听说过关于印第安人这个野性民族的传说，这个民族正快速地从这个星球上消失，这引导起了我的强烈兴趣。

这座城市是弗吉尼亚州议会的所在地，那座隐藏在树荫下的议会大楼里，某些演说家正滔滔不绝地说着什么，让人昏昏欲睡。所以，这些老生常谈的内容对我的吸引力还不如那些教区里的礼拜堂。我很高兴离开这里，转而去参观一个井然有序的约有一万册藏书的公共图书馆，并且还参观了工人均为奴隶的一家烟草工厂。

在这里，我参观了烟草制造的全程，包括采摘、卷绕、挤压、晒干、入盒包装、打标签。所有烟草都是这样加工出来供给人们咀嚼的。一个仓库里储藏了那么多烟草，也许你会以为，这些足够供应美国所有如饥似渴的烟民了。加工出来的烟草就像我们用来喂牛的豆饼，就算不知道它的用途，看到就够让人心生畏惧了。

大部分工人看起来都很强壮，他们都在安静地工作着的。下午两点之后，他们可以唱歌，一次可以唱几首。我到那里的时候，正赶上他们唱歌的时间。约有二十人分组在唱赞美诗，唱得一点儿也不坏，一边唱一边忙碌。我离开的时候，就餐时间到了，他们都涌进了街道对面的一栋房子里去吃饭。我跟一位先生说过几

154

次希望去看看他们吃饭的情况，但那位先生装聋作哑，不予回应。于是我也没有坚持要去。

第二天，我参观了河对岸的一个种植园，面积大约一千二百英亩。在这里，同样地，尽管我跟着园主来到了奴隶们所称的"住宿地"，但并没有受邀进入他们的住所。我所看到的都是破败不堪、岌岌可危的小屋子，近旁，半裸着的孩子们有的在晒太阳，有的则在灰尘中打滚。但我感觉，这位先生是一个细心而明智的主人。这里的五十位奴隶是他通过继承而获得的，他既不是奴隶贸易的买主，也不是卖主。通过我自己的观察，我确认他是个善良而高尚的人。

种植园主的房子是一栋通风的乡村风格式建筑，这让我想起了笛福在作品中描述的类似地方的场景。天气十分暖和，但窗帘都没有拉起来，门窗都打开着，一股凉意不时穿进屋子里。我经过户外炙热的骄阳烤晒之后，进入房里感觉很舒服。窗户前面是一道公用的走廊，园主和他的家人认为天气热的时候——无论那是什么时候——他们就挂好吊床，有的喝冷饮有的打瞌睡，这真是享受。我不知道他们在吊床上喝什么冷饮，但根据经验，他们在这里能得到的就是冰块、薄荷朱利酒、樱桃冷饮等。夏天，这些冷饮给那些容易知足的人带来的凉爽感觉并不能维持多久。

河上有两座桥，一座是铺设了铁轨的，另一座却是附近某位老妇人的私人财产，镇上人经过的时候是要收取过路费的。这听起来很不可思议。返回的时候，我再次路过这座桥，看到桥头大门上贴有一张告示，提醒人们要慢行，如果超过了规定速度，白人要罚款五美元，而黑人则要受十五鞭的惩罚。

弥漫在路途中的衰败和阴郁同样笼罩着里士满城。街道上都是漂亮的别墅和令人感到赏心悦目的房屋，大自然似乎也对这附近的乡村青睐有加。但是，点缀在这美景之中的却是那些破旧的小棚屋，围篱没有得到护理，墙壁也成了残垣断壁，就像那奴隶制度一样，也是伴随着财富积累而来的。这些，以及本文中所记述的其他相关内容，都暗示着奴隶在这里生活的艰难，让人们不得不注意到，并受到深深的震撼，从而忽略了生活在其中的人。

　　对那些不熟悉这里情况的人而言，这里街道上和劳作工地上的情况都是令人震惊的。而那些了解反蓄奴法的人一定会在奴隶们脸上看到愚蠢懵懂的神情，因为他们所遭受的痛苦和惩罚要比奴隶主因严刑拷打他们而缴纳的罚金严重得多。但是每一个外来者都能见到"漆黑"——不是皮肤，而是心灵，因造化弄人而让原本淳朴善良的心灵变得残忍冷酷，这种糟糕程度远超过人们之前的想象。那位讽刺作家因与马群为伍而获得灵感，他曾带着极大的恐惧感从高高的窗口俯瞰他的同类，他见到这群奴隶们时脸上的神情，一定比第一次见到这些脸庞的人的神情更加气馁。

　　我访问的最后一个奴隶，他整天从早忙到晚，只在中途偶尔打几个盹。凌晨四点，他就在清洗漆黑的过道，而且对我怀有感激之心，尽管我并不是注定要生活在奴隶制社会中，我的感知也并没有因奴隶制发源地的错误与恐怖而变得麻木不仁。

　　我本来是想顺着詹姆士河和切萨皮克湾去往巴尔的摩的，但其中一艘汽船因故没有出现在港口，我们也没确定好接下来该使用哪种交通工具，于是，我们顺着来时的路返回了华盛顿，又在那里住了一晚，第二天下午才出发去巴尔的摩。

我对美国的许多旅馆印象都很不错，其中最好的一家是巴尔的摩的巴纳姆旅馆。英国游客的床上有床帐，在美国这是我第一次，恐怕也是最后一次见到这种情况（这是一个很公正的评价，因为我从没有使用过），而且这里会给旅客提供足够的水以供他们洗漱沐浴，这可不常见。

　　巴尔的摩是马里兰州的首府，是一个熙熙攘攘、繁忙的城市，有各种形式的交通工具，水运尤为发达。城市中最令人难忘的地方与整洁程度无关，但是也别具特色，有很多令人感到舒畅的街道和公共建筑物。其中最著名的建筑物有三处：首先是华盛顿纪念碑，是一座精美的石柱碑，顶端有华盛顿的塑像；然后是战争纪念馆，是为了纪念在诺斯与英军签订的条约而建；最后还有医科大学。

　　这座城里有一个很棒的监狱系统，州立监狱就是其中之一。这里面还有两个很有趣的案例。

　　第一个案例是关于一位年轻人的，他被指控谋杀了他的父亲。证据虽然确凿，但都是自相矛盾、令人生疑的，也无法找到任何诱使他做这起案件的动机。他已经经过了两次审判。第二次审判的时候，陪审团在证明他有罪这一点上达不成统一意见，于是定为二级杀人罪。毫无疑问，这是不可能没有争端的，如果他真的有罪，他无疑就是谋杀了父亲。

　　这个案子最惹人注意的是，如果可怜的被害人不是被自己的儿子杀害了的话，那他就一定是被自己的亲兄弟杀害。针对罪犯的所有疑点，死者的兄弟都是目击证人；他的所有为囚徒所做的解释（有一些听起来非常真实可信），可能都是为了证明侄子的罪名。凶手一定是这两人中的一个，陪审团必须在两个嫌疑人中做出判断。两个人的证词都显得很奇怪、很不近人情、不负责任。

第二个案例的犯罪嫌疑人曾去了一家酿酒厂，偷了一个铜器酒具，里面装了一定量的酒。他被逮捕了，并且赃物也被收缴了，而且还被判处两年监禁。刑满释放了之后，他又去了那家酿酒厂，偷走了之前那个铜器酒具，里面装了同量的酒。这个人没有理由想再次回监狱，确实，一切都跟这个假设的情况相反，但他的罪行证实了这个假设。这种另类的行为只有两个解释：其一，他为了那件铜器酒具冒了这么多风险，他以为自己已经拥有了对它的某种权利；其二，他一直对这个酒具痴迷不已，这种无可抵抗的魔力让一件小酒具由一个普通的铜器变成了传说中的黄金酒杯。

在这里待了几天之后，我决定严格按自己之前所做的计划行事，按时开始我们的西部之旅。因此，我们将行李减到了最少（我将部分行李送回纽约，因为我们还要去加拿大，但这些东西并不是必不可少的），途中去银行办理必要的手续，并再次看了两晚的夕阳，在心里幻想着即将去的目的地的美妙风景，好像我们是要去地球中心探险一样。早上八点半，我们搭乘另一列火车离开巴尔的摩，晚餐前抵达了约六十英里外的约克镇旅馆。我们将在这里搭乘四匹马拉的马车，赶往哈里斯堡。

碰运气预订到的马车到火车站来迎接我们。这辆马车跟我们之前乘坐的马车一样蓬头垢面，非常笨重。由于很多乘客都在旅馆门前等待，那位马车夫压低了嗓门，像是在自言自语一样，看着他那发霉的马具，说："我想我们该用大马车。"

我不禁暗自猜测他说的大马车究竟有多大，能够承载多少人，因为这辆车对我们而言太小了，只比两辆英式马车稍大一点，与法式马车很像。我很快就停止了想象，因为我们刚吃过饭，远处的街道上就传来了轰隆隆的声响，有辆车像一艘巨大的带着轮子的游艇一样摇摇晃晃地来了。跌跌撞撞地走了半天，车停在了门口。发动机关掉的时候，它笨重地左右摇晃，好像在潮湿的屋子里着凉了。它如此破旧不堪还要快速前行，风一停它也就停了。

"如果最后来的不是哈里斯堡邮车的话，那它看起来也足够风光了！"一位老先生有点激动地叫道。

车里边坐了十二个人，行李（包括一把大摇椅和一张大餐桌）最终也被安置在了车顶，然后，我们就浩浩荡荡地出发了。

在另一家旅馆门前，我们又遇到了一位想乘车的旅客。

"还有座位吗，先生？"那位旅客问车夫。

"啊，座位多着呢。"车夫都没下车就回答道，甚至都没看那位旅客一眼。

"里面没有座位了，先生。"车里的一位绅士喊道。另一位先生（也是车里的）附和道，再加乘客车里会"很挤"的。

新的旅客不慌不忙地往车里看了一眼，然后去问车夫："那，你们打算怎么做呢？"他停顿了一下，然后又说："因为我必须走。"

车夫忙着给马车鞭打结，并不理会这个问题，显然是说那是他自己的事儿，乘客们一定会自己处理相互间的矛盾。这时，坐在角落里的另一个乘客，被挤得都快要窒息了，用微弱的声音喊道："我要出去！"

车夫既没有因此松一口气，也没有因此暗地里高兴，因为马车上发生的一切一点也没有动摇他一贯坚守的原则。在他心里，马车似乎是这世上最不值得他关心的东西。在座位交换了之后，那位放弃了车里座位的乘客变成了坐在车厢上的第三个人。他挤到了我和车夫中间，一半身体在我腿上，另一半则在车夫腿上。

"前进吧！"那位乘客喊道。

"前进！"车夫对他的马儿们喊道。我们就这样出发了。

马车前行了数英里之后，又在一家乡村酒馆前停下来，一位醉汉先是爬上了堆满行李的车顶，我们再次停下之后，他又自己溜了下去，并没有因此受伤。我们看着他跑向了后面那家乡村酒馆，我们之前就是在那里发现他的。随着时间推移，乘客们都陆续抵达了自己的目的地，于是也就都下了车。当再次更换马匹的时候，我又独自一人坐在马车外了。

马匹不断更换，车夫也随之更换，而且车夫们都跟马车一样脏兮兮的。第一位车夫的着装就像一个贫穷的英国烤面包师；第二位就像个俄国农民，因为他穿着一件配有皮毛围领的宽松紫色驼毛呢大衣，腰间系着一条杂色的毛线腰带，穿着灰色裤子，戴着浅蓝色手套和一顶熊皮帽。这时候，大雨倾盆而下，还起了又冷又潮的雾气，让人冷到了骨子里。我很高兴能借着停车的机会下车舒展一下腿脚，活动一下筋骨，并将大衣上的水都甩干净，大口喝酒以抵御寒冷。

再次回到座位上时，我发现车顶上又多了一个新的棕色行李包，我猜里面应该是放着一把超大的小提琴。然而，前行了数英里之后，我发现包裹的一头露出一顶光溜溜的帽子，另一头则有一双裹满了泥土的鞋子。后来，我才察觉到里面是个小男孩。他穿着黄褐色外套，双臂紧紧贴在身侧，手则插在了口袋里。我估计，他应该是车夫的亲戚或是朋友。他一直躺在行李顶端，面朝着雨的方向，改变姿势的时候他的鞋子会碰到我的帽子。其他时候，他看上去就像是睡着了。终于，我们某次停车的时候，这个小家伙终于站起身来，很礼貌地打了个哈欠。然后我友好地问候他："哎，伙计，我想你知道，这应该跟英国的下午差不多吧，啊？"

起初的时候，这里的景色很平常，但最后十到十二英里的路程里，景色又变得非常美丽。我们途经美丽的萨斯奎汉纳河谷，我们右侧的河流中间点缀着数不清的绿岛，左侧有一座陡峭的山，山上怪石嶙峋，茂密的松树林看上去幽暗深邃。雾气迷蒙，形成千百种奇怪的形状，缓缓地飘浮到河面上。夜幕降临，给所有的景象更增加一份神秘和沉寂，也更加深了人们对大自然的喜爱。

我们从河上的木桥经过。木桥上有顶，四周完全封闭，差不多一英里长，里面一片漆黑。我们摸索着经过一座座巨大的梁柱，透过桥面木板的大裂缝，湍急的河水闪着微光，看起来离我们很远，好像无数双眼睛在偷窥我们。我们没有灯，马儿们跟跟跄跄地前行，向桥的另一端那闪烁的微光跑去。这一段路看起来永远也走不到尽头。起初，我真的不敢相信我们所见到的一切。马车轰隆隆地驶进桥内，桥内回荡着它的回声。我低下头去，以避免碰到上面的廊檐。这对我来说就像重温噩梦，因为我经常梦到自己在这种地方艰难前行。因此，我这次也像是在梦里一样，自言自语地说："这一定不是真的。"

终于，我们抵达了哈里斯堡的街头。微弱的灯光在湿润的地面折射出暗淡的光芒，一点也没有欢乐的城市里灯火通明的场景。很快，我们就住进了一家整洁的小旅店。它比我们之前所住的旅馆要小得多，也没有之前住的那些旅馆那么豪华。但我一直对这里印象深刻，因为这家旅店的老板是我所见过的最彬彬有礼、最乐于助人、最周到体贴也是最绅士的一位。

由于要到第二天下午才继续赶路，所以，一吃过早餐，我就走出旅店去散步了。有人带我参观了一座单独矗立在城市一角的监狱。监狱里面还没有任何囚徒，只有一棵古老的大树，据说这里的第一个居民哈里斯死后就被葬在这树下。他曾被敌对的印第安人绑了起来，身旁堆满了干柴，那些印第安人想烧死他，但庆幸的是，河对岸的一支友军及时出现，拯救了他。我还参观了这里的立法机关（这里还有另一家这样的机构，这是很有争议的），还有其他景观。

我很乐意去看不同时期与印第安人签订的条约。这些条约是由当时的印第安人部落的酋长签署的，被保藏在叫政府部长的办公室里。这些签名完全出于各个酋长之手，是一些像是动物和武器的粗糙线条，这是当时他们的绰号。因此，"大海龟"用笔墨画了一只歪歪扭扭的大海龟，"野牛"画了一只野牛，"短刀"就画了象征自己的武器——一把短刀。还有"弓箭""鱼""头皮""大独木舟"，等等，诸如此类。

我看着这些孱弱无力、歪歪扭扭的手迹，想着画下这些图画的手可以用一张鹿角弓射出一支长箭，刺破对手的头颅，或用来复枪击中一颗弹珠或一根羽毛。我不禁想到了克拉布对教区记事簿的思索，以及那些农夫不规则的笔迹，他们可以将一块地笔直地从一头犁到另一头。那些头脑简单的战士们，他们原本忠诚和正直，但在那段岁月里，他们从白人那里学会了怎样抛弃自己的信仰，如何逃避自己的责任。想到这里，我不禁哀其不幸、怒其不争起来。我也在猜测，那个容易上当的"大海龟"，或者容易相信人的"小短刀"，签署过多少个被错误翻译给他们的条约。他们什么也不知道，直到他们的土地被夺走，他们才明白真相。这种掠夺真是野蛮。

在我们的晚餐开始前，主人宣布，立法机关的某些成员正等在外面准备来见我们。他还很好心地将他妻子的私人会客室让给我们。我请他让那些人进来，却看到他带着痛苦的神情看了看地上漂亮的地毯。但当时我正想着别的事情，他的这种不安的神情并没有引起我太多注意。

见完客人后，雨仍然很大，我们晚饭后去赶运河船（这也是一种交通工具，我们本打算乘坐它继续旅程）时，雨仍然没有停下的意思。我们要乘坐的船在大雨中赶来了，我们即将在这船上度过三四天时间——无论如何这艘船看上去也不是个舒适之所。

然而，这艘船从外面看起来就像是一艘有个小房子的驳船，而从里面看就像是集市上的大篷车。作为旁观者，男士们通常能花几便士来这样的移动博物馆参观。女士们则被一道红色的帘子将她们与男士们隔开，这是遵循古老的习俗，以保障她们的隐私。

我们坐在船上，沉默地看着船舱两旁摆着的小桌子，听着雨点敲打在船上溅出水花的声响，直到船舵发出了咯吱咯吱的响声，我们开始了我们的旅程。

第十章
运河船内部一览　船上乘客　穿过阿勒格尼山　匹兹堡

由于雨仍然下个没完，我们之中那些被雨淋成了落汤鸡的男士们围着火炉坐着，借此烤干身上的衣服；而那些没被淋湿的男士们则有的倒在座位上，有的伏在桌子上睡觉（尽管这样的睡姿并不太舒服），有的在船舱里踱步（小船舱的高度仅能容一个中等身材的男士小心翼翼地行走，任何鲁莽的动作都能让他的头撞到舱顶）。六点的时候，所有的小桌子都被放到一起，拼成一个大长桌。大家都坐下来开始用餐，饮料有茶和咖啡，还有面包、奶油、三文鱼、美洲西鲱、动物肝脏、牛排、土豆、泡菜、火腿、猪排、黑布丁和腊肠等食品。

"您要不要，"我对面的先生递给我一碟蘸着牛奶和奶油的土豆，问道，"您要不要尝尝这些配菜（fixings）？"

很少有词汇像"fix"一样有各种不同的释义。它是美式英语中的俗语词汇。你拜访一位小镇上的先生，他的仆人通知你他正在"修整仪容"（fixing himself），但很快就会下来，你就要明白，他其实是在换衣服。在蒸汽船上，你问同船的乘客，早餐是不是快好了，他告诉你，他认为确实如此，因为他刚刚下去的时候，他们正在"摆放桌子"（fixing the tables），你就要明白，这是在摆放餐具。你请求行李搬运工把你的行李搬过来，他让你不要着急，因为他"很快就会整理好"（fix it presently）。如果你有点儿不舒服，人们就会劝你去看医生，因为他会马上"让你恢复健康"（fix you）。

一天晚上，我在留宿的旅馆点了一瓶热葡萄酒，可是我等了很久店主才送过来，他向我道歉说因为他觉得没有"调配好"（fixed properly）。还记得有一次，在驿站吃晚饭的时候，我看到侍者给某位绅士端上了一盘没有烤熟的烤牛肉。那位绅士很严厉地问："这就是你说的给上帝的'完美供品'（fixing God a 'mighty' vittles）吗？"

这一餐饭虽然让我想起了以上所述与之无关的故事，但食物的确非常丰盛。男士们用宽刃刀和尖端分叉的叉子处理好食物，再送进自己的嘴里。我以前也见过有人这样做，不过那人的技巧更熟练。直到女士们落座了，男士们才坐下来，而且男士们对女士们的态度彬彬有礼，这让女士们觉得很舒坦。在美旅行期间，我在任何情况下都没有见到过男士对女士态度粗鲁无礼，或对她们漠不关心。

饭后，倾盆的大雨似乎因为雨势过猛而变得疲惫不堪，逐渐接近了尾声，我们可以去甲板上了。虽然甲板很小，而且由于中间堆满了行李而显得更狭小了，但我们还是能出来透透气。对此，我有一种很轻松的感觉。行李堆上面遮着一块柏油帆布，两侧各留了一条窄小的过道，我们散步时要非常当心才能不使自己跌到运河里去。舵轮前的人喊"桥"的时候，人就要灵巧地躲避一下，有时候喊声是"矮桥"，我们就要平躺下来。刚开始的时候，我们很不习惯这样，但逐渐习惯就成自然了。这里有那么多桥，我们也很快就适应了这一点。

夜幕降临，第一列山丘映入我们眼帘，那是阿勒格尼山的前沿，一直都让人觉得乏味的沿途景色突然变得壮丽起来，与之前给人的感觉截然相反。大雨之后，潮湿的地表冒出了缕缕水雾。我们还听到了蛙群的合唱（在这些地方能听到这声音真出人意料），就像是上百万的仙女佩戴着铃铛从空中飘过，紧紧尾随在我们船后。晚上天空中云层很厚，但还是透出了月光。我们渡过萨斯奎汉纳河，河上有一座木桥。奇怪的是，桥上居然分上下两道走廊，因此即使有两条蒸汽船相遇，也不会产生任何刮擦等事故。这景象很不寻常，但很壮观。

我已经说过，能不能在这船上睡觉这个问题让我觉得不安。我一直在想着这个问题，直到晚上十点，我去了底下的船舱，发现舱内两旁都有三层悬空的书架，看得出来都是为八开本的书设计的。我仔细打量这些书架（希望能在这里找到一些文学书籍），发现这书架上还铺着小床单和毯子，这时我才隐约意识到乘客们在这个舱里就是图书，直到第二天早上。

我看到在一张桌子前，几位乘客围在船长身边，脸上的神情像赌棍一样紧张；另一些人手里拿着小卡片，正按照卡片上写的数字在书架间寻找着。一旦有人发现了对应自己卡片上的数字，就很快脱掉衣服，爬到了书架上。令人激动的"床位"赌博很快就结束了，睡觉的人很快就打起鼾来，这是我所见的最特别的占床位方式。女士们则早就在放下来的红帘子后睡觉了，但是帘子后的人咳嗽、打鼾、低声说话，我们都能听到，我们仍然能够感知到她们的活动。

那位权威人士礼貌地将我领到红帘子旁边的一个搁板前，离那群睡觉的人多少还是远了一点儿，他这么热心体贴，我真的很感激。后来，经过测量，我发现那个搁板只有普通床单那么宽。一开始，我还有点不确定该怎么钻进去。但好在这块搁板正好是放在地面的，于是我最终决定，先躺在地板上，然后轻轻地滚过去，一碰到床单就停下来，这样，那个晚上就得一直保持停止时的那种卧姿睡了。幸运的是，我滚进去刚好背部着地。但是，抬头看到上面，我立刻警觉起来，因为我看到一个巨大的帆布口袋，里面有一个很肥胖的绅士，纤细的绳子看起来已经不堪重负了。我不禁想到，如果晚上他掉下来压着我，那我的妻子和家人该多么悲伤啊。但我如果起身走开的话肯定要费一番周折，有可能会惊扰到旁边的女士们，况且即便我想要离开，我也没别的地方可去。于是，我不再理会头上的危险，闭上了眼睛，睡在了那里。

　　乘坐这艘船的乘客基本上有两种情形。一种是由于船的颠簸而根本无法入睡，另一种躺下就可以入睡，但在梦里他们都吐痰，将现实和梦境完美地结合在了一起。一整晚，这艘船上都在刮着口水的暴风雨。有一次，我的外衣正好位于五位绅士刮起的风暴中心，所以第二天早上，我不得不把它用清水洗干净，然后晾晒到甲板上，直到晒干能穿为止。

　　早上五六点时，我们起了床。有一些人走到了甲板上，让船员有机会把那些架子收走。由于早上很冷，另一些人则留在了锈迹斑斑的火炉旁。他们都很喜欢这新生的火，更有人自愿往火炉里添加燃料。盥洗台很简陋。一只长柄锡勺用铁链挂在甲板上，每个认为有必要洗脸的人（许多人都控制不了自己），就用这只

167

勺子从运河里舀一点不干净的水，倒进一个锡盆子里，开始清洗。还有一卷环状毛巾、一把公用梳子和发刷挂在盥洗室的小镜子前。

八点时，架子都被取了下来，桌子被拼到了一起，大家又都坐下来，喝咖啡和茶，吃面包、奶油、三文鱼、美洲西鲱、动物肝脏、牛排、土豆、腌菜、火腿、猪排、黑布丁和腊肠，一切都跟前一天一样。有的人喜欢把所有的食物都混合到一起，并马上把这些都放到了自己的盘子里。喝完了茶和咖啡，吃完了面包、奶油、三文鱼、美洲西鲱、动物肝脏、牛排、土豆、腌菜、火腿、猪排、黑布丁和腊肠，绅士们就起身离开了。大家都吃好了以后，所有的残羹冷炙都被清理走了。有一位侍者，看来是新来的理发师。有人需要刮脸时，就请他来刮脸，而其他人则在一旁看着，或者对着报纸打哈欠。午餐也跟早餐一样，不过没有茶和咖啡，晚餐则跟早餐一模一样。

这艘船上有一位男士，长相清秀，穿着灰色的服装。他是船上好奇心最重的一个，除了提问他几乎不说别的话。无论是坐是站，是动是静，无论在甲板上散步还是在舱内用餐，他总是瞪大了眼，竖起了耳朵，仰起鼻子和下巴，半张着嘴，甚至前额上方的亚麻色头发也竖了起来，形成一簇。他衣服上的每一个扣子也好像在问："什么？那是什么？你说了什么？再说一次，好吗？"他总是保持清醒，永远不肯休息，总是无休无止，总是希望自己的问题能得到回答，不知疲倦地探索追寻。我从没见过好奇心这么重的人。

当时我穿着一件皮大衣，他问了我很多这件衣服的事儿：衣服价钱多少？在哪儿买的？衣服是什么动物的皮制的？重量多少？成本多少等等。随后，他看到我戴的手表，就问：我这表花多少钱买的？是不是法国手表？我是在哪儿得到的？是怎么得到的？是买的还是别人送的？它准不准？机芯在哪里？什么时候给它上发条？我有没有忘记过给它上发条？如果忘记过，那造成了什么后果？我上一站是在什么地方？下一站又打算去哪里？再下一站又要去哪里？我有没有见过总统，他都说过些什么？我又说过些什么？我说完了之后，他又回复了我什么？呃？上帝啊！快告诉我！

　　回答了最初的二三十个问题之后，我就发现，无论如何都满足不了他的好奇心，于是我躲避了他的提问，特地推脱说不知道这件衣服究竟是用什么皮制的。我也不清楚是不是因为这个原因，后来他就迷上了我这件大衣。无论我走到哪里，他都要跟着，我一走动他也会跟着走过来，这样他就能看得更清楚。他总是不惜冒着生命危险跟着我挤进狭窄的地方。如果让他把手放到我背上，用力抚摸一番，他也许才会满意。

　　船上还有个人也很奇怪。他是个中年人，脸庞消瘦，身材也很瘦，个头中等，穿着一件满是灰尘的棕色衣服。这种衣服我以前从没见过。旅程刚开始的时候，他还是很安静本分的。我确实不太记得是否见到过他，直到他后来出场。伟大的人物都是如此，突发事件让他一夜成名，尽管只是暂时的。

　　运河一直流淌到山脚下为止，水路到了尽头，船停了下来。乘客们都坐上了陆上交通工具，穿过山之后，再次登上了一艘运河船。这艘船跟之前那艘一模一样，在山的另一侧等待着我们。客运船有两条航线，一条称"捷运"，另一条（便宜一些的）称为"先

169

锋"。"先锋"先到山脚，等着"捷运"靠过来，两艘船是同时离开的。我们乘坐的是"捷运"航线，但等我们穿过了山，上了"捷运"船之后，发现船主把所有"先锋"航线的船只都绑在了"捷运"的后面，让它拖着它们出发。这样，我们至少有四十五位乘客，加上后来的一些乘客，晚上根本无法好好睡觉了。我们都对此很有意见，任谁面对这种状况都会抱怨的，然而却不得不忍受小船拖着那么多船。如果是在国内，我一定会提出强烈抗议，但我这时是在美国，所以我保持缄默。而那个中年人却不是这样。他从甲板上的人群中挤出一条缝来（我们几乎全都跑到了甲板上），自言自语地嚷嚷着：

"你们可能觉得没什么，但我不这么看。对于在新英格兰或波士顿长大的人来说，这样挺好的，但这绝不适合我。这个问题没有其他的解决办法，我告诉你们。听着！我来自密西西比的棕色森林。是的，太阳照在我脸上的时候，当然会照到我的——只有一点点，在我生活的地方，阳光一点也不灿烂耀眼，一点也不。我来自棕色森林，是的。我可不是软柿子。我所生活的地方的人都不是软柿子。我们是很粗俗的，相当粗俗。如果在新英格兰和波士顿长大的人喜欢这样，我很高兴，但我可不是在那里长大的，我也没有他们那种修养。船上这群人需要稳定，确实如此。对他们来说，我才是不正常的人，确实如此。他们不喜欢我，确实如此。土堆会聚成山的，就是这样。"每个短句结束的时候，他会抬起脚走到另一边，说完一个短句他发觉自己移动了位置，然后又走回来，不断重复。

我不知道，这个棕色森林来的人的这些话背后有什么含义，但我看到，其他人看他的时候都带着一种崇敬和畏惧的神情。不久，船回到了码头旁，终于摆脱掉了那些"先锋"航线的船只。

我们再次出发的时候，船上有些胆大的人将这归功于那位棕色森林来的人："多亏你了，先生。"而那个人却只是（挥了挥手，像之前那样踱着步）回答说："不，不用谢。我们的教养不同。你们自己也可以办到的，可以的。我不过是指出了解决的方法。新英格兰的人和软柿子个性的人如果乐意的话可以跟着走。我可不是软柿子，我可不是。我是来自密西西比棕色森林的人，是的。"——等等跟之前一样的话。因为他为大家作出的贡献，大家一致同意让他晚上把桌子当床——要知道曾经有很多人为了那些桌子而展开激烈竞争。接下来的旅程中，他得到了火炉旁最温暖的位置。但除了坐在那里，我再没看到他做过别的事，也没有再听到他说过话。到匹兹堡的时候，大家都在忙着把行李运送到岸上。我摸黑走到了他身旁，他当时正坐在船舱的台阶上抽烟。我看到他带着挑衅的笑，听到他悄声自言自语："我可不是软柿子，我不是。我来自密西西比河的棕色森林，他妈的！"我本来想提醒他一下，他一直在说这句话，但我不能为此写下保证，即便我们的女皇和国家要求我这样做，我也不能写。

然而我们还没抵达匹兹堡，按照我的叙述顺序，我也许接下来要说，早餐也许是那天我最不想吃的一顿。餐桌上除了有之前提到的食物，还有各种酒——杜松子酒、威士忌、白兰地、朗姆酒，酒香从旁边的小酒吧间飘出来，还有不可或缺的调味品——不太新鲜的烟草。考虑到身上穿的亚麻衬衫，许多男乘客都对烟草避而远之，因为他们咀嚼烟草的时候，会有黄色的汁液从嘴角淌出来，滴落到衬衫上，干燥以后会形成难以去除的污渍。我们还在桌布上玩过的一种游戏，而这游戏原本是不在我们的节目单之内的。

虽然有这些奇怪的人——即便他们表现很奇怪，但至少对我而言，这也是他们情绪和个性的展现——旅途中经常会遇到，但我还是非常喜欢这样的旅行，回忆起来也是很开心的。清晨五点，我从遍布污渍的船舱走上脏兮兮的甲板，舀上冰冷的河水，把头浸到水里，然后抬起头来。由于冷水的作用，我变得头脑清醒、精神焕发，这感觉很棒。洗完脸之后，沿着甲板轻快地散步，一直到早餐时间，每一根血管都因为健康而兴奋。一切都沐浴在阳光之中时，便是美好一天的开始。船儿懒洋洋地漂浮着，人也懒洋洋地躺在甲板上，遥望着湛蓝的天空，好像要把天空看穿。夜幕降临，万籁无声，船悄悄驶过静默的群山，有时候能看到高处某个地方有一点燃烧的红光，那是看不见的人蜷缩在火堆旁。群星闪耀，不为车轮和蒸汽船的声响所打扰，更不为船行经过时溅起的水花所打扰，一切都透着安乐祥和的氛围。

随后，又是新的村落、分散的木屋和其他房子。对来自古老国度的外国游客而言，这一切都是新奇的：木屋外摆着由陶土制作的简易烤炉；猪圈跟人住的房屋一样美观整洁；窗子上的玻璃破碎了，就用破帽子、旧衣服、旧木板，还有破烂的毛毯和纸屑等各种材料粘补上；手工制造的橱柜立在没有围墙的院子里，这些橱柜就是家庭贮藏室，一眼就能看到，里面摆满了陶土制作的瓶瓶罐罐。巨大的树桩遍布在麦田里，甚至那些不干涸的湿地和沼泽里也浸泡着成千上万腐烂的树桩和断掉的枝叶，这一幕看着令人心痛。这里，大量的定居者们被烧死在树下，他们伤痕累累的躯体就像那些被杀害的动物一样遍布在这里；同时，那些饱受磨难的巨人们举起枯瘦的双臂，像是在祈求上天降灾祸给他们的敌人——听到这些内容也让人感到悲愤难平。有时候，晚上，我们的航道穿过一道偏僻的峡谷，就好像是苏格兰某地的峡谷，在月光照耀下散发着清冷的光辉，我们被高耸而陡峭的山岩围抱着。除了我们进来时所行经的航道，似乎就没有别的出口，忽然，一座高低不平的山丘似乎让开了道。月光被山丘完全遮盖住了，我们经过山丘下黑漆漆的谷地，在一片黑暗中开启了我们新的航程。

周五，我们离开了哈里斯堡，周日早上，我们抵达了山脚。一条铁路贯穿过这里。这座山有十个山翼，五个上升的，五个下降的。马车沿着山路上上下下，是靠固定的引擎牵引的。中间相对平坦的路面，则有的时候是靠马拉，有的时候靠引擎，视情况而定。偶尔，铁轨经过的地方正好是令人晕眩的悬崖边缘。旅客从马车窗口往外看，没有石头和围栏的阻隔，可以一直看到山底。但是，这次行程是非常谨慎小心的，只有两辆马车一起前行，只要提高了警惕，这种危险真的不必担心。

以这样快的速度，在高山之间驰骋，迎着清爽的山风，俯瞰散发出柔光的山谷，从树顶还能瞥见零散的房屋，孩子们跑到门口，狗儿们奔出去大声吠叫，受惊的猪惊慌地朝家里跑去，人们坐在他们简陋的花园里，牛群呆滞地抬头仰望天空，男人们挽起袖子看着还没完工的房子，盘算着第二天的活计。我们像一阵飓风，从他们头顶掠过。这旅程真的很畅快。我们的马车沿着斜坡吱吱嘎嘎地往下走。除了马车自身外再没有用别的动力，那引擎机车被卸下了，远远地跟在我们后面，一边走一边发出嗡嗡的声音，像一只巨大的昆虫，机车绿色与金色相间的背部在阳光的照耀下闪着灿烂的光芒，如果它展开了一对翅膀飞走了，我想也没有人会感到惊诧吧。但是，当我们抵达运河边的时候，它就停在了距我们不远的地方。我们离开码头前，它又爬上了山，带上那些在这里等候的乘客，沿着我们来时的路往回走。

周一傍晚，运河岸上的炉火和锤子叮叮咚咚的声响提示着我们，我们已经抵达了旅程的终点。穿过了另一个如梦似幻的地方——横贯阿勒格尼河的一条水道，比哈里斯堡的桥更奇特，实际上就是一个装满了水的很宽、很低的木头棚子——我们出现在了匹兹堡。那里的房屋丑陋，布局也很混乱，无论是河流、海洋、运河还是沟渠，旁边都有摇摇欲坠的门廊和楼梯。

匹兹堡就像是英格兰的伯明翰一样，至少这座城里的人是这么评价的。不看那些街道、店铺、房屋、马车、工厂、公共建筑物和人口的话，也许真的有点像。这座城里烟雾弥漫，以炼铁行业著称。除了我之前提及的监狱，这座城里还有一座颇具规模的兵工厂和其他公共机构。匹兹堡坐落在阿勒格尼河上，这里有两座桥，富裕居民的别墅分布在附近的高地上，看起来都很漂亮。我们住进了一家最豪华的旅馆，并得到了很体贴的服务。就跟其他的旅馆一样，这里也住满了客人；旅馆的每一层都有一个很宽敞的石柱走廊。

我们在匹兹堡住了三天，我们的下一站是俄亥俄州的辛辛那提。由于这是乘坐蒸汽船旅行的季节，而西部汽船在两周前就已经开始了宣传。所以收集参考资料，权衡利弊，选择相对安全的船只搭乘出航是很明智的。有人说"信使号"是个不错的选择。过去十四天里，它一直宣称要出航，但直到现在也还没有出发，它的船长看起来也不像是很快就要出航的样子。但这里的习惯就是如此，如果用法律手段来限制一个自由独立的公民恪守他对公众的承诺，那人追求的自由会变成什么样？从另一种角度而言，这也妨碍了生意。如果乘客们因为受到诱骗而妨碍了生意，会有精明的商人出来说我们必须停止这样做！

　　受到这种无孔不入的公众传言的影响（我完全不知道这样做的用处），我急匆匆地上了船。但是，我得到了一个私密的通知，称这艘船要到 4 月 1 号的时候才会出航。于是我们趁机好好放松了一下，4 月 1 号中午，我们才登上了船。

第十一章
乘坐西部的蒸汽船从匹兹堡赶往辛辛那提　辛辛那提

　　码头旁边停靠着一排高压蒸汽船，"信使号"就是其中之一。以对面高耸的河岸为衬托，从旁边的高地上看去，这艘船并不比停在码头边的其他船只大多少。船上一共有四十名乘客，不包括低层甲板上的贫困人士，不到半个小时的时间，"信使号"就出航了。

　　我们有一间小的特等舱，紧挨着女士船舱，里面有两个卧铺。无疑，这个位置是很令人满意的，因为它在船尾。在之前的旅途中，人们总是劝告我们要远离船头，"因为通常蒸汽船都是船头爆炸"。这种劝告并非毫无根据，我们的旅途中发生的多次事故和意外都证实了这一点。这一点让我们暗自庆幸。除此之外，能有一个独处的空间，无论这地方有多么狭小，都会让人有一种无法言说的轻松之感。这里有一小排船舱，我们的特等舱就是其中之一，每个船舱都另有一扇玻璃门。此外，女士船舱有一道直接通往外面的狭小过道，其他乘客很少来这里，人可以自得地坐在这里，观看外面不断变化的风景。我们对这个新居所很满意。

　　如果我之前所述的美国本土的船，与我们平常在水上见到的船不一样的话，这些西部的船则更与我们所熟悉的船不同。我几乎不知道该把它比喻成什么，也不知道该怎样描述它们。

176

首先，没有桅杆、缆绳、索具、船帆，或其他船只应该具备的器具，也没有任何像船头、船尾、船舷和龙骨的部位。除了能在水里航行，以及有明轮轮罩之外，它们看起来不像是在水里航行的船只，而是像供爬山的车具。船上没有明显的甲板，只有一个又长又黑、很丑陋的屋顶，上面竖着两根铁铸的烟囱，烟囱里飘出丝丝缕缕的烟雾，一扇吱吱作响的逃生阀门和一间玻璃驾驶室。低头朝水面望去的时候，你就能发现船舷和特等舱的门窗并列在那里，奇怪地挤在一起，好像这样就能组成一条小街道。这艘船好像是数十个不同品味的人一起建造的，船的主体由建在船上的横梁和支柱支撑，距水面仅有几英寸距离，上层结构与甲板之间的狭小空间里，有火炉和机械，完全暴露在外，任凭途中风吹浪打。

　　晚上在这样一艘船上度过，看着那一大堆火，正如我前面所说的那样，完全暴露在外面，在那一堆弱不禁风的上过漆的木板下愤怒着、喧闹着；船上的机器设备也没有任何防护和遮拦，在底层的甲板上工作着；一群闲散的移民和孩子们在甲板上待着。甲板的管理者是一群来历不明的人，也许只有六个月的工作资历。看到这里，人不禁想，难怪会有这么多致命的事故，任何航行都要做好所有必要的安检才行。

　　船里有一间又长又窄的船舱，舱体长度跟船体总长度相当，两侧就是特等舱。船尾的一小部分被划成了女士船舱，酒吧间则在另一端。一张长桌摆在中间，两头各有一个火炉。盥洗室在前面的甲板上。这里的盥洗室条件比运河船上的稍微好一点儿，但也没好太多。在美国旅行期间，我所乘坐的汽船，在卫生方面都做得很不到位，也疏忽了对乘客个人卫生的关心。我很肯定，相当一部分疾病就是这样产生的。

我们要在"信使号"上度过三天，不出意外的话应该周一上午就能抵达辛辛那提了。一天提供三餐。早餐是早上七点，午餐是十二点半，晚餐是下午六点。每餐开饭的时候，桌子上都摆满了小碟子和小盘子，碟子和盘子里只有一点点食物，因此尽管每一餐看上去都很"丰盛"，但实际吃到的只有一点点。只有那些喜欢甜菜根、牛肉干碎块、各种混在一起的黄色泡菜、玉米、苹果酱和南瓜的人才能好好享用食物。

一些乘客喜欢将这些食物混合在一起（蜜饯除外），作为他们烤乳猪的配菜。这些乘客通常都有消化不良的毛病，早餐和晚餐都要吃大量的热玉米面包（据说这对消化不良有好处）。那些没有发现这一点的乘客，随意取食，一边吮吸着刀叉一边查看，直到决定了自己下一口的食物，他们才把刀叉从嘴里拿出来，又伸进盘子里，自己取食，然后又开始边吃边找。晚饭时，除了大罐大罐的冷水，再没别的饮料。用餐的时候，没有人跟别人说话聊天。所有的乘客都沉默不语，好像心里压着很多秘密似的。不声不响地吞咽食物，好像早中晚餐只是生理需要，与享受和愉快无关。人们就这样沉闷着吃完自己的食物，自己也一直这样沉闷着。看到这样的场面，你也许会认为，这一群人只是死在办公桌旁的记账员的鬼魂，因为他们的脸上露出的都是一副思考、算计的疲倦神色。殡葬承办者在他们身旁可能会很轻松，与这里的三餐比起来，葬礼上的烤肉宴可能都要更喜庆一点。

这里的人都是一样的，个性上没有差别。他们出行是为了同一个目的，按同样的方式说话小事，他们周围的环境也都同样死气沉沉。这张长桌旁边，没有一个人跟旁边的人神情是不一样的。只有对面坐着的那个十五岁的小女孩，她喋喋不休地说着话，评判着，鉴赏着。她是最先跑到女士船舱，打扰女士们休息的小话匣子，也是入侵女士船舱的主力军。一个漂亮的姑娘坐在那女孩的旁边——在桌子的那一头——那个留着黑胡须的年轻男士是女孩的丈夫，他们上个月才刚刚结婚。他们打算去美国中西部地区定居。那位男士曾经在那里住过四年，不过他的妻子还没有去过。他们前几天乘坐四轮马车时翻了车，他的头上留下了一个伤口，至今还包扎着。她那时也受了伤，毫无知觉地躺了好几天，而现在，她的眼里闪烁着光芒。

再往那头走一点儿，坐着一位男士，他的目的地距离那对夫妇的目的地仅数英里的距离。他是为了"改善"一个新发现的铜矿而去的。他还带上了整个村庄的财物，即几栋木结构的小屋和炼铜的设备。他还带走了村庄里的人，有的是美国人，有的是爱尔兰人。他们都挤在底层的甲板上，前一天傍晚他们一直自娱自乐，玩到很晚，最后以鸣枪和唱赞美诗结束。

他们，还有另外几个二十多分钟前就一直在餐桌旁没走的人，现在站起来，离开了。我们也离开了餐桌，走过我们的小特等舱，坐在那安静的过道里的老位置上。

眼前的河流一直都很宽广，有的河段甚至比其他河段要宽广得多。在这样的河段里，总有一座绿岛，长满了树木，将河流分成两条。偶尔，我们的船也会停几分钟，有时是为了采伐木头，有时是为了在小镇或村庄（我或许应该说城镇，因为这里的每一个地方都是一座城市）迎接新乘客。河岸偏僻幽深，长满了茂密的树木，周围地区的树木也已经长出了新树叶，看上去郁郁葱葱的。连绵数英里都是这样的荒野，没有人类生活的迹象。深深的绿色树林里只有一种蓝色的鸟，色泽如此明亮，看起来小巧精致，就像一朵会飞的花。又走过很远的距离，我们才看到一幢小木屋。木屋前面有一块整理得干干净净的小庭院，后面有一块高耸的地，蓝色的轻烟就从那里袅袅升上天空。有时候那里的地面刚刚清理完，倒下的树木仍然在土地上。我们经过这里，居民正斜靠在斧头或锤子上，用热切的目光看着来自世界各地的人们。孩子们从像野外帐篷一样的屋子里跑出来，拍着双手大喊大叫。狗只不过看了我们一眼，然后又望向了自己的主人，好像是为某些没有解决的事情而忧心，好像任何别的事情都不能引起它的兴趣。河水冲刷过河岸，粗大的树木倒进了河水中。有的倒下很久了，已经变得干巴巴的了，树皮也成了灰色。有的刚刚倒下不久，根部还留有泥土，绿色的树冠浸泡在河水里，发出了新芽，抽出了新枝。正如你所见的那样，有的树几乎都摇摇欲坠，有的很久之前就泡在了水里，褐色的枝干从水流中间探出来，好像是要拖住船，把它拽到水下去。

尽管如此，船上那笨重的机器仍然发出粗重嘶哑的鸣叫，明轮翼的旋转，刮起一阵阵的风，这风足以唤醒远处被埋在坟地里的印第安人。那些坟茔很古老，巨大的橡树和其他树木扎根在那的土壤里；那些坟茔高高耸立，即便是在群山之中，看上去也像是鹤立鸡群。那条俄亥俄河，好像也因为数百年前曾愉快生活在大墓湾的那个民族对白人一无所知，而对那些人深表同情，它悄悄偏离了河道，绕道到大墓湾这个坟堆附近。俄亥俄河好像只有大墓湾这一段，河水格外清澈。

上述的这些，都是我在之前提到的小过道里看到的。夜幕逐渐下沉，将这里的风景变成另一种景致时，我们的船停了下来，准备送乘客上岸。

这些乘客包括五个男人，很多女人，其中还有一个小女孩。他们的所有行李就是一个包、一个大箱子和一把旧椅子——很旧的灯芯草根高背椅。他们换乘一艘小船上岸，而因为河水很浅，大船在离河岸不远的地方就停靠了下来，等待小船回来。他们去了高高的河岸上。河岸的高处有几幢木房子，只有一条弯弯曲曲的、长长的小道通往那里。天色渐渐昏暗了下去，但夕阳依旧很红，照在水面上和树梢上，就像燃烧的火球。

男士们先下船，然后扶女士们下船，把包、箱子和椅子搬下船，再跟桨手们道别，最后把小船推到水里。船桨溅起第一道水花时，那些乘客中年纪最大的一位女士在那把旧椅子上坐了下来，靠近水边，什么话也没说。尽管他们带的那个箱子也很大，足够好几个人坐，但其他人都没有坐。他们站在登陆的地方，好像变成了石头，看着船离开。他们一直静静地待在那里，一动不动，一声不响。旁边是老妇人坐的旧椅子，中间是那个包和那个箱子，但没有人理会这些东西，他们都看着船。小船横靠在了大船上，小船上的桨手们跳上了大船。发动机再次启动，我们再次出发了。但那些人还是一动不动地站在岸上，甚至都没有挥一下手。透过船舱的玻璃，我仍然能看到他们。随着我们逐渐远离，他们也渐渐变成了阴影。但他们仍然一动不动，老妇人坐在旧椅子里，其

181

他人围在她身旁，一点动作也没有。就这样，他们渐渐地消失在我的视线里。

夜色加深了，我们航行在沿岸的树影里，这让周围的夜色更加深沉。用了很长的时间穿过这昏暗的迷宫之后，我们来到一片开阔的地方。高大的树都在燃烧，每一根树枝都被深红色的火包围。夜风轻轻拂过火苗，那些树看起来就像是在火中涅槃。这样的景象我只在魔法森林的传说中读到过。看到自然的创造物就这样消失殆尽，真令人感伤。这片土地上要再长出这么高的树，那还需要多少年啊？但那一时刻总会到来的，经过未来的多个世纪之后，在这些树化成灰烬的地方，新的嫩芽会再次钻出土地，未来忙碌的人们将会再次来到这片荒无人烟的地方。而他们的同胞们，那些在暗波汹涌的海的另一侧的城市中酣睡的人，将再次看到那一片原始森林，那里没有出现过斧头，也没有出现过人类的足迹。他们用的是我们现在还不了解，并且对于我们来说很古老的一种文字。

午夜时分，我入睡了，也就不会去想这些场景了。白天再次到来的时候，朝阳的光辉照亮了辛辛那提这座活跃城市的一片屋顶，我们的船和其他船只停泊在整洁宽广的码头前。旗帜在飘扬，车轮在滚动，人群围在周围，好像方圆一千英里之内没有荒芜的土地和受难的十字架。

辛辛那提是一座美丽的城市，舒适、兴旺蓬勃、充满活力。我从未见过这样的城市，它给陌生人的第一印象居然如此令人感到舒畅愉悦。红白色相间的屋子很干净，街道很整洁，人行道上的瓷砖很明亮。即使是熟悉这个城市的人，对这一点也应该印象深刻吧。街道很宽而通畅，商铺也很华丽，私人住宅尤以整洁美观著称。在停泊的一排排蒸汽船后面，这些新建的建筑物风格各异，极富想象力和创造力，看起来非常赏心悦目，似乎在向人们保证里面的一切都是高品质的。这些漂亮的别墅都经过精心的装扮，吸引力十足，就连花和树的栽培也别具特色。花和树一直蔓延到精致的花园里，走在街道上，这些景致让人感觉神清气爽，非常舒适。这座城市和与其毗邻的奥本山郊区的景致让我为之着迷：群山环抱着这座城市，形成了一幅非常雅致的画卷，展示出它极其显著的优势。

我们到达这里的第二天，恰逢当地的大禁酒节。清晨，居民们就开始了大游行。游行队伍经过我们居住的旅馆门前，我正好趁机好好观赏了一回。队伍由数千人组成，都是"华盛顿附属戒酒组织"的成员，领头的是一些政府官员们。他们骑在马背上担任指挥，轻快地沿着游行队伍跑前跑后，五彩斑斓的丝巾缎带在他们身后高高飘扬着。这里还有乐队，以及数不清的横幅标语和旗帜，完全是一支活跃的队伍，所谓的游行看起来就像是过节一样欢快。

我很高兴看到那些爱尔兰人。他们自成一派，头戴绿色的方巾，怀抱着他们的民族乐器竖琴，将自己精神之父马太的画像高举过头顶。他们看起来非常高兴，心情很好，在这里为自己的生活而用心工作，做任何找得到的粗重活儿，我认为他们是最独立的一个民族。

那些旗帜上画着精致的画儿，随着涌动的人群飘扬过街道。有的画的是石头投到水里，惹得水花四溅；有的画的是一个醉汉正握着"一把相当大的短刀"（有的旗手很可能会这么说），准备给一条从酒桶顶端钻出来、随时会扑向他的蛇以致命一击。但是，这次游行的主题是由一张极富讽刺意味的漫画体现出来的。漫画内容如下："酒精"号汽船上，一群木匠挤在一起，船上的锅炉突然裂开，引起一场大爆炸，而不远处，"戒酒"号船迎风驶向远方，船长、船员和乘客们都安然无恙。

绕城游行一圈后，游行队伍回到了某个指定地点。在那里，如行程表上安排的那样，一群来自不同学校的孩子们将会迎接他们，并"唱禁酒歌"。我没能及时赶到那里，聆听这些"小小演唱家"的节目，记录这场新奇的声音盛宴，至少对我来说，这是一种新奇的表演。在一个大而空旷的地方，我看到不同的队伍聚集在自己的旗帜下，沉默地听着自己拥护的演说家的演说。从我所听到的那一点点内容可以判断，这些演说的内容跟这次活动的主题紧密相关。但是，那一天最引人注目的是这次参与活动的人们，他们精神高涨，整个活动秩序井然。

辛辛那提以私立学校而著称。私立学校众多，在当地，没有哪户人家的孩子得不到受教育的机会，平均每年都有四千小学生入学。在辛辛那提居住期间，有人邀我去当地一所学校参观、听课。男生课堂里都是一群淘气包（我估计，他们的年龄从六岁到十二岁不等），男教师正在对学生进行代数学的临时测验，而我对自己在这门学科的能力实在没有自信，于是我很自觉地离开了。女生课堂里设有朗读课，我对这种艺术很感兴趣，于是表示想去听一节课。教材被分发到学生手中，有几个女生看到是关于英国历史的选段，就松了一口气。但是教材晦涩难懂，她们完全不明白说的是什么。她们结结巴巴地读了几段关于《亚眠(法国北部城市)条约》的内容，还有一些其他相似的引人入胜的片段（她们能念得出来的不超过十个词），我感觉非常满意。她们朗读这样晦涩的文字，很可能只是为了让参观者觉得惊讶，平常她们读的应该是更简单的作品。如果她们朗读的是自己所懂得的教材，我也许会更加满意吧。

正如我参观过的所有地方一样，这里的法官都学识渊博、品行高尚。我在其中一个法院里停留了几分钟，发现这里跟我之前描述的那些法院差不多。一个无关紧要的案子正在审理，没有多少人旁观，只有证人、律师和陪审团，就像是在家庭聚会，气氛融洽和谐。

我所接触到的人物，都是很有才华、彬彬有礼的，相处起来也很愉快。辛辛那提的居民以自己的城市是美国最有趣的城市而自豪，并且他们有许多为之骄傲的理由，因为它现在繁荣昌盛，非常美丽，拥有五万居民；而在二十五年前，这里不过是一片荒无人烟的森林，最初的居民不过是一些移民，他们居住在河岸边的零零散散的木屋里。

第十二章
乘船从辛辛那提到路易斯维尔　乘船从路易斯维尔去圣路易斯　圣路易斯

上午十一点，我们离开了辛辛那提，乘坐"派克号"蒸汽船赶往路易斯维尔城。这艘汽船载满了邮件，比我们在匹兹堡搭乘的那艘汽船更高级一点。由于这次航程花费的时间不过十二三个小时，于是我们决定当天晚上上岸，既然可以在更舒服的地方睡觉，我们也就不用留在船上的特等舱里休息。

这艘船上也都是些闷闷不乐的乘客，但我恰好遇到了一位叫皮茨莱恩的人。他是印第安族乔克托部落的一名首领，给我送上了他的名片，我也很荣幸地跟他交谈了很长时间。

他的英语说得相当流利，但他告诉我，他直到成年之后才开始真正学英语。他读过很多书，而且好像对司各特的诗很感兴趣，知道很多他的诗，尤其是那首《湖泊仙女》的开篇，还有《玛米恩》中大战的场景。无疑，从这些与他自己的品位和追求相同的诗篇里，他获得了极大的乐趣。他好像能准确理解他所读过的所有内容，无论多么虚假的内容都能让他相信，并发自内心地予以肯定和赞同。我也许说得有点过头了。他的穿着跟我们平常的穿着无异，衣服松松垮垮地罩在他身上，更添一份冷淡之美。我告诉他，很遗憾没有看到他穿他们的民族服装。他抬起右臂举了一会儿，好像在搬运什么沉重的武器，然后又放下来，回答说，除了他们的服装，他们民族已经丢掉了许多东西，这些服装也快要被淘汰掉了，不过他都是在家里才穿的。他回答的时候露出很骄傲自豪的神情。

他告诉我，他离家已经十七个月了，他的家在密西西比河以西的地区，现在正在回家的路上。他大部分时间都待在华盛顿，代表他们的部落与美国政府谈判，而且还没有达成最后的结果（说到这里他有些悲伤）。他认为不会有什么利于他们的结果，一小部分可怜的印第安人怎么能敌得过像白人那样在商业领域得心应手的人呢？他一点也不喜欢华盛顿，很快就厌倦了城镇生活，渴望着回到森林和草原上。

我问他，觉得国会怎么样。他微笑着说，在印第安人看来，它缺乏尊严。

他说，他很想在死前去英国游历，他对在那里能见到的伟迹非常感兴趣。我告诉他，大英博物馆的一个陈列室里，珍藏着数千年前消亡的某个民族的纪念物。他听得非常认真，不难看出，他也在想着自己正走向衰败的民族。

这让我们将话题转到了卡特林画廊。他对这间画廊评价很高，因为他在这里发现了自己的画像，所有的画像看上去都很"高雅"。他说，库珀先生很擅长画印第安人。他知道，我也可以画，如果我能跟他一起去他的家，我就会去猎杀野牛。他很担心我会这样做。但我告诉他，如果我去了，我可能不会对野牛造成多大的伤害。他却只把这当笑话来听，而且笑得很开心。

他很英俊，我猜年纪也才四十多岁，一头黑色的长发，鹰钩鼻，颧骨很宽，肤色黝黑，双眼漆黑明亮，目光敏锐。他说，乔克托部落只剩下不到两万人，而且每天人数都在减少。他的一些兄弟首领们被迫接受教化，学习白人学的知识，因为这是他们唯一的出路。但是，这样做的人并不多，许多人仍然过着以往的生活。他一直在想着这些，并且提过几次，除非与他们的统治者同化，不然他们一定会被文明社会的浪潮吞噬掉。

我们握手道别的时候，我告诉他一定要来英国，因为他非常希望来一睹英国的风采，我希望某天能在英国见到他。我向他保证，他一定会受到热情欢迎，英国人接待他的态度也会很和蔼。听到这一点，他显然非常开心，但他回应的时候，却微微一笑，使劲摇头，说英格兰人以前需要帮助的时候，对印第安人就很好，但不再需要帮助的时候，就不怎么关心他们了。

说完，他就离开了，步态庄重，完全是一个天生的绅士，是我所见过的最绅士的一位。船上这么多人里，他是最特立独行的一个。很快，他就送了一幅自己的平版画像给我，画得很传神，不过还是不如他本人那么俊朗。不过我还是珍藏着我跟他短暂的一面之缘的记忆。

这一天的航程里并没有什么非常有趣的故事。午夜时分，我们准时抵达了路易斯维尔，在高尔特旅馆投宿。这是一家非常豪华的旅馆，让我们仿佛置身巴黎，而不是数千英里外的美国阿勒格尼山间的某个城市。

这座城市没有什么让我们有兴趣驻足的东西，于是我们决定第二天乘坐另一艘汽船"富尔顿"号继续旅程。中午我们要去俄勒冈州的波特兰郊区，因为途中要经过运河，所以可能抵达时间会延后一点。

早餐后，我们决定再次出发之前骑马游览一下这座城市。这座城市的布局很规整，看起来赏心悦目，街道的角度都很合理，两旁栽种了树木。许多建筑物因烧含沥青的煤而变得烟雾缭绕，一片漆黑，但我这个英国人对此已经习以为常，并不会有不舒服的感觉。整个城市没有呈现出一派繁荣昌盛的样子，一些未完工的建筑物似乎在暗示着，这座城市由于热衷于"发展"而建造了过多的工程，而此时这种狂热造成的后果让它痛苦不堪。

去波特兰的途中，我们经过了一个"地方治安长官办公室"。这让我觉得好笑，因为它看起来更像是一座小乡村学堂，而不是什么警务办公室。这栋难看的建筑物只有一个空荡荡的小前门厅，朝街道敞开，里面有两三个人（我猜是警长和他手下的警务员）。他们沐浴在阳光之中，好像是几座雕像，因倦怠而懒得行动。我突然想到了这样的画面：正义女神因为缺少需要帮助的人而退休了，她的剑和天平都被卖掉了，她双腿搁在桌子上，悠闲地打着盹儿，跟眼前的场景倒是异曲同工。

这里，也跟这一带其他地方一样，路上跑着各年龄段的"猪"。他们以各种姿势倒在地上，有的睡着了，有的拱着地面找食物。我私下总是很喜欢这些奇怪的动物，总能在他们身上找到有意思的东西，而其他人却观察不到。这天上午，我们沿着街道骑马而过，我发现两只年轻的"猪"之间发生的一个小故事，那种滑稽和怪诞是人类的语言所表达不出的，但我敢说，如果一定要说出来，那就会非常乏味。

一位年轻的男士（一只肥胖的小猪，鼻子上粘着几根稻草，这表示他刚刚在垃圾堆里拱过）正非常悠闲地一边散步，一边思索着什么，他的一位兄弟——本来是躺在一个满是污泥的坑里，但是他没有看到——突然出现在他面前，一身潮泥，看起来很可怕，把他吓了一跳，他的身体从未如此血脉贲张过。他至少往后跳了三英尺，盯着那怪物看了一会儿，然后又飞快地溜走了。由于恐惧而溜得太快，他短小的尾巴在身后不断摇摆着。但没跑多远，他就开始思考为什么会出现这么一个怪物，这一思考，他的速度也逐渐慢了下来，最终，他停下了脚步，转过身去面对。他的兄弟就在他前面不远处，身上的泥浆在太阳的炙烤下变干，在那个坑里盯着他，对他的行为感到很惊诧。一旦意识到这一点，他就想到别人会说，他应该擦亮眼睛看得更清楚一点，于是他跑了回去，扑倒了他的兄弟，并咬掉了对方的一截尾巴，还警告对方以后要小心一点，不要再对他的家人开这种玩笑。

我们在运河上等到了一艘汽船，于是我们慢慢地通过水闸，上了船，很快，我们就遇到了一个新朋友。他块头很大，就像那个名叫波特的肯塔基巨人一样，身高七英尺八英寸。

从来没有人像这些巨人一样完全揭穿了历史的假象，也没有人像这些巨人一样遭到了历史学家如此多的诽谤。他们并没有迁怒于世界，并没为了他们的食物不断进行非法走私活动，相反的，在熟悉他们的人眼中，他们是最温顺的人，喜欢喝牛奶、吃蔬菜，喜欢安静的生活。他们的个性非常温和，待人非常友善。我承认，那位肯塔基巨人因对无辜人群的袭击而使得自己臭名昭著，他假装慈悲，背地里却因为自己私下积累的财富和抢夺回来的战利品而高兴不已。这个问题让我发现，即便是那些名声在外的历史学家们，也会为自己崇拜的英雄而避讳，他们会把怪物对人类的残忍屠戮解释成无辜单纯，非常率性真诚，非常容易相信各种真真假假的传言，很容易掉进别人的陷阱，甚至（就跟威尔士巨人的例子一样）能与一位热情好客的房主相提并论，对待客人彬彬有礼，却一点也不知道他们的客人是多么擅长玩弄把戏和诡计。

这位肯塔基巨人不过是这种人中的一个。他两腿发软，长脸上写满了真诚，急需鼓励和支持。他说，他只有二十五岁，最近才长高的，因为这时才感觉有必要加强腿部的锻炼。十五岁时，他还很矮，那时，他的英国父亲和爱尔兰母亲总是冷落他，因为他太矮小了，根本无法维持家业。他还说那时他身体不太好，尽管现在好了一点，但个子矮小的人还是不被人喜欢，所以他开始酗酒。

我猜他应该是赶四轮马车的，但他是怎么做到的呢？他就站在后面的踏板上，身体沿着车顶往后仰，下巴探进车厢里，不然我真的很难想象。他还带着一把枪，他把它视作古董。

这把枪名为"小来复枪"，原来陈列在一家商铺的窗外，霍尔本的任何零售商得到它都能大赚一笔。跟我交谈了一会儿之后，他就带着枪离开了。在那些六英尺左右的人群之中，他看起来就是鹤立鸡群。

几分钟后，我们离开了运河，再次回到了俄亥俄河。

这船上的布置就跟"信使号"船上一样，乘客们也跟之前的乘客们一样死气沉沉。我们用餐的时间，食物的种类，服务员们对我们的态度和用餐礼仪也是一模一样。所有人都因为同样巨大的秘密而压抑，一点也没有轻松愉悦之感。我从未在用餐时感受过这种沉闷和冷淡的氛围。即使现在想起来，我也觉得很难过。我在我们的小船舱里，倚在膝头上读读写写。我真的很讨厌用餐时间的到来，结束一餐饭，就好像自己躲过了一场刑罚。健康的娱乐和良好的心态是盛宴的组成部分之一，我愿意让自己融入圣贤所描绘的那些流浪演奏者之中，陶醉在他们创造的快乐之中，而跟这些旅伴坐在一起，是为了避免饥渴之灾，而例行公事一般地将桌子上的食物一扫而光，囫囵吞下，然后板着脸匆匆离开，把这种可以用来社交娱乐的活动当成了单纯满足食欲的场所。我确信，对这些葬礼般的宴席的回忆，会成为我这一生的噩梦。

但这艘船上还是有让人感到轻松愉快的地方，因为船长（一个率真、脾气好的人）带着他美丽的妻子一起出航了，这在其他船上是很少见的。她个性开朗，待人有礼，让人如沐春风。吃饭的时候，她和其他一些女乘客跟我们一起坐在桌子的末端。但是，没有任何东西能够抵抗住对人身心产生消极影响的压抑之感。他们所产生的那种沉闷感觉甚至能击倒这世间最幽默开朗的人。玩笑戏谑等于犯罪，寻常的微笑会被解读成阴险的笑。这样闷闷不乐、死气沉沉的人，这么单调、乏味、压抑的氛围，一切都让人难以忍受，所有亲切友好、活泼坦率、随性率真都变得让人难以接受，从创世以来，还没有别的地方有这两种截然不同的对立并存的情形。

船外的风景也是一样，当我们靠近俄亥俄河与密西西比河的交汇处时，周围的景色让我们感到惊讶。树木长得很矮小，河岸低平，房屋数量比之前还要少，这里的居民也是我们见过的最沉闷的。空中没有鸟儿鸣唱，没有令人沉醉的花香，也没有云朵快速经过时留下的光和影。时间流逝，猛烈的阳光炙烤着同样一成不变的大地，河流像时光一样缓缓流逝。

终于，第三天上午，我们到了一个我们见过的最荒凉的地方，跟这里相比，我们之前所经过的最单调乏味的地方都充满了生趣。两条河流交汇的地方，地面低矮平坦，满是沼泽，一年中的某些季节里，屋顶会被河水淹没。这里是热病、疟疾和死亡的温床，造成了许多人死亡。一片凄凉的沼泽之地上，一块块空地就这样裸露出来，里面长满了病态的植物。这些植物的阴影诱使可怜的流浪汉们过去避暑纳凉。他们在那里病倦、消亡，他们的尸骨完全暴露在荒郊野外。可恶的密西西比河在这里转了个弯，卷出了许多漩涡，然后向南方流去。这是一个滑溜溜的怪地方，看上去让人恶心，是疾病的温床，是丑恶的坟茔，是没有一线希望之光的墓穴，是一个不容于地、不容于天、也不容于水的地方，这就是荒凉的凯罗。

但是，该用什么语言来形容密西西比河呢？它是伟大的河流之父，却居然没有孕育出一个跟它个性相似的城市！一条大河，有的地方有两三英里宽，水流和泥沙的速度是每小时六英里，河水淌过，水沫飞溅，湍急的水流被粗大的树林所阻挡，无法通过，而现在水流又被木筏所堵住，莎草从木筏的缝隙中钻出来，漂荡在水面上，杂乱的根部就像一堆乱糟糟的丝线，时而像水蛭一样扫过水面，时而一圈圈地荡漾，像是受伤的水蛇。河岸低平，树木矮小，沼泽间蛙声不断；颓废的小屋零零散散，屋子里的居民颧骨深陷，面色苍白；天气很热，蚊子从船身的缝隙中钻进来，四处游荡，没有什么令人愉快的场景，黑漆漆的夜晚，偶尔也会有雷声轰隆隆的声响。

我们在这条讨厌的河流上漂荡了两天，不断撞到漂浮在水上的木头。有时候我们还要停船以避开那些更危险的阻碍物或那些树根深陷河床、而树干露出了水面的树。夜色深沉时，船头瞭望台的岗哨就会根据水流荡出的纹路来判断，是否有大的阻碍物近在前方，如果有就会摇响身边的铃铛，提醒船员停船。晚上的时候，铃声总是响个不停。每一次响过铃之后，船身都会震荡一下，稍不留神，人就会因此而从船上滚下来。

黄昏时的景色是非常美的，夕阳呈红色，但散发的光芒却是金色的，这种景象非常壮观，余晖照耀到我们头上船顶的每一条缝隙里。随着太阳渐渐沉入河岸后，每一片草叶的脉络都异常清晰，水面红色和金色的光辉也逐渐暗淡，仿佛也在下沉似的。白天的光芒在夜色的侵袭下一点一点褪去，这里看起来比白天的时候更加荒凉沉郁。夜色越深，这种感受越强。

我们经过这条河流的时候，喝的水也是取自于它。当地人认为喝这种水有益健康，它比稀粥更稠。我在过滤商店看到过类似的水，但别的地方可没有这样的水。

离开路易斯维尔的第四天，我们抵达了圣路易斯。在这里，我看到了一个事件的全过程。它并不是什么大事件，但是看起来很有趣。整个行程中，我一直都对此回味无穷。

船上有一个小个子女人，带了一个小婴孩，两个人都很快乐。这位女士的母亲曾经生病了，于是，她离开了圣路易斯的家去陪伴母亲，这个小孩子也是在母亲家出生的。她已经有十二个月没有见过自己的丈夫了（她当时正赶去与丈夫团聚），婚后一两个月，她就离开了丈夫。

我确定，没有哪个小个子女人像她这样充满了期待，这样满怀柔情爱意，这样焦急不安。整整一天，她都在猜她的丈夫有没有到码头来迎接她，他是否收到了她的信，如果她托别人把孩子送到岸上街头，他会不会认出这孩子，不过她的丈夫还从没有见过这孩子，应该认不出来的，但要认出他的妻子，应该不成问题。她是那么天真、率性、充满期待，那么开心，满心都在想着这些，感染了所有女乘客都跟她一起期待起来。船长（从他妻子那里听说了这一切）非常精明，这一点我可以保证，每次我们在餐桌前聚餐的时候，他总是打听这件事，好像得了健忘症。他总是会问，她是否希望有人来圣路易斯接她，我们抵达码头的时候，她会不会愿意上岸（但他认为她不会），并多次开这样的玩笑。船上还有一位年纪很大、满脸皱纹的女士，她对那位做丈夫的在这么久的分别时间里是否会保持对婚姻的忠诚表示怀疑。还有一位女士（带着一条哈巴狗），年纪达到了可以指责人类情感轻率的程度，却还没老到不能帮那位女士照顾小孩的地步。她不时会帮那位女士照顾小孩，在那位女士用丈夫的名字称呼自己的孩子，并满心快乐地问孩子关于丈夫的各种奇怪的问题时，她会跟大家一起大笑不止。

我们距离目的地还有不到二十英里的时候，这位年轻的小个子女士似乎不太舒服，不得不将孩子放到了床上。但她还是努力保持好自己的心态，在头上裹了一条手帕，跟大家一起去了小过道。然后她好像在这里得到了神谕一样。这位已婚女士的脸上流露出了亦悲亦喜的神情。周围的人们都对她表示了同情。每一位跟她打招呼的人，这位小个子女士都回之以笑容（但看起来就像是在哭）。

终于，圣路易斯到了。这边是码头，那边是阶梯，小个子女士双手捂着脸，大笑了起来（好像是在笑），跑进了自己的船舱，把自己关在了里边。我不怀疑这种兴奋有不一样的表达方式，她也许捂上了耳朵，不让自己听到丈夫来找她时的喊声，但我见她并没有这样做。

随后，大量的人冲到了甲板上，但船还没有停靠下来，而是在其他船只中间穿梭，希望能找到一个停泊点。大家都在找那位女士的丈夫，但没有人看到他。这时，在一片混乱嘈杂中，那位小个子女士双臂环绕在了一个长相英俊且身体健壮的年轻男士的脖子上——天知道她是怎么去那儿的！随后，她快乐地拍着手，将那位男士带进了她所住的小船舱的门内，去看那个还在睡着的小婴孩！

我们去了一家名叫"种植园主之家"的大旅馆。它看上去就像是英式的医院：长长的过道，光秃秃的墙壁，房间的门上开了天窗以透气。里面有很多客人居住，从下面的街道抬头看去，旅馆内的灯光闪烁着从窗口透出来，就像节日里那闪烁的灯火一样。这家旅馆很豪华，经营者想方设法让客人们住得舒心。一天，我跟妻子在自己的房间里吃饭，桌子上居然摆了十四道菜！

这个城市曾经有一部分是属于法国的殖民地，所以道路很窄，而且弯弯曲曲的，有些房子非常古典雅致、精巧秀美。它们全都是木头建造的，窗前有摇摇晃晃的长廊，要通过楼梯或者别的梯子才能从街上进入房子里。这个街区附近的小酒吧都很奇特，还有很多危如累卵的老房子，就像欧洲的弗兰德斯地区一样。某些古老的建筑，高高的阁楼上的窗户甚至通到了房顶上，就像是法国人表达惊讶的方式——耸肩，由于年纪过大肩膀有点儿倾斜，头歪在一旁，好像对美国日新月异的变化感到吃惊。

不用说，这样的房屋包括码头、仓库、商铺等各种新兴建筑，还有许多伟大的工程"正在规划建设中"。然而，这里已建成的房屋都很棒，街道也很宽敞，商铺前都铺着大理石地面。这些都足以证明，圣路易斯在城市建设方面已经走在了最前面。这座城市数年之内就变得干净整洁而美观了，但论高雅和美丽，还远远比不上辛辛那提。

早期的法国殖民者把罗马天主教介绍到这里，现在天主教在这里日渐昌盛起来。这城里有一所耶稣会学院，一所为"拥有圣洁之心的女士"而设立的女修道院。耶稣会学院有一个附属的教堂，在我参观期间，这座教堂正处于修缮期间，要直到第二年的十二月二日才能完工。这座教堂的建设者，是学校里一位可敬的神父，教堂的所有建设都是由他指挥的。教堂唱诗班所需要的风琴将会从比利时运过来。

除此之外，这里还有一座天主教大教堂，是为了纪念圣方济各·沙勿略而建的。还有一家医院，是一位已逝的居民慷慨解囊而建的，他生前是那座天主教大教堂的教会成员。教会还经常派遣传教士去印第安人的部落传教。

这个偏远的地方，跟美国其他地方一样，一神论派的教堂都是由一位很富有很明智的绅士所资助的。穷人们都应该为此庆幸，因为这里的教会对他们很友善，并无私地资助他们接受教育，没有任何教派歧视或有其他自私的想法。它的举措都显示出其慷慨大度、善良温厚、乐善好施的特色。

这座城里还有三所私立学校，已经全部投入了使用。第四所私立学校当时还在修缮中，不过很快就将竣工。

没有人会承认自己的住所是不适合住的（除非他正准备离开那里），因此，毫无疑问，圣路易斯的居民对当地气候的看法与我不一致。我认为夏秋季这里容易诱发热病。因为这里很热，而且靠近河流，周围又是一片常年积水的沼泽地。读者们对此也可以做出自己的推测。

离开这里，去更遥远的目的地之前，我很想去看看这里的大牧场。当地的几位绅士也很照顾我，他们设法帮我达成了心愿。我离开之前，他们选了一个日子，去卢肯格勒斯牧场游玩。这个牧场距圣路易斯的距离不到三十英里。考虑到我的读者们应该不会反对我对这次远足的情况做一点记载，那么，我将在下一章详述一下。

第十三章
去卢肯格勒斯大牧场的远足

　　也许，我应该先提出一下，prairie（大牧场）这个词也可以拼写成 paraaer、parearer 和 paroarer 这几种形式，而这个词的读音中，美国人更喜欢用最后这个拼写法的读音。

　　我们一共十四个人，都是年轻的男士，实际上都是居住在这些偏远地区的单身男士。他们都喜爱冒险，并将之当成生活的主要梦想。没有什么年纪太大的人参与其中，也没有女士，因为对她们来说这样的旅行太过疲乏。我们计划早晨五点准时出发。

　　我四点就起来了，确定不会让任何人久等。用一些面包和牛奶当早餐之后，我打开了窗户，向街道上望去，希望能看到大家整装待发的场面。但是一切都静悄悄的，直到凌晨五点，街道上还是没有什么动静。我决定还是再去睡一会儿比较好，于是回到了床上。

　　再次醒来的时候已经是七点了。这时，大家也都聚集起来了，马车也准备好了。一共有四辆马车：第一辆是轻便型四轮马车，轮轴非常结实；第二辆马车轮上的印迹似乎显示出车夫是个外行；第三辆看起来非常老旧而古怪；第四辆是轻便双轮马车，背上有一个洞，车头也坏了。还有一个人是自己骑马来的，他会在前面领路。我和三位同伴上了第一辆马车，其他人也选好了马车坐了上去。最轻便的马车上还携带了两个大篮子，两个大石罐则分别装在两个柳条箱里，有经验的人一看就知道这石罐是装酒的。为了安全起见，这些箱子由"最喜静的人"保管。大家一起赶去河边，搭乘渡船。按照这一带的习俗，人、马和马车将一起乘坐渡船过河。

我们按预定的方案渡过了河，并在一座下面带有轮子的小木屋前集合，木屋门上写有"裁缝铺"几个大字。整理好队形，我们马上开始了行程，穿过了一条令人觉得反感的"黑色山谷"。据说那里是美国地势最低的地方，不过这一说法并未得到证实。

这几天天气似乎热到了极限。白天，整个城市像着了火一样，炙热无比。但到了晚上，大雨倾盆而下，而且整晚都没有停歇的迹象。我们有两匹很强壮的马，但在黑色的泥浆里深一脚浅一脚地前进，时速也不超过两英里。除了深浅不一，这些泥坑似乎没有什么不同。这时，泥浆只没了车轮的一半；再过一会儿，泥浆掩盖了轮轴；再过一会儿，泥浆几乎都淹到了马车的窗口了。到处都传来了高亢的蛙鸣声，猪群（粗鄙而丑陋的一个种群，看上去很脏，好像是这里的特产）也自得其乐地享受着。我们不时会看到一栋栋木屋，这些破败的屋子零散地分布在各处，因为尽管这里的土壤非常肥沃，但很少人能在这里致命的气候和环境中生存下去。道路两旁满是茂密的"矮树丛"，事实上就是长得比较密集而已。到处都有污浊的、泥泞的、肮脏的、散发着恶臭的水坑。

在这一带，当马匹奔跑过程中因炎热干渴而口吐白沫时，就会给它喝一加仑（按英制算，一加仑约合 4.546 升；按美制算，一加仑约合 3.785 升）冷水；到了树林中的一家乡村酒馆时，我们也停下来给马匹们喂了水。这里周边再没有别的住户。这家酒馆只有一个房间，屋顶和墙壁光秃秃的，上面有一间阁楼。酒馆的老板是个年轻人，皮肤黝黑，穿着一件花衬衫，花得就跟床单一样，裤子破旧不堪。这里还有两三个孩子，近乎赤裸地躺在井边。老板和孩子们，还有酒馆里的一位顾客，都转过脸来打量着我们。

那位顾客是一位老人，颌下的灰色胡须有两英寸长，脸颊两侧的络腮胡乱蓬蓬的，也是灰色的，眉毛很浓很粗，几乎遮住了他醉醺醺、懒洋洋的视线。他双臂交叠着站在我们面前，有时候将体重压在后跟，有时候又踮起脚尖，不断交替着。我们中的一个跟他打了招呼，他这才走上前来，一边揉着下巴（他粗糙的手指拂过，下巴上就留下了刮痕，就像新开垦的土地上留下了钉子鞋的刻印），一边向我们做自我介绍。他说他来自特拉华州，最近在附近买了一座农场，说着，指向了那些矮树最密集的一片湿地。他说，他会去圣路易斯接家人过来，他之前把他们留在了那里，不过他似乎并不急于去接家人，因为我们离开的时候，他又摇晃着回到了酒馆里。显然，他的钱不花完，他是不会离开的。他以前是一个伟大的政治家，跟我们中的一个聊起来可谓滔滔不绝。但我只记得他说过的两句话：一句是，有些人永远都不会被人遗忘；另一句是，祝福他人！这两句绝不是毫无意义的空话。

马匹喝足了水，肚子看起来鼓鼓囊囊的，比正常大了两倍（当地似乎有这样一种看法，即这样喝饱水能提高它们前行的速度）。这时，我们再次出发了。顶着能让人融化的炎热，伴着蛙鸣猪唱，我们跨过泥潭、沼泽、荆棘和灌木丛。快到中午时，我们抵达了一个名叫贝尔维尔的地方。

贝尔维尔有许多木屋，正好都聚集在灌木丛和沼泽地中间。大部分房子的门上都被涂成了鲜亮的红色和黄色，因为前不久刚好有一位流浪画家来访，当地人告诉我，"他靠画画来赚钱旅行"。当地的罪犯法庭当时正在审理几起偷盗马匹的案件，涉案的几位罪犯可能都会被判重刑。被盗的马匹都属于一家酒吧。法官、目击证人都坐在路旁临时搭建的架子上。旁边的一条林间小道上，泥浆齐膝深。

这里有一家旅馆，跟美国所有的旅馆一样，餐厅很大，里面有一张公用的餐桌。这房子房檐低矮，看起来很奇怪，摇摇欲坠，一半是牛棚，一半是厨房。餐桌上铺着一块棕色的粗帆布裁剪的桌布，锡制的烛台靠在墙边，晚餐的时候会点上蜡烛照明。马夫已经去拿准备好的食物和咖啡，这时候，这些食物和饮料都应该准备好了。他点了"小麦面包和鸡肉套餐"，而没有点"玉米面包和普通套餐"。所谓的普通套餐只包括了猪肉和熏肉，但是鸡肉套餐就丰富多了，包括烤火腿、碎肉香肠、小牛肉排、鱼排及其他类似的食品。它们与鸡肉"完美地搭配在一起"，无论男女都会喜欢吃。

这家旅馆的一根门柱前，有一块锡制的板子，上面写着几个金色的大字："克鲁索医生"。木板旁边还贴着一张纸条，上面写着："当晚克鲁索医生会向贝尔维尔的民众发表关于颅相学的演讲，入场券正在出售中。"

准备鸡肉套餐的时候，我上楼看了一眼，正好经过那位医生的房间。门敞开着，房间里空无一人，我大胆往里面偷窥了一下。

这个房间空荡荡的，没有什么家具，让人感觉不舒服。床头挂着一幅未经装裱的画像，我想应该是那位医生的画像吧。画像前额完全展露了出来，画家根据颅相学发展的特点，将重点部分加了着重标记。床上罩着一张碎布拼凑起来的旧床单。房间里既没有地毯，也没有窗帘。湿漉漉的壁炉里积满了木灰。房间里还有一把椅子和一张小桌子，唯一一件可以称得上是家具的，是一个刻着姓名的柜子。这是医生的书柜，上面摆着很多破烂的旧书。

眼前这个房间恐怕是这世上最糟糕的房间了，任何人都会想从这里逃离。但是，正如我所说的那样，房门敞开着，房里的椅子、画像、桌子和书仿佛都在喊："进来吧，先生们，进来吧！不要反感这里，先生们，你很快就会适应的。克鲁索医生来了，先生们，著名的克鲁索医生来了！克鲁索医生来拯救你们了，先生们！如果你没有听说过克鲁索医生，那是你的错，因为你就住在这么个偏僻的地方，这不是克鲁索医生的错。进来吧，先生们，进来吧！"

我走下楼去，在过道里，正好遇上了克鲁索医生。一大群人从房子里涌出来，其中一个人对着旅馆的老板叫道："老板！给我们介绍一下克鲁索医生呗！"

老板说："这位是狄更斯先生，这位是克鲁索医生。"

我打量着这位克鲁索医生，他个子很高，非常英俊，是一位苏格兰人，但是，对于一位治疗方面的专家而言，他的长相还是过于粗野了。他突然向我伸出右手，说："我是您的同胞，阁下！"

于是，克鲁索医生和我握了握手。他的打扮跟我想象的完全不一样。他穿着一件宽松的亚麻上衣，戴着一顶大草帽，帽子上有一根绿色的丝带，没有戴手套。他一直盯着我，好像我的脸颊和鼻子被蚊子咬了很多包，让我有点不自在。

"您在这儿住了很久了吗，先生？"我问。

"三四个月了。"医生回答。

"您想很快回国吗？"我又问。

克鲁索医生没有回答，却给了我一个询问的眼神，无疑是在说："请您更大声地再说一遍，好吗？"于是，我重复了我的问题。

"想很快回国！"医生重复道。

"回祖国，先生。"我又说了一句。

克鲁索医生环顾四周，看看自己的话在人群中产生的效果，然后搓着双手，大声回答："还没有，先生，还没想过。您的问题现在还不能打动我，先生。我太喜欢像现在这样自由自在的生活了，先生。哈！哈！让一个人离开一个像这里一样自由的国度，那可不容易，先生，哈！哈！不会，不会！哈！哈！我不会回去，在感觉到自己有责任这么做之前，我不会回去。不会，不会！"

克鲁索医生说完这些话，若有所思地摇了摇头，然后又大笑了起来。旁边站着的许多人都跟医生一样摇着头大笑起来，相互看着彼此，好像在说："克鲁索这家伙真不错！"如果没记错的话，那天晚上有很多人来听演讲。这些人以往都不知道颅相学是什么玩意儿，也根本不认识克鲁索医生。

从贝尔维尔继续出发，我们经过了与之前没有任何差别的荒凉之地，路边的蛙鸣音乐会一直不停。直到下午三点，我们在一个叫莱巴嫩的村庄再次停了下来，喂马喝水，并给它们喂玉米吃。它们跑了很久，急需食物补充体力。趁它们吃食的时候，我走进了这个村庄，看到一座房子被十几头牛拖着，从坡上滑了下来。

这房子其实是一栋移动客栈，非常干净整洁。我们一行决定，如果可以的话，晚上就来这里睡觉。行程决定好了，马儿们吃饱喝足了，我们再次出发了。日落时分，我们赶到了大牧场。

看到这牧场，我感觉很失望，但很难说清究竟是为什么——可能是因为已经听说过，也读到过很多关于牧场的消息了。看向夕阳的方向，我的视线里出现了一大片平坦宽阔的土地，一望无际，没有别的阻隔，只有一排细瘦的树，在这空荡荡的天地间，显得非常微不足道。牧场的土地绵延到天边，才开始渐渐沉降，与天空中斑斓的色彩交融，融化在那高远的湛蓝之中。那边曾有一片宁静的海或是湖，随着时日变迁，水已经干涸了——希望这样的修辞不算错误，几只小鸟四处飞舞，寂静和荒僻主宰着这个小世界。但是这里的草长得并不高，光秃秃的土壤泛着黑色，稀稀落落的几朵野花，衰败而凋零。牧场广袤无垠，没有任何可供想象的东西，因而让人觉得乏味无聊。那个苏格兰医生所感受到的自由和愉悦，我一点也感觉不到。这是一片荒凉孤寂的土地，这里的孤独寂寞让人无法忍受。我感觉，穿过牧场的时候，我无法完全陶醉在景色之中，遗忘掉周围的一切。我本能地注视着脚下的石楠树丛，还有远处的地平线。我不停地看向远方，却又不停地估算着我们走过的路，希望能尽快走完。那并不是个容易被忘怀的地方，但我认为，回想起来却很难有愉快的心情，余生我再也不愿去那个地方。

我们在一栋孤零零的木屋旁驻扎了下来，因为这样用水方便，并在那里吃了晚饭。篮子里放着烤家禽、牛舌（顺便说一下，口感细腻，非常美味）、火腿、面包、奶酪、黄油、饼干、香槟和雪利酒，榨汁用的柠檬和糖，还有很多冰块。晚餐很可口，主人非常善良好心。我经常回忆起这群让人觉得愉快的人。跟家乡的老友相聚的时候，我也总会想起在牧场里遇到的朋友们。

那天晚上回到莱巴嫩，我们在下午停歇过的那家小客栈过夜。如果不跟英国乡村的小酒馆相比的话，它的整洁舒适程度还是过得去的。

第二天早晨五点，我就起来了，在村子里逛了一圈。这一天房子们都还没开始漫游，也许是因为时间还很早吧。很快，我就发现了有趣的东西，客栈后有一个庭院，这庭院最大的特点就是有各种各样的牲口棚。廊柱粗糙，就像是避暑胜地一样，水井幽深，还有一大片土地供冬天种植蔬菜、还有一个鸽舍，进出口看起来非常狭小，稍稍丰满一点的鸽子想进去可能都很困难，但事实上并非如此。看得尽兴了之后，我开始观察客栈的两个起居室，里面挂着华盛顿和麦迪逊总统的彩色画像，还有一位面色洁白的年轻女士的画像（上面停满了苍蝇），她正向崇拜她的人展示一条金项链，说她"只有十七岁"，但我认为她的真实年纪还要更大一点。最好的房间里，摆放着两张小半身油画，画的是客栈主人和他年幼的儿子。两个人都像雄狮一样冷酷，执着的目光注视着画布外面的世界。我猜，这画应该是那位将贝尔维尔的门都涂成红色和黄色的画家画的，因为我很快就发现，这画像符合他的作画风格。

早餐之后，我们走上了跟前一天不一样的道路，十点时，遇到了一群德国移民。他们把自己的家当都放在乘坐的马车上，并曾在露营的地方升起了一堆火，我们就停在了那里休息。火让人感觉很舒服，因为尽管前一天还很热，但这天却很冷，风也刮得很厉害。我们驾着马车前行，隐隐约约地看到远处有一座古老的印第安人墓地，名叫"修道士之冢"。它是为了纪念一个名叫拉·特拉普的狂热宗教分子。多年前，方圆千里还没有移民的时候，他就在这里建起了一座与世隔绝的修道院，但是，修道院里的人都被这里恶劣的气候吓跑了。在这混乱之中，应该极少有人想到，社会也因此遭到了重创。

这天我们所选的路跟前一天选的路有相似的特点：路上有沼泽和灌木丛，还有那永不止歇的蛙鸣，不明来源的恶臭味和败坏潮湿的土地。我们总能遇到独行的破烂的马车，装满了新移民的家当。看到这些马车深陷泥沼中，轮轴断掉了，轮子也倒在一旁，男人去远方寻求帮助，女人则坐在那一堆零散的物件中，怀里抱着一个小婴孩，这画面真让人觉得痛心。移民们养的牛群悲哀地伏在泥浆中，它们的嘴里和鼻子里呼出了热腾腾的气息，笼罩在这里的轻烟薄雾好像正是它们造成的。

按照预定的时间，我们再次聚集在裁缝铺门前，随后搭乘渡船回到出发的城市。途中，我们经过了一个名叫"血腥之岛"的地方。据说圣路易斯就是在这里与别人决斗，这个岛也是因那场决斗而得名。那是一场面对面的枪战，枪响之后，两个决斗者都倒地身亡了。也许后人会记得他们吧，就像记得"修道士之冢"里埋的那些人一样，他们的死对社会而言并不算是太大的损失。

第十四章

回到辛辛那提　坐驿车从辛辛那提去俄亥俄州首府哥伦布市　从哥伦布去桑达斯基镇　从伊利湖去尼亚加拉瀑布

由于我很想要横穿过俄亥俄州，"渡过那些湖泊"——正如在桑达斯基小城里流传的那句俗语一样，然后顺路观赏尼亚加拉河，于是我们沿着来时的路，从圣路易斯返回辛辛那提。

我们离开圣路易斯的那天天气不错，但我们预计清晨就要离开的那艘汽船，却不知为何延迟了出发时间，延迟了三四次，等到开船时，已经是下午了。我们沿河来到一个古老的法式村庄，它的正式名称是卡隆德莱特。我们事先还安排那艘船到时过来接我们。

这里只有两三家酒馆，就是几栋简单的小屋，显然只是为这里的村民服务的，因为它们没有贮藏多少可以吃的食物。但是，往回继续走了半英里左右，我们找到了一家小客栈，这里提供火腿和咖啡。我们就在这里等着船，船一来就可以从门前的一片绿意中看到了。

这是一家整洁、质朴的乡村客栈。我们在一个布置十分精致的小房间里用餐。房间里边还有一张床，墙上挂着一些旧油画，也许以前是挂在某个天主教小教堂或修道院里的吧。食物很丰盛，而且很干净。经营这家客栈的是一对上了年纪的老夫妇，我们跟他们聊了很久，他们可谓是典型的西部人。

客栈老板是一位干瘦、结实、不苟言笑的老人（可能也并不是那么老，我想他应该刚过六十岁吧），上一次英美战争时期，他还参过军，做过各种后勤工作——并没有真枪实弹地打过仗。虽然没有打过仗，但他也近距离地看到过战争的场面，他还特别强调了一句：距离非常近。他一生颠沛流离，一直期待着改变，但仍然保持着自己的老习惯。他说，如果待在家里没事可做了（他轻轻地扯下他的帽子，大拇指指着窗口，我们站在房子前聊天的时候，老妇人就坐在那里），他就会擦干净自己的毛瑟枪，第二天一早赶去德克萨斯。在这块大陆上，他就像该隐（《圣经》人物，根据《圣经·创世纪》的说法，该隐种田，其弟亚伯牧羊，上帝接受亚伯的贡物却不接受该隐的贡物，因此该隐杀害了弟弟亚伯，上帝决定将该隐从定居地赶走。该隐害怕途中遭遇杀害，上帝便留下了记号以保护他）一样漂泊不定，似乎他生来就是要在人类的大军中充当前锋。他很乐意长年累月地拓展前哨，将寻常人家都保护在身后，最终死的时候，也不在乎是否被取胜方葬在数万英里外的地方。

他的妻子是一位温柔善良的老妇人，跟随他"从世间的女王城"来到这里，她所说的"女王城"应该是指费城。但她并不喜欢这个西部乡村，因为她的孩子们一个一个地都因热病而丧命于此，死的时候也都正值青春壮年。她说，她一想起他们就心痛。即使是跟陌生人她也会聊起这些，在那个远离她家乡的颓废的地方，这种心痛逐渐淡化，变成了令人悲伤的愁绪，萦绕心间。

我们的船傍晚时分才来，我们跟老妇人和她喜欢漂泊的丈夫道别,赶往距这里最近的河岸边。很快我们再次登上了"信使号",住在以前住的船舱里,沿着密西西比河出发了。

如果说沿着河道逆流而上是令人感到厌烦的,那么顺着湍急的水流往下走则更糟糕。因为这时的船时速为十二到十五英里,要穿过一堆漂浮的木头组成的障碍,在黑暗中,根本无法提前观察到或避免撞上。那一整晚,铃声的间隔不超过五分钟,每一次铃响之后,船就摇晃起来,有时候只是轻轻晃动一下,有时候则是连续快速地晃动,即便是最轻微的摇晃,对船纤弱的龙骨而言,都是沉重的打击。天黑之后,那污秽的河面上就像是冒出了很多怪物,那些黑漆漆的怪物漂浮在水面上,直立着,露出头来,而船就在这一大群障碍中奋力开道,把这些障碍物压到水底下。有时候,船在这一堆障碍物之间的时候,发动机停了下来,然后船前船后都布满了这些障碍物,船好像是陷入了一个陷阱,成为一座漂浮的岛屿的中心。直到障碍物在某处散开,船才能继续前行。

然而,第二天,我们很快就再次见到了那个讨厌的凯罗沼泽。我们在那里停了一会儿,准备取一点木材,却看到旁边有一艘支离破碎的驳船。它停靠在河岸边,旁边涂写着"咖啡屋"几个字。我想,这里应该是流浪者的天堂,当人们因为密西西比河的水灾而流离失所的时候,他们就会来这里住一两个月。从这里向南方望去,我们看到这条丑恶得不堪入目的河流正托着那丑陋的船只突然偏离了往新奥尔良的方向,穿过一道横亘在河流上的黄线,再次汇入了干净清澈的俄亥俄河。我认为,我再也不想见到密西西比河了,除非是在噩梦里。从密西西比河到俄亥俄河,就像是从痛苦到愉悦，从可怕的梦魇到令人欢乐的现实中来一样。

第四天晚上，我们抵达了路易斯维尔，并且住进了这里舒服的旅馆里，我们很开心。第二天，我们搭乘一艘名为"本·富兰克林"号的豪华邮轮继续航程，并于午夜时分抵达了辛辛那提。这时候，由于之前一直都睡在架子上，我们都厌倦了，于是这一次我们都没有睡，而是直接上了岸。我们在其他船只漆黑的甲板上穿行，试图找一条通道。穿过了一排机器和装满蜂蜜的桶，我们到了街上，敲门唤醒了之前所住的那家旅店的服务员。令我们高兴的是，不久之后，我们就住进了那家旅店里。

我们只在辛辛那提待了一天，然后就继续行程，赶往桑达斯基。 这里有两种不同的驿车，我之前都已经观察过了，明白了美国这种交通方式的主要特点。我将带领读者们一起踏上这次行程，我保证尽可能呈现出这次行程的全部过程。

我们的第一个目的地是俄亥俄州首府哥伦布市，这里距辛辛那提约一百二十英里，但全程都是碎石铺就的道路（真是少见），我们的速度是每小时六英里。

早晨八点，我们搭乘一辆大邮车前行。邮车配备的马匹面色通红，好像有大脑充血的危险。邮车看起来十分臃肿，因为里面坐了十几位乘客。但是，令我们高兴的是，里面非常干净明亮，看上去就像新的一样。邮车很轻快地走过了辛辛那提的街道。

我们经过一个美丽的村庄，田野里的庄稼长势喜人，预示着这里的人们即将迎来大丰收。有时候，我们路过的田野里，印第安玉米高高挺立，就像是竖在那里的手杖；而有时候，绿油油的麦子从一堆草木的围栏中探出头来。简单的"之"字形栅栏随处可见，它看起来很丑陋，但是田地却得到了它们良好的庇护。除了这些差异，我感觉跟在英国的肯特郡旅行差不多。

我们经常停在路旁的客栈喝水，这些客栈氛围都很乏味且沉闷。车夫下了车，用桶装满了水，然后拎过来喂马。几乎从来没有人帮过他，周围也鲜有围观看热闹的人，更没有人过来搭讪，说几句俏皮话。有时候，我们的马匹换组的时候，再次启程就有点困难了。有一匹年轻的马不喜欢这样老是换组，总是捣乱，于是车夫就捉住了它，罔顾它的抵抗给它套上马具，把它扔到马群中。但我们也看到，尽管一开始它又踢又咬，拼命挣扎，但后来它还是像之前那样安顺了下来。

偶尔，我们停下来换马匹组的时候，也会遇到两三个喝得半醉的流浪汉。他们有的双手插在兜里晃荡着，有的坐在安乐椅上踢着腿，有的爬上了人家的窗台，有的坐在房子柱廊的扶手上，但通常他们都不跟我们打招呼，也不彼此聊天，只是呆坐在那里，看着马车和马匹。客栈的老板通常也跟他们在一起，似乎是他们之中最不关心客栈生意的人。事实上，从客栈的角度而言，他就像是那个联系着马车和乘客的车夫，周围无论发生了什么事，他都泰然处之，像跟他完全没有关系一样。

虽然车夫不断更换，但他们的个性似乎都差不多。车夫全身肮脏，面容呆滞，沉闷不语。如果他机灵一点，无论是心理上还是生理上，他就不该表现出这种模样，这才是了不起呢。就算你跟他一起坐在车厢上，他也不跟你说话。你要是问他什么问题，他都是用单音节词回答的（如果他确实会回答你的话）。途中，他从不指点什么，也很少会去仔细看什么东西，好像是已经完全厌倦了这一切。他的工作就是跟马打交道，马车之所以跟在马身后，不过是因为车被拴在了马身上，且车是靠轮子走的，而不是因为有乘客在里边。有时候，漫长的旅途到终点时，他的喉咙里会蹦出几句不连贯的歌声，但他的神情并没有跟着轻舞飞扬起来，飞扬的只有他的声音，而且他也不经常唱歌。

他经常咀嚼烟草块，也经常吐痰，但是他不带手帕，结果就是坐在车前厢的乘客总是要因此而遭殃，尤其是有风吹过来的时候。

马车停下的时候，你就能听到车内乘客的说话声。有时候车外有人跟他们打招呼，有时是他们自己在交谈，你会听到他们老是重复同一句话。这是一个非常普通且没有言外之意的句子："是的，先生。"但是这个句子适用于任何场合，而且能够弥补对话中的停顿。例如：

这时是中午一点，地点是在我们将要在那里住宿过夜的一个地方。车夫将车赶到了一家旅馆门前。天气很暖和，旅馆里也有几位流浪汉正等着用餐。其中有一位戴棕色帽子的结实的汉子，在过道的摇椅里悠闲自得地晃悠着。

马车停了下来，车里一位戴草帽的先生从窗口探出头来。

戴草帽的先生（对那位躺在摇椅里的结实汉子喊道）："您是杰斐逊法官吧？"

戴棕帽的先生（仍然摇摇晃晃地，说话速度很慢，而且面无表情）："是的，先生。"

戴草帽的先生："天气真暖和，法官阁下。"

戴棕帽的先生："是的，先生。"

戴草帽的先生："上周有点儿冷。"

戴棕帽的先生："是的，先生。"

戴草帽的先生："是的，先生。"

他们沉默了一会儿，非常严肃地彼此对视着。

戴草帽的先生："我想，你们到现在应该审完了那家公司的案子了吧。是吗，法官阁下？"

戴棕帽的先生："是的，先生。"

戴草帽的先生："陪审团是怎么裁决的？"

戴棕帽的先生："他们倾向于被告。"

戴草帽的先生（很疑惑地）："是吗，先生？"

戴棕帽的先生（很肯定地）："是的，先生。"

两人（若有所思地看着街道）："是的，先生。"

又沉默了一会儿，他们再次彼此对视起来，这一次更加严肃了。

戴棕帽的先生："我猜，马车今天又晚点了。"

戴草帽的先生（很疑惑地）："是吗，先生？"

戴棕帽的先生（看了一眼怀表）："是的，先生，已经晚了快两个小时了。"

戴草帽的先生（惊讶地挑起了眉头）："是的，先生！"

戴棕帽的先生（一边收好怀表，一边很果断地说）："是的，先生。"

所有车内乘客（自言自语）："是的，先生。"

车夫（很阴沉的语气）："不，不是的。"

戴草帽的先生（对车夫）："哎，我不知道，先生。之前那十五英里的路花的时间太长了。事实确实如此。"

214

车夫什么也没有回复，显然是不想讨论这个话题，因为这明显是无视他的感受。另一位乘客说"是的，先生"，那位戴草帽的先生很谦虚地表示感谢，说了一句"是的，先生"以作回复。然后，戴草帽的先生问戴棕帽的先生，他现在乘坐的马车是不是新的。戴棕帽的先生回答说："是的，先生。"

戴草帽的先生："我也认为是这样。好刺鼻的油漆味啊，是吗？"

戴棕帽的先生："是的，先生。"

所有其他车内乘客："是的，先生。"

戴棕帽的先生（对所有人）："是的，先生。"

这时，大家似乎都无心再继续交谈下去。戴草帽的先生打开了马车门，跳下了马车，其他人也都纷纷跳了下来。随后，我们跟旅馆里的其他客人一起用餐。除了茶和咖啡，这里再没有别的饮料了。茶和咖啡都很难喝，而白水更难以下咽，于是我点了白兰地酒，但是这家旅馆禁酒，不会因为博爱和金钱而为住客提供酒。强迫干渴的客人喝下难以下咽的饮料，在美国并不是什么新鲜事，但我从未发现有老板会因此而收高价，却给客人提供质量下等的食物。正因如此，我才希望他能作为补偿，将价格压低一点，而给旅客提供酒精饮料。毕竟，给人们提供最朴素的饮食，也许是酒馆老板表现支持禁酒的最好方式。

饭后，我们搭上了另一辆等在门口的马车（因为吃饭时马车已经换了），继续我们的行程。我们一直在这乡间路上行进，直到傍晚时分，我们才在一个镇上停下休息，喝茶吃晚饭。在邮局卸下了包裹之后，我们走上了如往常一般宽敞的街道，经过那些寻常的店铺和房屋（服装店总是在门口挂上一块鲜亮的红布以示记号），进入旅馆用餐。这里有许多住客，我们坐了下来，人很多，也跟平常一样，气氛很沉闷。女老板坐在桌首；对面，一位威尔士教师跟妻子和孩子坐在一起。他们到这里来，是怀有很高的期许来教古典文学的。他们一直是我们津津乐道的话题。直到晚饭结束，另一辆马车已经准备好了。我们搭乘这辆马车继续前进，在皎洁的明月下奔驰。到午夜时分，我们再次停下了马车，在一个简陋的房间里休息了半个小时左右。房间里熏烟呛人的壁炉上，挂着一幅模糊不清的华盛顿画像，桌子上还有一大罐冷水，那些心情郁闷的乘客可以用它来清醒一下自己。其中有一个小男孩跟大人一样咀嚼烟草；还有一个声音低沉的男士，谈论所有的话题都要扯上数学和统计学，甚至连诗歌都是如此，而且说话保持同样抑扬顿挫的腔调，好像是经过深思熟虑才说的。他现在走出了房间，跟我谈起了住在这附近的某位年轻女士的叔叔。那位女士被某位上尉拐走了，然后和上尉结了婚，那位叔叔非常勇猛大胆。他毫不怀疑那位叔叔会一直追那位所谓的上尉追到英格兰，并且"只要找到了那位上尉，那位叔叔就会开枪打死他"。他对此十分肯定，而我却认为不会。尽管我这时觉得非常疲惫、昏昏欲睡，但我也没有随声附和他，只是说，如果那位叔叔坚持要那么做的话，或者有什么其他类似的古怪想法的话，那他某天清晨会在旧贝利街上被人砍断脖子，因此去之前他一定要先立好遗嘱，如果他要在英国待很久的话，他就一定会需要它。

整夜我们都在路上奔波。不久以后，天开始破晓，很快，温暖的阳光再次洒到了我们身上。湿漉漉的小草、阴郁的树、肮脏破败的小屋，都沐浴在阳光中。那些小屋就是森林中的荒岛，生长在那里的绿色植物湿漉漉的，是有害的，就像那些长在死水表面的生物一样；有毒的菌类从没有人迹的软泥地上长出来，就像女巫的珊瑚虫，从房屋的墙缝和地板缝隙中钻出来。这是隐藏在城市背后的丑恶一面。但这里多年前就被人买下了，由于找不到房主，政府也无法收回。因此，它就被遗弃在了那里，在那一片繁荣昌盛中，就像一块遭到了诅咒的土地，因为某些可耻的事而变得更加肮脏污秽。

不到七点，我们就抵达了哥伦布市，在那里停留了一天一夜，让自己恢复精神。我们住在一家尚未完工的大旅馆，名叫内尔屋，房间很舒服，里面摆满了家具，都是由黑胡桃木制成的，而且有一个精致的柱廊和石头建造的阳台，就像意大利式公馆的房间一样。整个城市干净而精致，当然也"会"变得更大。这里是俄亥俄州议会的所在地，当然应该得到重视。

第二天没有事先准备的驿车在路边等着我们，于是我用合理的价钱雇了一辆"专车"送我们去蒂芬。这是一个小镇，这里有一条通往桑达斯基的铁轨。这辆"专车"是一辆普通的四匹马拉的驿车。正如我之前所述，途中是需要更换马匹和车夫的，而且只供我们旅行使用。为了确保在任何更换地点都能找到马匹，而且不被任何陌生人打扰，驿车的经营者还派了一位代理坐在车厢前面，全程陪伴我们。于是，我们带上了这位代理，同时还带上了满满一篮子的冷肉、水果和葡萄酒。翌日清晨六点半，我们兴致高昂地出发了。我们很高兴没有其他人打扰，并且就算再艰难的旅程，我们也确信能够好好享受。

我们能抱着这样的心态上路是好事，因为那天我们所走的路，

217

几乎能将意志最坚定的人击垮。有时候，我们蜷缩在车里挤成一团；有时候，我们的头都撞到了车顶；有时候，一侧的车身陷进了泥潭里，我们只得挤到另一侧没有陷进去的车厢里；有时候，马车完全就倒在了两个后轮上；有时候车身狂乱地竖立起来，四匹马高高地扬起头来，冷冷回头看着马车，好像在说"放了我们吧，我们做不到"。在这样的道路上，车夫居然还有办法控制场面，这真是个奇迹。马车歪歪扭扭地走在路上，绕过沼泽和泥潭。透过窗户往外看，总能看到车夫双手握着马鞭，不像是在赶马，而是在跟马儿们玩耍。乘客们从马车后盯着，好像他们能想出办法走出去一样。道路尽头有一段木头铺成的路，一根根树干被扔到沼泽地上，堆积在一起。最轻微的晃动也能让马车从一根木头颠到另一根木头上，这些震动好像也可以震垮人的身躯。除了坐马车登上圣保罗山的山顶，否则你再不可能在别的地方体验到这样的感觉。那一天，马车摇摇晃晃，很不正常，让我再也没有了乘坐马车出行的欲望。

然而，那天的天气还是很好，温度适宜，我们正朝尼亚加拉前进，往家的方向前进。那天中午，我们停在了一片美丽的树林里，在一棵已经倒下的树旁吃午饭。那些没有吃完的食物，好的我们留给了一位村民，差的喂了猪（在这一带的乡间，它们就像海边的沙子一样多；在加拿大的时候，它们是我们的主粮之一）。我们再次高兴地继续着旅程。

随着夜色降临，道路也变得越来越窄，最后，马车迷失在树丛中，车夫不得不凭着本能寻找出路。但我们至少知道，他肯定无法入眠，这也是令我们感到安慰的一点。因为在黑暗中，车轮时不时地会撞到树桩，车身随之震动，他甚至无法安身坐在车前厢上。我们也不必担心会掉下车去，因为路面坑坑洼洼，马匹只能慢慢前进。在这样的树林中，就算野象也无法逃出去。于是我们安心慢慢前行。

这些树桩可是在美国旅行中的奇特一景。这些树桩逐渐变黑，在陌生人的眼中，它们变幻成各种形状。这么多树桩如此真实地呈现在眼前，令人深感诧异，浮想联翩。那里，荒地之中有一个希腊风格的瓮；那里，有一位妇人在坟茔前哭泣；那里，有一个很普通的老人，穿着一件白色大衣，双手交叠着，手指伸进袖筒里；那里，有一个学生正在读书；那里，有一个黑奴蹲伏着；那里，有一匹马、一条狗、一个炮弹和一个全副武装的士兵；那里，一个驼背老人扔掉了外衣，走进了阳光里。这些就像万花筒一样，对我而言都非常有趣。它们不是我召唤来的，而是肆意闯进我视线里的，不论我自己是否愿意。而且很奇怪的是，有时候，我感觉它们跟我很久之前在童书里看到的画面是一样的。

然而，天色越来越黑，连这样有趣的场景都没法观察到了。路旁的树距我们的马车很近，干硬的树枝敲打着马车顶，我们不得不把头缩回车内。天空中也出现了闪电，闪了整整三个小时，每一道闪电都很亮很长，呈蓝色；雷声在树顶炸响，让人不得不惊恐地去想，除了已经出现的茂密树林，这时候我们还有没有更好的去处。

终于，晚上十点到十一点间，远处出现了一点微弱的灯光，一个印第安村庄——桑达斯基高地出现在眼前。我们在那里将一直待到第二天上午。

我们在一座木屋前停了下来，这是当地唯一的一家娱乐场所，我们的敲门声很快就得到了回应。我们在一间不知是厨房还是普通房间的地方喝了点茶，读了读墙上贴着的旧报纸，然后大家就去睡了。我和我妻子所住的房间很大，房檐低矮，看上去阴森森的，炉灶旁有一大堆干枯的树枝，房前房后各有一扇门，彼此相对，朝着漆黑的夜晚和野性的乡野开放。它们的设计如此奇怪，其中一扇打开了，灌进来的风就能吹开另一扇门。我对当地的建筑结构不熟悉，但我以前从来没见过这样的房屋。上了床之后，我仍然对此深感不安；躺在床上后，我也不时关注着这两扇门，因为我的衣物箱里装着相当数目的金条，那可是我们的旅资啊。其他的行李都堆靠在墙边。我本来认为，那天晚上睡觉应该不会受到什么打扰，但是事实并非如此。

我那位波士顿的朋友爬到了旅店某处的床上，这时另一位客人正躺在床上睡觉，鼾声如雷。他实在受不了，于是再次跑出来，去旅馆门前的马车上睡觉。但这也绝非明智之举，因为猪们正围着马车嗅来嗅去，一直盯着马车，好像里边藏了肉一样，不断地拱着马车，吓得他躲在里边瑟瑟发抖，不敢出来，直到天明。他出来以后，我们也不可能拿白兰地来给他暖身，因为在印第安村庄里，议会出于善心禁止旅馆店主藏酒卖酒。但是这一道法令根本没有效力，因为印第安人总是能以昂贵的价格，在流动商贩那里买到更烈的酒。

在这里居住的是怀安多特族印第安人（北美印第安人的一支）。早餐时，一起用餐的有一位温顺的老绅士。他曾在美国政府工作多年，为其与印第安人之间的协商而忙碌。最近，美国政府与这里的印第安人达成一份协议，政府同意支付给他们一定数额的年金，让他们搬迁到政府指定的另一个地方去，那个地方在密西西比河以西，距圣路易斯不远。他向我生动描绘了他们对从小生活的地方的强烈依恋，以及他们对离开这个地方强烈的不舍之情。他见过许多次这样的搬迁，尽管他知道这是为他们好，但看到他们如此眷恋故地，总是心痛不已。一两天之前，他们还曾热烈地讨论这一支部族是应该离开还是留下，部族甚至为此建了一栋小木屋，建屋的木材仍然堆放在旅馆前的空地上。进行表决的时候，部族中赞成搬迁和反对搬迁的站成两队，每一位成年男士都投出了自己的票。结果公布的时候，少数（数量还是很多的）很高兴地服从了多数，这让所有的分歧都消失殆尽了。

随后，我们也见到了这些可怜的印第安人。他们骑的马毛发乱蓬蓬的，看上去有点像流浪的吉普赛人。如果我是在英格兰见到他们，那我可能会把他们当成一群无以安身的流浪汉。

早餐之后，我们离开了这个小镇，沿着比前一天更糟糕的道路，继续往前走。中午时，我们抵达了蒂芬，于是就告别了那辆"专车"。两点时，我们搭乘了火车。火车车速很慢，车里的环境也很寻常。路面潮湿，多沼泽，我们在晚饭时准时赶到了桑达斯基。我们赶到了伊利湖边一家舒适的旅馆里，当晚投宿在那里。我们只能在那里等到第二天，等到开往布法罗的蒸汽船出现。这座小城看起来没有一点生气，平淡无趣，令人厌倦，就像是英国过了季的海滨浴场。

我们的主人是一个长相俊朗的中年男士，他总是竭尽所能地让我们住得舒适。他是从新英格兰搬到这里的，曾在那里的一个乡村"被抚养大"。我指出他进出房间时总是戴一顶帽子，停下脚步用轻松自得的方式说话，躺在沙发上时从口袋里抽出报纸随意地阅读时，我也只是在说明在那里长大的人的一些特征，并不是抱怨，也不是反感。无疑，如果是在国内遇到这样的事，我会觉得受到了冒犯，因为我们不习惯如此。在不以此为习惯的地方，这样做就是无礼。但在美国，这个好心的人这样做，只是想耐心对待他的客人。我没有权利，也确实不能以我们英国的准则去度量他的行为，另外，我不想跟他争吵，因为这家伙身材高大得足以进入皇家近卫队。这家旅馆里有一位老妇人，她是这里的高级侍者，但我确实也不想跟她找茬。她来服侍我们用餐的时候，总是会很舒服地坐在最方便的座位上，用一根大别针剔牙，一边剔一边看着我们吃，非常淡定从容（迫于压力，我们不时会多吃一点），直到用餐结束。无论我们想做什么，这里的人们都会很殷勤地为我们准备好，不论是在这里还是其他地方，我们所想要的事先都准备好了，对我们来说，这就足够了。

我们抵达后的第二天恰逢周日。天很早我们就吃了午饭。这时，一艘蒸汽船出现了，不久就停靠在了码头边。后来，我们打听到它也要开向布法罗，于是我们很快就上了船，把桑达斯基远远抛在了后边。

这是一艘重五百吨的大船，装备很齐全、先进，却配的是高压引擎，这总让我有种不好的感觉，觉得我就像是住在了军火工厂的底层。船上装载着面粉，一些装面粉的木桶就堆放在甲板上。船长走过来跟我们打了个招呼，自我介绍了一番，然后两腿分开横跨着坐在其中一个桶上，就像一个闲散的酒神巴克斯。他从口袋里掏出一把折刀，一边说话，一边"削"木桶——把木桶边缘的薄片削下来。他兴致勃勃地仔细削着木头，但很快就有人把他叫走了，只留下了一地木屑和面粉。

　　船在水浅的地方停了一两次，堤坝低矮，一直延伸到湖里，湖边的灯塔也很矮，就像没有帆的风车，整个地方看上去像一幅荷兰的风景画。午夜时分，我们抵达了克里夫兰，并在这里过了一夜，直到第二天上午九点。

　　船上有一位绅士，跟他的妻子一起住在我们特等舱隔壁。我们两舱中间用一块薄薄的板子隔开。我无意中偷听到了一板之隔的那边，他和他妻子的对话，这让我觉得非常不安。我也不知道为什么，但我好像已经进入了他的脑海里，惹得他很不开心。首先，我听到他说了一句话，这件事最荒谬的地方是，他仿佛是在我耳边说的，就像是靠在我肩膀上，对我耳语一样，但他却不是跟我说话："博兹（查尔斯·狄更斯的笔名）也在船上，亲爱的。"沉默了一会儿，他又抱怨说："博兹完全把自己封闭起来了。"这话是真的，因为我觉得不太舒服，正躺在床上看书。我本以为这之后他就不会再说我什么了，但我想错了，因为过了很长一段时间之后，我本来以为他在床上辗转反侧，准备入睡的时候，他再次大叫了起来，说："我想博兹很快就会再出一本书，把我们所有人的名字都记在上面！"一想到自己跟博兹同乘一条船，他就开始咕哝起来，然后又沉寂了。

　　那天晚上八点，我们抵达了伊利镇，在那里停留了一个小时。第二天早上五到六点间，我们到了布法罗，在那里吃了早餐。由于距大瀑布非常近了，我们实在没有耐性再继续等下去，于是就在当天上午九点乘火车去尼亚加拉大瀑布。

那一天真是糟糕，天气阴冷潮湿，湿漉漉的雾气笼罩下来，北方这种地方生长的树木都很萧条。无论何时，只要火车一停，我就开始倾听瀑布的声响，一直看着瀑布的方向，因为我一直看着河流朝那个方向流去，随时都在等着那一道倾泻的飞流。停下来不过几分钟，我看到有两个巨大的云团逐渐从深深的谷底缓缓升起，就是那里了。我们终于到了目的地，然后，我也第一次听到了水流飞泻的怒吼，感觉脚下的土地都为此而震颤不已。

崖壁非常陡峭，再加上宿雨和未完全融化的冰，让它变得更加湿滑，我真不知道是怎么走下来的，但很快，我就到了崖底。跟两位也要穿越这里的英国官员一起——我也是途中遇到他们的，后来就结伴同行了——爬过了破碎的岩石，耳朵因为水声而听不到其他声音，眼睛由于水花飞溅什么也看不到，皮肤上也沾满了水，成了落汤鸡。我们到了尼亚加拉大瀑布的底端。我看到巨大的水流从那高处飞泻而下，但是不知其形状，也不知其从何而来，以及它的其他信息，只是觉得声势浩大。

我们坐在小渡船上，面对着两在瀑布（马蹄瀑布和尼亚加拉瀑布），我的意识才恢复过来，但我仍然非常震惊，完全无法描述眼前景象的壮观。直到我看到了大瀑布——天啊，多么亮丽的绿色瀑布啊——这时我才看清了它的威严壮阔。

然后，我感觉到我与上帝的距离如此之近，这是我得到的第一个启示，我也经常想到这一点——平静。心灵的平静、平和，对死亡的理智思考，关于永恒的幸福安宁的思考，却没有任何恐慌和沮丧。尼亚加拉很快就印在了我心中，它的美好形象会一直印刻在我心中，不会改变，不会消失，直到永恒。

噢，日常生活中的烦恼和琐碎都远离了我的视线，逐渐在远方消失。在这难忘的十天里，我们一直在这片极乐之地徜徉！那些声音从轰鸣的水声中传来，那些已经殁亡的面孔从幽深的瀑布深处盯着我，天父的承诺在那些天使的眼泪中闪烁。眼泪晶莹剔透，漫天飞舞，在空中架起了一座绚丽的彩虹拱桥！

从加拿大这一侧观看这瀑布，我没有任何激动的感觉，起初我就去过那里。我没有再次渡过那条河，因为我知道那边的河岸上住着人。在这种地方，避开陌生人是很正常的举动。我整天在瀑布周围游荡，从各个角度观赏它，看着那水流积聚能量，靠近崖壁，稍稍停顿一会儿，然后猛地冲进深深的崖下。我蹲下来，视线与河流齐平，爬上附近的高地，看到瀑布从树丛间掠过，水流欢腾地跳跃着、旋转着，然后坠落。我在瀑布下方三英里处岩石的阴影中看着它，却没看到任何让它生出波澜的东西来。但它波浪汹涌，卷起层层漩涡，发出阵阵回声。河流深处也很不平静，从悬崖上跃下的威力仍然没有消失。尼亚加拉大瀑布就在我眼前，因日月的照耀闪闪发光，黄昏给它染上一层红色，夜幕降临又逐渐转变成灰色。每天都能看到它，晚上醒来听到它的咆哮，这就足矣。

现在，我这边恢复了宁静，但那些水仍然在整天旋转、跳跃，咆哮着，怒吼着，那些彩虹在它们下方几百英尺的地方露出来。太阳照到它们的时候，它们仍然像炽热的金子一样闪烁发光。阴天的时候，它们或像雪花一样飞舞，或像白垩岩一样崩溃，或像白色的厚重烟雾一样沿着悬崖飞泻而下。但是，河流的水倾势而下之后，就像是死去了一样。那幽深的墓穴里总会升起像鬼魅一样的水沫和迷雾，它的威严之势令人恐惧，从黑暗在深渊中诞生，从第一场洪水暴发，从上帝创造的光芒照耀这世间开始，它就主宰了这个世界。

第十五章
在加拿大 多伦多 金斯敦 蒙特利尔 魁北克 圣约翰 再次回到美国 莱巴嫩 震颤村 西点

独立的美国和英属加拿大的社会风气究竟有什么不同，我不想做对比和对照。我只对在加拿大的行程做简短的介绍。

离开尼亚加拉城之前，我不得不提一下那里令人讨厌的环境，任何一位参观大瀑布的旅客都会很敏感地发现这一点。

在平顶岩上，有一个属于某个导游的店铺，出售各种当地的纪念品。为了留念，游客们也能将自己的名字签在一个小册子里。房间的墙上挂了很多这样的小册子，下面还有这样一条告示："游客们请不要随意复制或摘录保存在这里的登记簿和名册上的留言及评论。"

由于有这样的告示，我本该小心翼翼地不去触碰它们，无视它们的存在，就像是放在客厅里的那些书一样：满足于那些虎头蛇尾的愚蠢故事的书，它们现在只是被加了框挂在墙上而已。然而，读过这条告示之后，我不禁好奇，这些精心保存的小册子里究竟都写了些什么。于是我悄悄翻了几页，却发现那些册子里的字迹非常潦草，内容也是不堪入目，不忍卒读。

人中间居然有这样下流卑鄙的败类，在自然最伟大的圣坛阶梯上把这种亵渎的话写下来，这真令人感到耻辱。但是这些应该是为那些愚蠢的人准备的。把它们安放在一个公众场合，任何人都能看到它们，这些用英语写成的话本身就是对英语这种语言的侮辱（虽然我希望这种事不是英国人干的），它们被保存在那里，这是对英语的亵渎。

尼亚加拉的兵营，通风很好，位置也不错。有一些是一间间独立的大房子，位于瀑布上方的平地上，这个地方本来是规划要建旅馆的。傍晚，女人和孩子们躺在房间的阳台上，看着男人们在门前的草地上踢球或做别的运动。他们看起来很活跃很开心，路过这里的人，都忍不住驻足观望。

美国和加拿大都在尼亚加拉河沿岸驻扎了卫戍部队，这两国在这里的卫戍部队之间的间距应该是最小的，因此士兵逃亡异国的事频繁发生。我们可以做出这样合理的推论：士兵们认为国境线对面有财富和独立等待着他们，怀着这种疯狂的幻想，他们做出了叛国的行为。但是，那些叛逃的人们，真正叛逃之后过得也并不幸福而满足。在许多实例中，叛逃的士兵都公开表示了自己对现状的不满，并称，如果能得到饶恕或宽大处理，他们愿意回到旧部队里去。尽管如此，时不时地还是有士兵抵抗不住诱惑，做出与他们同样的事来，为了渡过前方那条河流而丧命的事也并不罕见。不久前就有几个家伙试图游过去，却不幸溺水了。其中一个，一时兴起试图将桌板当船划过去，却被漩涡卷走了，他残破的尸体那些天里一直在水流间打着转转。

我认为，人们对尼亚加拉大瀑布发出的声响的描述有点言过其实了，考虑到那下面水潭的深度，我就更加确信了这一点。我们在尼亚加拉住的那段时间，没有刮过一次大风，但我们从未在三英里外的地方听到过瀑布的声音，即便是在日落的安宁时分，即便我们试过多次，却从未听到过。

在昆士顿，我们搭上了去多伦多的蒸汽船（我应该说他们是把这个名字安在了那个地方，而他们的码头其实在对岸的刘易斯顿）。这个小镇位于一个美丽的河谷，碧清的尼亚加拉河就从这河谷中经过。河谷的尽头有一条道路，蜿蜒盘旋在小镇所在的山岭间。从河谷上这个角度观赏，真是风景美如画。最高的山岭上矗立着一座纪念碑，是议会为了纪念布洛克将军而设立的。在与美国的某次战争中获胜之后，他遇害了。某个叫雷特的流浪汉近期因犯下重罪被判入狱，两年前曾毁掉了这座纪念碑。此时，纪念碑已成为一片废墟，顶端一段长长的铁栅栏残骸低垂下来，在风中摇摇晃晃，就像野生的常春藤枝蔓或者遭到了破坏的葡萄藤蔓。这座纪念碑本来很久之前就该由公众筹钱修复的，这个工程实际比人表面上看到的重要得多。首先，这本来是英国政府授权建立的，是为了纪念这个地方的捍卫者在这里死去而建的。其次，它现在这样，以及导致它变成这样的残暴行为没有得到惩罚的记忆，无法安抚这边英国人的情绪，也无法终结他们关于边境问题的争吵和纠纷。

我站在这边的码头上，看着乘客们登上一艘蒸汽船，我们将要搭乘的蒸汽船就在它后面。他们正帮一位军士的妻子把为数不多的行李堆放在一起——那位女士一边盯着那些脚夫匆匆忙忙地将行李都放上船，一边盯着一个巨大的洗涤盆，因为她似乎对所有不值得的东西都不忍放手。三四位士兵和一位新兵从她身前走过，登上了船。

那位新兵非常年轻，体格强健，身材匀称，但看上去却不是很清醒，与那些有点儿宿醉的人一样。他的肩头背着一个小包袱，下面吊着一根手杖，嘴里还叼着一个很短的烟斗。他尘垢满面，肮脏不堪，就跟所有的新兵一样。从他鞋子的磨损程度可以判断出，他之前步行过很长一段距离。但是他个性开朗，一会儿跟这个士兵握手，一会儿又搭上了另一个士兵的后背，不断地说话大笑，就像一只闲散的狗在吠叫。

那些士兵都在嘲笑他，而不是与他谈笑。他们挂着手杖站在那里，冷冷地盯着他，说："继续吧，伙计，趁你现在还能得意！很快你就会明白的。"突然，那位不断大笑着朝舷板退去的新兵在他们眼前摔了下去，重重地砸进了船只和甲板之间的河水里。

一瞬间，那些士兵的脸色就都变了，我还从来没见过变脸这么快的。在那个人落水的时候，他们惯常的言行举止，他们刚硬而不自然的神态全都消失了，他们马上变得急促起来。很快他们就把他打捞了上来。他的双脚先露出水面，他的衣服后摆盖在他眼睛上，他身上的一切都错了位，水从他的破衣烂衫里流出来。他们刚把他的事儿处理好，发现他并没有受什么伤，就马上恢复了士兵的样子，比之前更加镇定自若地挂着手杖四处看着。

那个半醉半醒的新兵四处张望了一会儿，好像他首先要做的事就是要为自己的获救而表达感谢，但看到的却是一副冷冰冰的态度，一个最担心他的士兵又咒骂着把他的烟斗递了过来。于是，他把烟斗塞进嘴里，将双手插进湿漉漉的口袋里，甚至都没拧干衣服上的水，就吹着口哨上了船。他什么都没有说，好像什么都没有发生，好像他是故意这样做的，而且已经完美收官了。

这艘船刚一离开码头，我们的船就过来了，很快它就载着我们来到了尼亚加拉河的河口。美国的星条旗在河岸这边飘扬，而英国的米字旗在另一边飘扬。两者相隔的距离非常近，两方的哨兵通常都能听到对方哨所里士兵的声音。从这里，我们驶进了安大略湖，这是一处内海。六点半，我们到了多伦多。

多伦多四周的乡村，地势平坦，没有什么优美的风景，但这城里充满了活力和生机，繁荣昌盛，熙熙攘攘，非常发达。街道铺设整齐，街灯都是汽油灯，房子很大很舒适，店铺商品琳琅满目。许多店铺的窗口都摆放着商品，就像英格兰发达的城镇一样。它一点也不比什么国际大都市逊色。这里有一座石头监狱，除此之外，还有一座美丽的教堂，一个法院，公共事务办公室，宽敞明亮的私人住宅，以及一座官方的气象台——用以观测和记录地磁的变化情况。加拿大大学也是这座城市的公共建筑物之一，在这里可以以低廉的学费获得最好的教育。每个学生每年的学费不超过九英镑。这所学府可以通过多种方式获得捐赠，口碑非常不错。

几天前，加拿大总督亲手奠定了一所新学府的基石。这所大学建成后会非常漂亮而宽敞，前面会有一条长长的走道。现在这条路已经铺好了，成为一处公众走廊。无论什么季节，这座城市都适合健身运动，因为主要街道两侧的步行道上都铺设着木板，就像地板一样，而且清洁干净。

令人扼腕叹息的是，在这个地方，人们的政治分歧很大，这导致了很多败坏地方声誉的不光彩事件的发生。不久前的一次选举后，获胜方候选人遭遇了一次枪击，其中一位候选人的马夫被子弹击中了身体，但并没有受到很严重的伤害。但是另有一人在此次事件中丧命。在一次总督指挥的公众典礼上，那面掩护了谋杀者的旗帜（不只是在罪行中，也在罪行所导致的结果中），在那位总督举行的公众典礼上再次展现了出来，像彩虹一样绚丽，只是陈旧了。我想不用我说你们也该知道那面旗帜是橙色的吧。

中午，我们离开多伦多去金斯敦。第二天早上八点，我们乘坐的蒸汽船已经到了安大略湖，会在希望港和科堡港稍作停留，科堡是一座繁荣兴盛的小镇，然后我的这段行程也就将到达终点。航行在安大略湖上的船只，运载的都是面粉。在科堡和金斯敦这一段航程里，我们船上装载的面粉不少于一千零八十桶。

加拿大政府正位于金斯敦，但它其实是一座很穷的小城，近期这里发生的一场火灾更是让这里的市场破败不堪。事实上，据说金斯敦一半的城池都毁在了这场火灾里，而另一半则还没有建设好。总督官邸既不气派堂皇也不宽敞明亮，却是这一带最重要的房屋。

这里的监狱也很不错，管理很到位，很周到细致。犯人们可以当鞋匠、缆索工、铁匠、裁缝、木匠和石匠。一座新监狱正在建设中，但距离最后完工还需时日。女囚犯们则在做针线活。其中有一个漂亮的姑娘，才二十岁，却已经被囚禁了近三年了。在加拿大革命期间，她曾为在海军岛上自封为爱国者的人传递信件，充当信使。有时候，她打扮成一个小姑娘的样子，把信件藏在胸衣里；有时候她打扮成男孩的样子，把信件藏在帽子的夹缝里。扮成男孩的时候，她总是像男孩那样骑马。这对她来说一点也不难，因为她能够驾驭任何成人骑的大马，甚至能用一根皮鞭驾驶四匹马拉的马车。为了完成她的使命，她偷了一匹马，这一行为把她送进了监狱里。但是她长得很可爱，读者们可以从我所述的这一情节中推测出来：她的眼睛明亮，目光锐利，常常透过监狱的栅栏，看着外面的世界。

这座城里还有一个坚实的防空洞，位置险要，毫无疑问功能也齐全。但这座城市距离前线太近，可以想见战乱期间它里面的状况。这里还有一个海军小船坞，两艘官用蒸汽船正在建造中，船坞里一片繁忙景象。

五月十日上午九点半，我们乘蒸汽船从金斯敦启程，顺着圣劳伦斯河，前往蒙特利尔。这条著名的河流两岸景致不可胜收，尤其是航程最初的一段，经过上千座岛屿，美景更是梦境中也难遇的。岛屿层出不穷，满目苍翠，草木繁茂。它们大小各异，有的岛屿非常广阔，人要在上面走半个小时才能看到另一侧的河岸；有的岛屿很小，就像是河水荡漾出来的涟漪。而且它们形状也各不相同。无数美丽的小岛聚合在一起，茂盛的树木生长在上面，组成了一幅极富情趣的画面。

到了下午，我们行经的河面不知为何突然沸腾起来，还泛起了泡沫，于是我们放慢了船速，因为水流猛烈的冲击力是很惊人的。七点时，我们到了迪肯森码头。接下来的两三个小时，我们将乘驿车前行，因为很短的时间里，河面的航道变得非常难行，充满了危险，蒸汽船根本过不去。路上的交通状况也很差，车行速度缓慢，这让从金斯敦到蒙特利尔之间的这段路显得乏味冗长。

我们的驿车在离河边不远的一块宽阔的土地上停下来休息。远处的圣劳伦斯河上，警示灯的灯光刺眼。夜晚黑暗而阴冷，旅途沉闷而枯燥。我们抵达下一个港口时已经近十点了，我们登上了蒸汽船，上床睡觉。

一整晚船都停靠在港口，第二天天刚亮就出发了。清静的早晨突遇疾风骤雨，空气十分潮湿，但是很快，雨势逐渐停歇，天色也变得明亮起来。早餐后走上甲板，我很惊奇地发现，有一只非常大的木筏顺着水流飞速而下，船上有约三十到四十栋木屋子，至少也有三十到四十根桅杆，看起来就像是海员之街一样。我看到后面还有很多这样的木筏，但都没有第一只这么大。所有的木材，或称原木——在美国是这样称呼的，都是这样顺着圣劳伦斯河漂下去的。木筏抵达目的地时，就会被撞散。所有的木材都被卖掉，而船员们则返回去取更多。

　　八点时，我们再次上了岸，搭乘一辆驿车行进了四个小时，穿过一个环境宜人、作物长势良好的乡村。这个乡村完全是法式风格，无论是房舍的外观、氛围、语言，还是农民的衣着、商铺旅馆前的广告牌，还有路旁圣母玛利亚的神龛和十字架，都是如此。每个普通的劳动者和孩童，尽管脚上没有穿鞋，腰间几乎都系着一条色彩艳丽的腰带，通常是红色的。女人们在田间地头劳作，做各种家务活儿。所有女人都戴着宽檐的软草帽。村里有天主教的牧师和修女会，交叉路的路口和其他公众场合都有上帝的塑像。

　　中午我们登上了另一艘蒸汽船，下午三点抵达了魁北克省的拉钦城，距蒙特利尔九英里远。在那里，我们离开了河流，顺着陆路继续前行。

　　蒙特利尔位于圣劳伦斯河畔，背后有一片丘陵，既适合骑马，也适合驾车。街道很狭窄，很不规则，就像法国城镇一直以来的那样，但到了近当代，城市还是很宽敞通风的。城里有很多很棒的商铺，城里和市郊都有很多豪华的私人住宅。码头上铺着花岗岩，美观精致，坚固难摧。

这里有一座规模很大的天主教教堂，近期刚刚在里面修建了两座尖塔，其中有一座还没有完工。大教堂前面的空地上，矗立着一座孤零零的、面目狰狞的方形砖塔，外观奇特。这个地方某些所谓的"明智"之士已经决定不久就拆掉它。这里的政府官邸比金斯敦的要好得多，整个城市也是一派生机勃勃的景象。城郊某处有一条厚板道，不是人行道，五到六英里长，也是一条很著名的道路。春天来临的时候，来这里骑马的人总要多上两倍。这里的季节更替是很快的，从荒凉的冬季到活跃的夏季，往往只要一天的时间。

去魁北克的船是晚上出航的，也就是说，傍晚六点从蒙特利尔出发，第二天早上六点抵达魁北克。在蒙特利尔居住期间（超过两周），我们去魁北克远足了一回，被那里的情趣和美丽迷住了。

这个号称"美洲的直布罗陀"的城市，给我留下了深刻的印象。它的海拔高得令人头晕目眩，城市主体几乎悬挂在空中，街道崎岖不平，出入城的街道狭窄，每一个拐角都有独特而绚丽的风景。

这个地方令人难以忘怀，景致别有一番风韵。你不会把它和其他地方混淆，任何到过这里的游客都能马上回忆起这里的景色。这座城市除了风景秀丽如画，还有很多令人回味的故事。那座高危的悬崖上，乌尔夫和他英勇的同伴们在那里立下赫赫战功；亚伯拉罕平原上，他受到了致命袭击。蒙特卡姆勇敢地守卫着堡垒，那里有在他还活着的时候就已经挖好了的他的坟墓，但是，一颗炸弹炸毁了那里。这些都没有被这里的人记住，也没有被记录在当地辉煌的历史中。那是一座很重要的纪念碑，承载着两个民族的历史，使两位英勇的将领获得了不朽，两位的大名也都刻在了纪念碑上。

这座城里有很多公共建筑、天主教教堂和修道院，其中最漂亮的是旧总督府邸和慈善机构。秀雅的乡村，土地肥沃，林木茂盛，依山傍水。加拿大的村庄绵延数英里，从白色的雪线上看过去就像是土地的脉络一样清晰。五颜六色的山墙、屋顶和烟囱在这多山的小城里很普遍，美丽的圣劳伦斯河在阳光的照耀下波光粼粼。小小的船只停泊在岩石下面，由于逆着光，远看去，那些索具就像是蜘蛛吐出的丝网一样纤细。船上的大木桶看起来也像玩具一样，忙碌的水手们则缩小成了一个个小木偶。这一切都被堡垒中一个破败的窗户镶上了边框，从阴暗的房间里往外看，就变成了最耀眼而迷人的风景画。

每当春季来临，大量刚从英格兰或爱尔兰来的移民们，在去往加拿大偏远地区和新开发的居民区时，都会经过魁北克和蒙特利尔之间的这段路。如果说清晨在蒙特利尔的码头散步（正如我经常做的那样），看着许多人带着行李箱涌进公共的码头是一种娱乐的话，那跟他们一起挤上蒸汽船，混迹在他们之中，随心观察并聆听他们，又不引起他们注意，这就更令人感兴趣。

我们从魁北克返回蒙特利尔时，船上就挤满了这样的移民。晚上，他们甚至把床铺到了甲板上（至少是那些有床睡的人）。我们的船舱门前都被他们占领了，过道也被他们堵住了。他们几乎都是英国人，大部分都是从格洛斯特郡来的，已经跋涉了一个冬季了。然而，孩子们看起来仍然干净整洁，他们的父母虽然贫穷，但对他们充满爱意，极富自我牺牲精神。

人们常说，贫困时比富贵时更难保持良好的德行，贫困时展现的美德也更加耀眼夺目。一栋豪华的府邸里住着一个男人，他是最优秀的丈夫和父亲，他的积蓄富可敌国。但是，把他带到这儿来吧，让他登上这拥挤的甲板，给他年轻貌美的妻子换掉丝绸的衣物，取下她戴的珠宝，散开她精美的辫子，让她的眉间过早地产生皱纹，让忧虑和贫困锁住她的面颊，让她面色苍白，给她娇弱的身躯披上打着补丁的衣服，让她变得一无所依，只有他的爱才能给她鼓舞和力量，这时，你就会确信以上我所说的话。他的社会地位改变得如此之快，他这才发觉，那些爬上他膝头的年轻人并不是来给他增加财富和名望的，而是来跟他抢夺日常用度的。他的食物本就少得可怜，还引来劲敌掠食。那么多人都想要夺走他的安逸，让他在夹缝中苦苦求生。他的孩子们过得并不甜蜜幸福，而是充满了痛苦和欲望，变得病痛、焦躁、任性、爱抱怨。就让他的孩子们那样吧，没有童真的幻想，而是充满了寒冷和饥渴。如果他作为父亲的责任感能够抵抗住这一切的侵袭，他对孩子们充满耐心、关爱和温柔，担心孩子们的生活，总是记挂着他们的欢乐和悲伤的话，那就把他送回议会、布道坛和法院吧。当他听到关于那些劳苦大众的沉重话题时，让他也来发言，因为他已经知道了，并会告诉那些当权者们，与这样一个阶层相比较，他们也许是高贵的天使，但最终进入天堂时，他们却是最卑微的群体。

我们当中的哪一个人能够断言，如果自己面对的就是这样的生活，那他会变成什么样？看看这些移民吧，远离故国，无家可归，缺衣少食，漂荡不定，因长期的游走和艰难的生活而疲乏不堪；他们教导和看护孩子们是多么耐心啊，他们总是把孩子们的需要放在首位，然后才是他们自己。那些女人们是希望和信仰的温柔使者，男人们也会受到她们的感染，从不恼火抱怨。我感觉心底升起的爱意和敬意比之前更加强烈，我祈祷上帝，让更多无神论者在生活这部教科书里学到这简单的一课。

五月三十日，我们搭乘蒸汽船离开了蒙特利尔，再次前往纽约，途中要经过圣劳伦斯河对岸的拉尔草原。然后我们乘火车去尚普兰湖岸边的圣约翰。为我们加拿大之行送别的，是当地的一群英国军官（他们是一群绅士，旅途中对我们非常热情友善，让我们一直铭记于心）。耳边一直萦绕着"万岁大不列颠"的呼声，我们很快就远离了蒙特利尔。

但是，加拿大已经印在我脑海之中了。在我心底，它一直占据着最重要的位置。很少有英国人愿意了解加拿大究竟是个怎样的国家。它一直在静静地成长，过去的矛盾得到了调解，很快就会被忘掉，公众情感和公民个人的进取心齐头并进。加拿大人并不激情难抑，这个国度的脉搏健康稳定而持续，充满了希望。我从前一直认为加拿大是一个跟不上时代潮流的国度，是一个沉睡的国度，被人逐渐淡忘，孤独地虚度光阴，然而像蒙特利尔那样繁华的码头，码头上吞吐货物的船只，不同港口里的船舶数量、商业、道路和公共事务，还有这里对劳动力的极大需求，这一切都让我对它的印象有所改观。他们的公共报刊极富个性，很有责任感，诚恳的劳动者们大都能过上安逸幸福的生活，这一点令人非常吃惊。湖上的蒸汽船来来往往，方便快捷、整洁舒适而且安全，船长们个性敦厚宽容，交流时彬彬有礼，谦卑有度。尽管苏格兰的船只也以此著称，但它们却比不上英属加拿大的船只。然而，这里的旅馆却很糟糕，因为这里投宿旅馆的习俗跟美国的不一样。而这里每一个城镇的官员其实大部分都是英国人，他们主要居住在军团里。从其他方面而言，旅行者都能找到让自己觉得舒适的地方。

这里有一艘美国船只——这艘船曾载我们渡过尚普兰湖，从圣约翰赶往怀特霍尔，我对这艘船的评价很高，但都是恰如其分的。我认为这艘船比我们从昆士顿去多伦多的船要好得多，也比我们从多伦多去金斯敦的船要更胜一筹，无疑，我还可以列举出更多。这艘蒸汽船名为伯灵顿，船舱里干净整洁，秩序井然，看上去非常精致。甲板就像是客厅，船舱就好比个人的卧室，经过精心装扮和修饰，墙上还挂着上等的油画、报刊和乐器，船舱的每一个角落都令人感到精致美观而舒适。船长名叫谢尔曼，这里的精致典雅都要归功于他。他以其勇敢无畏名声在外，加拿大革命时，他出于道义而搭载了英国军队，当时没有别的船只愿意援助他们。他和他的船只受到了他自己的同胞和我们英国人的尊重，与他同时代的人里，还没有人赢得过这样的荣誉。

搭乘这艘水上宫殿般的伯灵顿号船，我们很快就回到了美国。伯灵顿号船就像一个可爱的市镇，而我们只搭载了一个小时左右的时间。第二天早上六点，船抵达了怀特霍尔，于是我们下了船。我们原本可以更早一点到的，但前一天晚上，由于停靠在这里的蒸汽船太多了，我们抵达的时候，湖面变得相当狭窄，在黑暗中很难找到合适的停泊点。湖面确实非常狭小，他们不得不用绳索把船连到一起。

在怀特霍尔吃过早餐后，我们搭乘一辆驿车赶往纽约州首府奥尔巴尼——一座繁荣的大城市。当天下午五到六点间，我们抵达了该城。烈日炎炎下赶了一天的路，我们再次回到了夏天。七点时，我们乘坐北河（美国哈德逊河的一段）上的一艘大蒸汽船赶往纽约。船上挤满了乘客，上层甲板看起来就像是戏院的休息间，下层甲板看起来就像是周六晚上的托特纳姆宫路（伦敦的街道名称）。尽管如此，我们晚上还是睡得很沉，第二天早上刚过五点，我们就到了纽约。

我们只在纽约逗留了一天一夜，为的是恢复体力和精神，然后我们踏上了美国之旅的最后一程。再过五天，我们就要回英国了，而我非常想去探访一下震颤村（the Shaker Village，Shaker 原本是 18 世纪时基督教的一个教派，因祭神时颤抖狂舞而著称）。这个村庄里住着很多这个教派的教徒，村庄也是因此而得名。

为此，我们再次搭乘北河的船只，到了哈德逊镇，在那里，我们雇了一辆专车去三十英里外的莱巴嫩。当然这是另外一个名叫莱巴嫩的村庄，跟我之前在大牧场的旅途中投宿的那个莱巴嫩村完全不同。

道路蜿蜒盘旋，乡村景色多姿多彩，非常美妙，天气也很不错，卡兹吉尔山绵延不绝，山高耸入云，巍峨挺拔。据说，某个起风的下午，瑞普·凡·温克尔（19 世纪美国作家华盛顿·欧文同名作品中的主人公）与可怕的荷兰人就在那里玩九柱戏。我们顺着一座陡峭的山坡往上爬，俯瞰山下，一条铁路贯通山脚，但是还在建设中。继续往上爬，我们来到了爱尔兰人的居住区。本以为会看到整洁美观的房屋，但我们看到的却是粗陋、俗气、一点也不好看的棚舍，这真是出乎我们的意料。最好的房舍勉强能抵挡风雨；而最差的房舍，风从长满茅草的屋顶的缝隙中刮进来，雨从泥糊的墙壁中渗透进来，整个棚舍摇摇欲坠。有的房舍甚至没有门窗，有的差不多已经坍塌了，勉强用柱子和杆子撑着。一切都显得那么颓废不堪。丑陋的老女人和健硕的年轻女人、男人、孩子、婴童，都住在这黑暗的棚舍里；锅、壶、粪堆、垃圾、草堆，在这棚舍里随处可见，污秽肮脏，让人不忍直视。

晚上九点到十点间，我们抵达了莱巴嫩，这个地方以其温水浴而著称。这里有一家规模很大的著名旅馆，对那些寻求健康和快乐的人来说，这里是他们休闲娱乐的场所，帮他们缓解旅途中的劳顿。关于这一点我没有任何疑虑，但对我来说，这个地方住起来非常不舒服。我们被带到了一个宽敞的房间里。客厅里面点着两支昏暗的蜡烛；客厅那边出现了一段台阶，台阶下是一个大餐厅；我们的卧室在长长的走廊上，很小，墙壁上涂着白色的石灰，就像是监狱的牢房一样，我甚至想象得到，上床睡觉的时候，房门锁好了，我可能还会不由自主地期待着外面钥匙转动的声响。附近应该还有浴室，因为我看到洗漱用品都被放在一个很小的盥洗台上，这可能是我见过的最小的盥洗台了。确实，这些卧室空空荡荡的，甚至连椅子这样简单的家具都没有，可以说，这里什么都没有，但那些虫子却折腾了我们整整一个晚上。

但是，这里的位置很不错，早餐也很丰盛。吃过早饭后，我们继续赶去两英里之外的我们的目的地。很快，路上就出现了一块指示牌，上面写着"通往震颤村"。

我们在路上前行，遇到了一群震颤派教徒。他们头上戴着帽檐很宽的大帽子，明显的特征表明他们是一群木工。我突然很同情他们，也对他们产生了浓厚的兴趣。不久，我们到了村口，在一间房门的门口下了马车。这里有很多震颤派教徒的制造品出售，同时这里还是长老们的聚集地。要参观他们的祭神仪式，还需得到长老们的同意。

　　跟一位权威人士提出了要求之后，我们走进了一间阴冷的房间，有几顶难看的帽子挂在冰冷的帽挂上；墙上有一面简陋的钟，用低沉的声音报时，每一次发出的咔嗒声都像是在挣扎，好像不愿意打破这里的沉静氛围。有六到八把高背椅靠在墙边，质地坚硬，看上去让房间变得更加阴冷了。人进去了宁愿坐在地板上，也不想坐到那些椅子上。

　　不久，一位面容肃穆的老震颤派教徒走了进来，目光冷酷凝滞，就像他的外套和马甲上圆圆的金属纽扣一样。得知了我们的来意之后，他掏出了长老会的一份报纸，几天之前，他们在报纸上发布了公告，称为了让他们的祭神仪式不受到陌生人的打扰，他们的教堂将向公众关闭一年时间。

　　对于这个合情合理的安排我们没有任何不满，于是提出想买一点他们这儿的特产，这个要求得到了许可。于是，我们走进了这间房里的一家小店铺，它就在过道的另一侧。店铺里一个黄褐色的货架上盘踞着一个活物，长老说那是一个女人，我想那可能"曾经是"一个女人，但我不该对此抱有怀疑的态度。

　　道路的另一侧就是他们的祭祀场所，一栋干净整洁的木头房子，窗户很大，上面挂着绿色的窗帘，看上去就像一个大避暑别墅。

我们无法进入这栋房子，也没有别的事可以做，我们只能来回踱步，看着这栋房子和村庄里的其他房屋（大都是用木头建造的，刷着暗红色的油漆，有点像英国的谷仓，也有点像英国的工厂）。我也没有别的什么能告诉读者的，只有在购物时听到的那一点点消息。

这些人之所以被称作震颤派教徒，是因为他们奇特的祭神仪式，仪式上要跳一种舞蹈，男女老幼都可以参与。他们根据规则组成两支竞技队，男人们脱下了帽子和外套，郑重其事地把它们挂在墙上，然后在他们的袖子上系一根带子，好像他们要流血一样。他们伴随着低沉单调而轻微的嗡嗡声跳起了舞，一直跳到累得疲惫不堪为止。如果我能从手里关于这仪式的资料和参观过这个仪式的那些人的传言中来判断的话，那种场面一定是怪异而可笑的。

统治这里的是一个女人，她的规定是至高无上的，但她也要得到长老会的支持。据说，她独自隐居在教堂楼上的房间里，从来没有人看到过她。如果她长得跟那商店里的女人相像的话，那让她隐居对她来说也是至高的仁慈了。

这个村庄里的所有财产和收入都被存在一个公用的账户里，这个账户由长老会掌管。这些人勤俭节约，因此他们积累的财富也越来越多，尤其是，他们还进行土地买卖。并不仅仅莱巴嫩是有震颤派教徒的村庄，据我所知，其他地方还有三个这样的村庄。

他们都是务农的好手，他们的产品都很热销，而且供不应求。城镇的商铺里都有"震颤派种子""震颤派草药"和"震颤派蒸馏水"的广告。他们擅长饲养家畜，并且对这些动物们都很仁慈，因此他们饲养的家畜很少有找不到市场的时候。

他们按斯巴达的模式，在一张公用的桌子旁一起用餐。他们没有家庭的概念，每一个震颤派教徒，无论男女都是独身。关于这一点的流言很多，但这里我想再次提到那位商店里的女士。如果有很多震颤派女教徒像她那样的话，我会将这些诽谤都当作无稽之谈。但是那些入教者那么年轻，他们都无法理清自己的思想，因此也没有那么大的决心不组建家庭。通过观察在路旁忙活的那些年轻的震颤派教徒极其幼稚的言语和举动，我就能做出这个推断。

据说他们都擅长做买卖，但为人诚恳。在贸易中，他们拒绝那些买卖过程中偷偷摸摸的行为。他们平静地过着自己的生活，一直活在自己安宁沉闷的世界中，对与别人交往没有一点兴趣。

这种生活应该挺好的，但我也承认，我一点也不想过震颤派教徒的生活，无法痴迷于他们的生活方式，也不理解和赞赏他们的生活态度。我从心底里憎恶那种糟糕的信仰，无论它被哪一个阶层哪一种宗教所接受，都会让生活失去了健康向上的乐趣，剥夺了年轻人的纯真，将通往死亡的道路变得逼仄无比。这种令人讨厌的信仰，如果在地球上传播开来，一定会让最伟大的人思想枯竭，让他们变得比野兽还不如。这些人戴着宽檐帽，穿着灰暗的外套，执拗而虔诚，冥顽不化。简而言之，无论他们打扮成什么样，无论是不是像震颤派村庄里的人一样剪短头发，还是像印度教教士们一样留着长指甲，我都会把它当成天地间最糟糕的东西，因为他们让这世间婚宴上的水变成了苦如胆汁的液体，而不是醇香的美酒。如果真的有人誓要毁掉不会造成任何损失的奇思妙想和天真无邪的欢乐——这些本来是人天性的一部分，就像我们所持有的爱和希望一样——那就让他们的卑鄙恶浊在污秽和下流之中凸显出来吧，就算是傻子也明白他们走的并不是永恒的康庄大道，傻子也会蔑视他们，并对他们避而远之。

带着对老震颤村民的发自内心的反感和对年轻村民发自内心的遗憾，我离开了震颤村。这里的年轻人逐渐长大，心智也变得更聪慧，他们很可能就会离开，这种现象很普遍。我们走了跟前一天同样的路，回到了莱巴嫩，接着又回到了哈德逊。在哈德逊，我们搭乘蒸汽船顺着北河而下，朝纽约的方向而去，但航行了四个小时之后，我们中途在西点停了下来，我们在那里过了一夜，第二天整个白天和夜晚也在那里度过。

这是一个美丽的地方，是北河高地一带最漂亮的地方。丘陵上点缀着葱郁的林木和废弃的堡垒，河道因阳光的照耀而波光粼粼，山谷间的清风吹过来，河面上不时有船艇经过，船上白色的风帆迎风招展、飘扬。此外，这里还有对华盛顿将军以及革命战争史的纪念遗迹：美国西点军事学院。

再没有哪个地方更适合这所军校，也没有哪个地方比这里更漂亮。军校的管教是很严苛的，但都是经过精心设计的，非常有阳刚之气。每年六、七、八月，年轻的学生们在学院宽广的操练场上露营，他们全年每天都要进行军事训练。根据美国对军士的要求，学生们要在学院进行四年的学习训练。但或许是纪律太过严苛，或许是对这些限制感到不耐烦，又或者是两者兼而有之，那些在这里开始学业的学员，能留下来坚持到毕业的还不到一半。

军校学生的人数跟议会的成员数相等，每个议会选区都会送一个学员过来，议会成员决定选择哪位学员。服兵役的学员也是由议会成员决定。学院的教授住所环境优美，给旅客们提供的旅店也很棒，但也有两个缺点：一是所有的房间里都不得喝酒（学生不得喝葡萄酒和其他烈性酒），二是公众用餐的时间也令人感到不快——早餐是七点，午餐在一点，晚餐在日落时分。

　　这个安宁的地方环境幽雅，空气清新，每一个夏日的黎明都舒适宜人，令人神清气爽。我们六日就要离开这里，返回纽约，接下来就要准备回英国了，我很高兴，我们所见过的那一片令人回味的美景中有这样秀美的画面。这是一幅未经修饰的写生，令人回味无穷。卡兹吉尔山脉、沉睡谷和塔潘海，这些都不会轻易老去，也不会随着时光而坍塌、干涸。

第十六章
归 途

　　我以前从没有像这次这样关心过风向，很可能以后也不会再有这样的时刻，六月七日早上，期待已久的回家时刻终于到来了。某位海洋学权威人士两天前告诉我："只要是西风，就好了。"清晨我从床上起来，打开了窗户，就感受到了一股来自西北方向的清风。风是晚上刮起来的，它让我神清气爽，让我感觉非常愉快。我认为所有的风都是从那个方向而来的。我敢说，我非常珍视它，直到我呼出了最后一口气，直到我的生命走到了终点为止。

　　水手们可不会放过这样好的机会出航，昨天甲板上还熙熙攘攘，一片忙乱，今天我们已经到了海上，距出发的港口十六英里远。我们乘坐蒸汽船，慢慢接近它，看着它停靠在远处的港口边。第一眼看上去，我觉得它很豪华，高大的桅杆指向天空，划出优美的线条，每一根缆绳和帆桅都井然有序。当我们登上船时，船上响起了欢快的号子声："欢乐的水手们，噢，欢乐的！"它骄傲地沿着引航的蒸汽船的航迹向前行驶着，引航的缆绳松开之后，船帆从桅杆上升起，它更加无畏，也更加气派，舞动着白色的羽翼，沿着固定的航线，无拘无束地开始了它的自由之旅。

　　我们的船舱里一共只有十五位乘客，大部分都是来自加拿大，我们和其中一些人正是在那里相识的。晚上风浪很大，接下来的两天也是如此，但是很快就雨停风止了，我们也很快就熟识了起来，其中还有那位诚恳且男子气概十足的船长。无论是在陆路上，还是在水路上，我们都相处得很愉快。

我们早晨八点吃早餐，十二点吃午餐，下午三点吃晚餐，晚上七点半喝茶。我们的娱乐活动丰富多彩，晚餐就是其中最有意思的：首先是因为它是晚餐，其次是因为它的时间很长，包括上菜时很长的间隔，极少有不超过两个半小时的。这是一个永远不乏娱乐消遣的活动。在餐桌上，他们为了消磨冗长的时间，形成了一个组织，这个组织的领头人很礼貌地阻止我继续说下去。这是一个快乐活跃的团体，很受船上其他人的欢迎，尤其是一位黑人船员，一连三个礼拜，他一听到这些名人们的幽默言论就会大笑不止。

然后，我们有的下国际象棋，有的打惠斯特纸牌，有的玩桥牌，有的读书，有的下西洋双陆棋，有的玩打圆盘游戏。无论是风平浪静还是风起云涌，我们都聚集在甲板上，有的三三两两地踱步，有的平躺在船上，有的侧身躺着，还有的懒洋洋地闲聊。我们也总能听到音乐，因为有一个人拉手风琴，另有一个人会拉小提琴，还有一个（总是在早上六点开始）会吹小号。他们在船上的不同地方演奏不同的乐曲，有时候是同时演奏，彼此都能听到（每一个人都对自己的表演相当满意）。这三种乐器的声音混合在一起之后，非常难听。

我们都觉得乏味了的时候，视线里就会出现一片船帆。那也许就是一艘船，正好经过我们身旁。透过我们的眼镜，我们能看到那艘船甲板上的人，看清船的名字，并推测它将驶向何方。我们一连几个小时待在甲板上，看那些海豚和鲸鱼在船四周的海水中翻滚、跳跃、潜水，或者观赏那群海燕在空中飞翔的英姿。从纽约港出发后，它们就一直陪伴着我们，在船尾一直跟着我们了十四天了。有那么几天，天气沉静，或者有一丝微风，船上的人就会钓鱼取乐。他们钓到了一只不幸的海豚，它的血液都溅到了甲板上。这在我们平静的日子中是非凡的一天，随后我们抛弃了那只海豚，把它死的那天当成了一个特别的日子。

我们出航五到六天后，冰山逐渐成为我们谈论的主角。我们离港的前一两天，有些进入纽约海港的船只就见到了很多这种漂浮的冰山。我们进入危险海域附近的时候，气温骤降，水银温度计里的水银柱下降了不少。这些现象都在持续发生，我们的船加强了探测。还有很多传言称，漆黑的夜晚，有船只撞到了冰山，沉溺。但风一直把我们往东南方向吹，我们没有见到过这样的船只，天气也很快就变得晴朗而温煦了。

每天中午对海水流向的观测，以及随后对船只航向的调整，也许已经成为我们日常生活中非常重要的一部分。这里也不缺乏（从来都不缺乏）对船长的测算产生怀疑的声音，一旦不再面对船长，他们即便没有罗盘，也会用一段段细绳，加上手帕和剪刀，来测量海图，精确指出船长的测算错了一千英里左右。看到他们大摇其头，皱着眉头，听到他们一直讨论航海的话题，这对人很有启示意义，因为他们不仅不知道任何航海的知识，而且总是怀疑船长对天气和风向的判断。确实，温度计中的水银柱都没有这群乘客善变。你会发现，当船在海上乘风破浪前行的时候，他们苍白的脸上就会现出十分钦佩的神情，说这位船长是他们遇到过的最优秀的；但海面上风平浪静，所有的风帆都懒洋洋地悬挂在空中，他们又沮丧地摇头，甚至撅着嘴抱怨说，他们还以为船长只是普通的水手——他们非常怀疑他。

猜测什么时候会起风几乎成了平静航程中的日常工作，根据经验和先例，很早之前就应该要起风了。大副疯狂地吹起了口哨，他因坚决的个性而受到了大家的尊重，那些怀疑者们甚至认为他是一位一流的水手。许多人吃饭的时候都会透过船舱的天窗看着那飘扬的风帆，其中某些人甚至很悲观地预测说，我们要到七月中旬才能登陆。船上的人总是分为乐观派和悲观派。悲观派的人总觉得这段航程不过尔尔，每一次吃饭的时候总要质问乐观派的人，"大西部"号船（我们离开一周之后才离开纽约）现在在哪里，"康纳德"蒸汽船现在又在哪里，帆船与蒸汽船哪个更好，等等。他们总是用类似的问题质问他人，令自己也不堪其扰，也让原本安宁无忧的生活变得灰暗。

这些都是娱乐消遣产生的负面后果，但我们仍然有另一种娱乐的方式。我们船上的下等舱里住着近一百位乘客，那些人都是贫困人士。我们一眼就能分辨出他们来。看着他们白天在下面的甲板上呼吸新鲜空气，烹煮食物，吃饭，我们不禁对他们的故事产生了好奇，想要了解他们为什么要去美国，又因为什么目的要返回祖国，他们现在的生活状况如何，等等。关于这些人的消息，我们都是从一位木匠那里听说的。木匠负责管理这些人，其管理的方式也很特别。他们有的只在美国待了三天，有的待了三个月，有的当初就是搭乘这艘船去美国的。有的人为了筹钱卖掉了自己的衣物，他们现在没有衣服可穿；有的人没有食物，都是靠别人

的施舍而活着的；还有一个人，我们几乎是在航程的最后才发现
——因为他一直保守着自己的秘密，并没有大肆宣扬以获取同情
——他没有任何食物，只能在用餐结束准备清洗盘碟的时候从盘
子上刮一点肉末和吃剩的骨头来吃。

　　船上这些不幸的人需要全面的救助。如果有哪个阶层需要政
府的呵护和救助，那就是这些被迫远离故土去异国他乡求生存的
人吧。这些人所需要的，政府官员们应该已经竭尽所能地提供了，
但他们的需要也更多了。至少在英国，法律有这个义务去关注那
些没钱买船票的人，他们的住所非常寒酸，但他们却不道德败坏，
也不放荡不羁。还有必要指出，人们只有在接受了官员对其财产
的审查，并确定其财产足以支持出航的时候，他们才能上船。而
且也有必要提供医护人员，因为在航程中，总是会有大人生病、
小孩子死去的情况发生。

　　我们船上的那些家庭的故事都差不多。他们拿出了所有积蓄，
不断借钱、乞讨，变卖所有家产来为出国筹钱，然后他们去了纽
约，希望那里的街道上铺满了金子只等他们去捡，而事实上，他
们却发现，那里的街道上铺的不过是普通的坚硬的石头。梦想很
容易就破灭，工作也极其难找，好容易找到一份工作，却几乎没
有任何报酬。他们最终不得不选择回国，尽管现在比出国的时候
更穷了。他们中的一个，带着一封一位年轻的英国工匠写给曼彻
斯特附近的朋友的公开信，这位工匠已经在纽约住了两周，并强
烈鼓励对方也去美国。一个官员把这信当成玩物拿给我看。"这
就是这个国家，杰姆。"写信者这样写道，"我喜欢美国。最棒的是，
这里没有专制。所有的工作就像乞讨一样容易，收入很不错。你

只要选择一种谋生手段，杰姆，并坚持下去。我还没有选好，不过就快要选好了。现在我还没有确定究竟是做木匠还是做裁缝。"

船上还有另一种乘客，而且只有一个，在天气平和的时候，他一直是我们观察和谈论的主题。他是一位英国水手，人很机灵，也很强壮，从头到脚都是军人打扮，当时正在美国海军部队服役，这次是请假回乡探望朋友。他付船费的时候，有人提示他，因为他是个能干的海员，所以可以在这条船上工作，这样可以节省开支，但他很愤怒地拒绝了这条建议，说，虽然身份卑微，但他也想像绅士那样坐一次船。于是，他们收了他的船费，但他一上船，就立刻把自己的行李箱放到了水手舱，准备跟其他水手们待在一起。他高举起双手，像猫一样昂着头，走过众人面前。在整个航程中，他一直在那里帮忙打杂、拉风帆、调整帆桁，却一直保持着尊严，脸上挂着微笑，像是在说："我做这一切就像个绅士一样，你们要知道，这是我自己愿意的！"

终于，期待已久的风来了，我们开始了航程，风帆已经鼓起，傲然从水中经过。船行也是很壮观的，水里映出风帆的影子，它在波浪中快速前行，让人生出一种无法言喻的自豪感。它驶进泛起泡沫的海域里。我多么喜欢看那碧蓝的海浪，镶嵌以白色的边纹，猛地涌过来，让船身浮起来，然后又让它沉下去，一直围绕着船身，把船当成女神一样捧在手心！我们一往直前，在不断变幻着光影的水面前行，头顶是如羊毛一样柔软的白云，飘浮在湛蓝的空中。白天阳光明媚，夜晚月色皎洁，风向标直接指向家的方向，也一直指着风去的方向，这些都让我们心情愉悦。直到一个晴朗的周一清晨，日出时分——那一天是七月二十七日，我不会轻易就忘记那个日子的——我们面前出现了克利尔海岬。愿上帝保佑，它就那样在清晨的薄雾中若隐若现，就像一片云朵，最显眼也是最受欢迎的云朵，那云朵后面是我们在尘世的天堂——我们回家了！

从远处看起来，它就像一个小黑点，但它让日出变得更加迷人，让人移不开眼睛。在那里，就像在别处一样，回国之日总是伴随着希望和喜悦，但阳光照耀着阴暗的水面，令人更添一份孤寂之感，而晚上水面一片漆黑，更添一份肃穆。水面升起的月亮与肃穆的海洋保持同样的格调，浮现出忧郁的氛围；月色轻柔，好像是在淡淡的忧伤中找到了慰藉。我回忆起了小时候曾经幻想过，月亮在水中的倒影就是通往天堂的通道，只有善良的人才能通过这条途径去往上帝身旁。安宁的夜里，我在海上看到这月色的时候，不禁想起了小时候的这个幻想来。

这个周一清晨的风并不猛烈，但风向仍然没有改变，因此，我们渐渐地驶离了克利尔海岬，在爱尔兰海岸附近的海域里向前航行。我们多么高兴啊，对"乔治·华盛顿"号船多么感激，我们的彼此庆贺多么充满感情。我们预测轮船抵达利物浦的具体时间，这种行为是很容易想到，也是很容易理解的。那天吃饭的时候，我们真心为船长的健康而干杯。我们一刻不停地打包行李，有那么两三个最积极的人那天晚上都不肯睡觉。已经距离海岸不远了，他们也没有别的事情可以做，然后还是安稳地睡了一觉。我们的旅程就要结束了，这就像一个美好的梦，让人不愿醒来。

第二天清晨，和煦的海风让我们精神为之一振。在海风的助力下，我们继续往前行进。我们不时会看到英国船只正在航行回家，风帆都没有拉满。而我们风帆张扬，飞速驶过它们身旁，将它们远远抛在后面。傍晚时分，天色变得阴暗氤氲起来，很快就下起了雨，而且雨势越来越大，船就像在云层中穿行一样。我们的船仍然快速前行着，大家都在热切观望着桅杆旁的观察哨，那名海员一直在找寻圣头港。

终于，我们听到了他的喊声，我们对此期待已久了，同时，从前面的薄雾之中出现了一道光线，不久之后光线消失，很快又再次出现，然后再次消失了。光线出现的时候，船上所有人的眼睛都像那光线一样闪亮。我们都站在甲板上，看着这忽明忽暗的光线打到了圣头港附近的岩石上。它这么明亮，让我们心怀感激，感激它温柔的提醒，总之，它胜过了我们以前见过的信号灯。我们一直注视着它，随着我们的远去，它的光线也越变越弱了。

然后，船上的水手往空中开了一枪，这是在向领航船发信号，还不等硝烟散尽，一艘桅顶有灯的小船快速从黑暗中驶到我们身旁。不久，我们的船风帆被卷了起来，静静停泊在那里。小船上的领航员嗓门嘶哑，他的身体裹在又短又厚的呢制水手服里，脖子上的围巾一直包到饱经风霜的鼻子处，站在甲板上的我们之中。我想，如果他向我们借五十镑钱，并且一直拖欠不还，我们也还是会借给他。他随身带的报纸很快就成了我们共有的财物。

那天晚上，我们很晚才回到自己的船舱里，第二天又很早就走出了船舱。清晨六点的时候，我们全都聚集到甲板上，一边准备上岸，一边还看着利物浦的尖塔、房屋和烟雾。八点，我们聚集到利物浦的一家旅馆，开始了最后一次聚餐。九点时，我们与所有人握手告别，我们船上的这一群人永远分别了。

我们坐在火车上，看着这美丽的乡间景色，就像是进入了一个环境优美的花园。漂亮的农田（看上去如此之小），漂亮的灌木篱墙，美丽的树木，可爱的村舍，美丽的花田，古雅的教堂和古朴的房子，以及熟悉的一切！这个夏季，这次旅行的点点滴滴都涌上心头，这种欢乐将一直刻在我心间，随着家越来越近而让它变得格外珍贵。这种心情无法用语言诉说，也无法用笔墨描述。

第十七章
结束语

在本书的很多章节里，我都非常痛苦地忍耐着，不让读者们因我的判断和结论而困惑，希望他们在我所列出的事情的基础上，做出自己的判断。一开始，我唯一的目标就是让读者们跟随我回顾所有的旅程，而这一点我已经做到了。

但是，在关于美国人及其社会制度的共性这个主题上，我也许该请求谅解。我希望，在结束本书之前，跟读者们说说我自己对这个主题的看法。

美国人生性直率、勇敢，为人诚恳耐心、温柔亲切。文明和教养似乎只让他们的心更加热忱，让热情更加炽烈。而后面这两者是一笔巨大的财富，它们让有教养的美国人成为你最亲切而慷慨的朋友之一。我从来没有对哪种人有如此兴趣，也从来没有这样热切地将我所有的信赖和尊重交付给其他人，而且再也无法在半年内结交这么多令人尊敬的朋友。

我确信，这些品质是所有美国人与生俱来的。然而，还有一点需要承认，这些个性特征也在逐渐走向消亡。社会上有某些力量也在影响着拥有这些个性的人，让这种个性无法得到健康的发展和成长。

因自己的缺陷而对自己不满，放大这些缺陷，再对自己的美德和智慧进行夸赞，每一个民族好像都会这样做。美国人思想的一个巨大缺陷就是普遍性的不信任，这也是无数罪恶诞生的源头。然而美国人却用这种精神来装饰自己，甚至预感到了它可能带来的灾难。尽管只是出于个人的原因，但他们还是会将之作为证明人性睿智和敏锐的事例，以显示自己的精明和独立。

"你们把猜忌和不信任带进了公众生活的方方面面，"陌生人说，"将有名望的人排挤出你们的国会，为选举权培养出一大批候选人。这些人的每一个举动，都让你们的政府丢脸，让你们民众的选择遭到否决。这让你们变得反复无常，沉醉于变革，这一点甚至变成了人所共知的事。你们刚刚建立起一个偶像，就把它推倒，让它粉身碎骨，因为你们要报答你们的恩人，或者称公仆，你们不信任他，因为他获得了酬劳。结果，你们很快就发现，要么是你们的感激之情太过浓烈，要么是他在职责上玩忽职守。你们之中任何人获得高位之时，从总统往下，那一刻就意味着他将要走下坡路。因为任何写在纸上的谎言，尽管与那种个性发生了冲突，却立刻引起了你们的不信任，这是可以确定的。无论赢得多么漂亮，有多少价值，在信任和依赖方面，你们都会为了一点小麻烦紧张不已。如果有一点点猜忌怀疑，你就会把所得到的全部丢掉。你们认为，这样足够提升你们统治者的地位吗？"

回答都是一样的："你知道，这里信奉言论自由。每个人都为自己着想，我们不是那么容易能超越的。这也是我们的人疑心重的缘由。"

另一个显著的特点就是对"精明"的喜爱，它为诈骗和背信弃义的行为，还有许多公开和私密的贪污镀上了一层金光，让许多应该被绞死的无赖之徒趾高气扬，但这种行为并不是没有得到报应。因为与那不受欢迎的诚实相比，这种"精明"在近年来更加削弱了公众的信任感，也造成了社会资源的损失——无论如何，这本该有一个世纪的影响力。投机失败，或称破产的好处，或者说一个坏事未遂的人的优点，并不受到黄金法则的影响。"做你该做的"，但是要经过深思熟虑，按照当事人一贯的精明度去做。我回忆起我们在旅途中经过的凯罗村，那里的人一定经受过谎言的折磨。谎言被揭穿时，大家就会普遍渴求信任，这让外国的投资者们非常失望。但我认为这是一个精明的计划，因为这样会赚取大量的钱财，而这样做最明智的一点是，他们在外面会在很短的时间里忘记这一切，然后很快又开始随意地投机。以下这种对话我听到过不下一百遍。"这样一个家伙，通过最下作无耻的手段获得了大量的财富，这难道不是很丢脸吗？他犯下了这么大的错，居然还获得了你们那儿居民的容忍和支持？他妨害了公众利益，不是吗？""是的，先生。""他是个有罪的说谎者？""是的，先生。""他应该被人鄙视，戴上手铐并遭到监禁？""是的，先生。""他非常可耻、下贱、放荡不羁？""是的，先生。""这真让我诧异，那么，他究竟有什么优点？""嗯，这个嘛，先生，他很精明。"

同样地，美国人在喜爱的贸易上也提出了很多不明智的方法和手段，但奇怪的是，如果外国人将美国人当作商贸人士，美国人却会觉得很有负担。人们认为，那种令人不齿的习俗正是由于他们喜爱贸易而形成的，这种习俗在乡村城镇非常盛行。那些已婚人士住在旅馆里，身边没有自己的亲朋，从早到晚除了在公共用餐时间，很少能见到人。对贸易的喜爱也是美国文学一直没有得到重视的理由之一，"因为我们是商人，所以不关心那些风花雪月的诗"。但顺便说一句，我们对自己的诗人还是很感到自豪的。而健康的娱乐、令人愉快的消遣和有益无害的想象力，在那种绝对功利主义的商贸乐趣面前绝对会枯萎凋零。

这三个特征强烈地表现在美国人生活的方方面面，完全展现在陌生人面前。但是美国的畸形成长还基于另一个复杂交错的根系，它将每一条触须深深扎入放肆无度的报业之中。

学校也许会建立起来，东西南北都要建立，必须教育学生，培育精英。大学繁荣昌盛，教室里挤满了人，人们普遍戒酒，各种进步的知识在这片土地上广泛传播。但由于美国的新闻报社正处于或接近处于一种糟糕的状况之中，因此这个国度的道德要大幅度提高是不可能的。年复一年，它在向后倒退；年复一年，公众情感的声音在逐渐减弱；年复一年，国会和参议院在正直的人面前逐渐变得无可辩白；年复一年，那些生活堕落的孩子已经逐渐淡忘了伟大的变革之父们。

读者们都知道，在美国发行的一系列报纸当中，有一些是极富个性，也很有声誉的。与来自这些报社的有修养有学识的绅士们交往，既让我觉得快乐，也让我受益匪浅。但这种报社是极少数的，绝大部分的都不是这样的。而好的报社的影响力，在那些堕落的、毒害他人思想的报刊面前是微不足道的。

在美国的上流社会之中，在那些见多识广而又温和有礼的人之中，在那些学富五车的才子之中，在酒吧和公园里，谈及那些臭名昭著的报刊下作的特点，人们的看法却只有一个。有时候它们也会为自己辩解——这一点并不奇怪，因为他们当然要为自己做的不光彩的事找借口——声称它们的影响力并不像来宾所想象的那么恶劣。但我不得不很遗憾地说，他们的辩解都是没有正当合理的理由的，他们举出的每一个事实都将他们的辩白导向相反的方向。

美国的任何人，无论其智力或个性如何，都能赢得公众的声誉，只要不向那堕落而邪恶的报刊卑躬屈膝，把头埋到尘埃里；只要得到了别人的信任、尊重和礼貌对待。只有这个自由国度里的任何人都获得了观点和言论自由，才能够为自己着想，为自己说话，不用参考任何审查机构，而这些机构的虚伪无知是人们非常厌恶的。只有人们能公然指责它，并敢于践踏它的时候，我才会相信，它的影响力确实削弱了不少，而人们的气概也得到了恢复。但是，报社邪恶的目光已经投进了千家万户，它的黑手已经伸向了这个国度的每一个人；报纸将粗俗的诽谤当成了唯一的特长，一个庞大的群体将报纸当成了权威文学作品，他们一定要在报纸上找到他们爱读的内容，不然他们就会把它扔到一边不看。正因如此，这个国家才开始讨厌报纸，报纸的邪恶才变成了这个国家人所共知的事。

对那些习惯于阅读英国报纸和欧洲大陆知名报纸的人而言，美国这些报纸的可怕的状况是无法想象的，而由于我手头没有任何相关资料，我不会把这些情形完全展现给读者。但如果有人想要证实我的陈述，那就请去伦敦城里看看吧；城里的任何地方都能找到很多报纸，你们自己去找到结论吧。

毫无疑问，对所有美国人而言，如果他们能不那么热衷于真实，而是更热衷于理想，那就会更好。如果他们能更喜欢轻松愉悦，更追求美好而不急功近利，这样会更好。但是，此时我又想起了美国人普遍会做出的抗议："我们是一个新兴的国家。"这是为无法掩饰的缺陷而找的蛮横无理的借口，但我还是希望美国的报纸除了政治以外还有别的娱乐消遣。

在我看来，美国人显然没有什么幽默感，他们的个性令人觉得阴郁无趣。擅长言谈并且个性坚强的美国北方人，或者说新英格兰地区的人，无疑是最无趣的，他们的才干也是最优秀的。正如我在前文所叙述的那样，在远离大城市的地方四处游走时，那些地方盛行的肃穆和忧愁的氛围让我深感压抑。这种氛围似乎是恒久不变的，每到一个新的市镇里，我好像都能遇到在上一个村镇里遇到的同样的人。这样的缺陷可以从所有国民的举止中观察到。我认为，这很大程度上都是因这个理由：这种缺陷让人变得粗俗沉闷，并抵制精致优雅的生活，对它不屑一顾。无疑，最小心谨慎的开国之父华盛顿也发现了这一错误，他当时就已经竭尽所能地纠正了。

我不同意其他作家在这些问题上的观点，他们认为美国盛行的各种异端邪说，都是因为没有确定的宗教所决定的，而我确实觉得，如果真的建立了这样的宗教机构，以美国人的个性，它最终也会遭到遗弃，因为后人会认为这是过去建立的。但如果真的有这种宗教，我也会怀疑它是不是真的有让迷途的羔羊进入固定的羊圈的功效，因为美国国内这种异教邪派各处都有，况且，在美国，我没有发现任何欧洲人甚至仅英格兰人所不熟悉的宗教形式。跟人一样，大量的异端邪说都汇集到这里来，也只是因为这是一块很不错的收容所。这片土地上有大量的移民，因为土地可以买卖，城镇和乡村就这样建立在以前荒无人迹的地方。就连"震颤派"们也是从英格兰移民来的。我们英国并不是摩门派使徒约瑟夫·史密斯及其信众所不了解的地方，我也在我们人口众多的城镇里见到过一些宗教仪式的场景，这是美国信徒们的野营集会无法企及的。我也没有在美国发现那种一边用迷信欺骗他人，一边又轻信迷信的人，我们无法拿《双城记》里的南柯特夫人或者兔子饲养者玛丽·托夫兹，甚至坎特伯雷的索恩先生与之相提并论。而这位索恩先生所处的年代是那些黑暗年代过去之后了。

美国的共和制度确实让人们去坚持追求自尊和平等，但一个观光旅游的人却不得不忍受这种制度的弊端，不能轻易反对陌生人的靠近。在他们自己的家里，他们原本也是很冷淡的。这种个性，即便看起来显得有些自大，或者缺乏诚意，也从没让我觉得不愉快，我也很少体验过无礼的对待，很少看到不得体的场面。我也遇到过一两次像如下这个例子里很滑稽搞笑的场面，但我只是觉得有趣，并不觉得无礼。

在某个城镇里，我很想买一双靴子，因为那些让人不舍的软木鞋底，在甲板炽热的蒸汽船上穿确实不合适。因此我托人送了信给一位制作靴子的工匠，先对他竭尽恭维之辞，然后说，我很想见他，希望他能赏光来我这儿一趟。他很热情地回复说，他会在当天傍晚六点左右来看一下。

我躺在沙发上，一手拿着书，一手握着一个酒杯。大约六点时，门开了，一个戴着坚挺的领结的绅士走了进来，年纪大约三十岁上下，戴着帽子和手套。他先走到镜子前，整理了一下头发，摘下了手套，从深不见底的外套口袋里掏出了一把尺子，用一种很懒散的声调请求我脱下靴子。我照做了，却很好奇地盯着他头上的帽子。本来戴着挺好的，但也许是太热了，他把帽子也摘掉了。然后，他在我对面的一把椅子上坐下，双手的手臂都支在膝盖上，然后身体往前倾，很费力地从地上捡起我刚刚脱下的大都市手工制作的靴子，同时还心情很好地吹了一声口哨。他不断打量着靴子，用一种无法言说的轻蔑眼神盯着它们，问我是否希望他"按照这样"给我做一双靴子。我很礼貌地回答，只要跟这双一样大，其他的都交给他自己决定，如果方便可行的话，我也不反对他做一双跟他现在所见差不多的靴子，但我会完全接受他的判断和选择。"这样的话，我想你应该不会对鞋跟有特别的要求了？""只要跟这双不一样就好。"我说。他再次照了照镜子，然后更靠近了镜子，挑掉了眼角的一点灰尘，再整理了一下领结。这时候，我的腿和脚都暴露在外面。"都看好了吗，先生？""嗯，快了，"他说，"别动。"我尽可能保持双脚和表情不变。这时他已经清理干净了眼角的灰尘，然后掏出了铅笔，一边测量着我的脚，一边做着必需的笔记。结束了之后，他又恢复了之前的态度，再次拿起了靴子，沉思了一会儿。"这个，"终于，他问道，"是英式的靴子吧，不是吗？是伦敦的靴子吧，啊？"我回答说："先生，确实如此。"他再次沉思了起来，就像哈姆雷特看到了头盖骨一样，点了点头，好像是说："我为生产出这种靴子的厂家表示遗憾！"然后，他站起身来，将他的铅笔和笔记举起来——这时他一直都在盯着镜子里的自己——缓缓地戴上帽子和手套，然后走了出去。

他离开了一分钟后，房门再次打开了，他的帽子和面容再次出现在我眼前。他环顾了一下房间，然后再次打量了一下我仍然放在地上的靴子，好像思考了一分钟时间，然后说："那么，日安。""日安，先生。"我回答，这次会面就这样结束了。

但还有一点我希望能说一说，是关于公众健康的。在这个广袤的国家，成千上万亩土地还没有人定居，还没有遭到清理砍伐，每一寸土地上，每年都有植物凋零腐败。这里有很多宽广的大河，气候千变万化，在某些特定的时节不发生疫病是不可能的。但我要冒险说一句，跟美国的很多医学专家交流过之后，我发现大部分人都跟我持相同的观点，即如果事先做了预防措施，某些流行瘟疫是可以避免的。更加注意个人卫生是很有必要的。这里的人们习惯一日三餐快速吞下大量的动物食品，吃完饭后又马上恢复静坐的姿态，这种习惯必须改变。女人们搭配饮食要更加明智，并进行更健康的运动，这一点，男人们也必须做到。首先，每一个城镇的公共机构中，通风、排水和杂物清理等方面的设施必须彻底改变。在美国，也许没有哪一个地方立法机关的工作人员读过查德威克先生所写的那篇非常出彩的《关于我们劳工阶层的卫生状况》的调查报告，更别说有获益良多的感觉。

现在，终于到了结束本书的时候了。从回到英格兰之后所听到的一些警告来看，我有理由相信，美国人不会很喜欢这本书。既然我描述的真相与那些有能力自己做出判断、表达意见的人相关，那我无论如何都不指望能获得大众认可。

我在本书所写的这些内容不会让我付出失去大西洋对岸的朋友的代价，知道这一点我很满足，因为那些都是我值得信任的朋友。此外，我从心底里相信，他们也在思索，我可以等待。

　　我在书中没有写自己的感受，我也无法忍受让自己的感受来影响我所写的内容。无论如何，我应该向那些读过我以前作品的大西洋对岸的读者们真诚道歉，他们对我伸手的时候态度是坦诚的，手里没有握着铁制的武器。

后 记

1868 年 4 月 18 日，周六，美国各报社的两百位代表在纽约城里为我举行了一场晚宴。在这次晚宴上，我向他们做了如下的发言：

"最近，我在这片大陆上发表了太多自己的言论，我应该感到满意，因为我不再会因自己的立场而给你们造成任何困扰。在这里，以及任何合适的场合，我都对在美国受到的第二次招待（狄更斯第一次访美是 1842 年），以及这个国家对我诚恳描述的宽宏大量而心怀感激。此外，我也描绘了我所见到的各种变化，包括人们心理和生理上的变化，还有那些居住了人的土地上的变化，还有城市面貌的变化，几乎不为人知的老城的变化，生活舒适度的变化，报社的变化等等，报社如果没有进步，那其他地方也更不可能有什么改观，这些变化令我感到非常震惊。我也不能断言，在过去的二十五年里，我没有任何改变；我更不能说，我这次来这里没有任何收获，并且上一次来时我的某些极端看法没有得以纠正。正因如此，自去年十一月来美国后，我一直保持沉默，但是期间，有很多次我也曾有过打破这种沉默的想法。而在此告别之际，我表示完全地信任你们。提到报社，既然是人创办的，有的时候就难免犯错或者报道失实，我就宁愿希望有那么一

266

两件关于我的报道是没有经过严格审查的。事实上，我经常对印在报纸上的关于自己的报道而感到惊讶。这比我在报纸上读到的其他消息而更令我惊讶。正因如此，看到过去数月我一直在收集资料，准备出版一部关于美国的作品的消息，我震惊不已。看来，我一直坚持的观念已经完全渗入了大西洋两岸我的出版商们的心中。但是，我原本的打算是，回到英格兰之后，在我自己的同胞中，在我们国家的报纸上，为了我们同胞的利益，来证实我今晚在这个国家所领略到的巨大变化。我还记录下了我所到的每一个地方，无论地方大小，我都受到了彬彬有礼的接待，而且人们都体贴入微、个性温和、有耐心、很热情。这些证词，只要我活着，只要我的后裔们对我的作品仍然有合法的权益，我都会让它们出现在再版的书中，附在我写的关于美国的两本书的后面。我这样做，并不是出于热爱和感激，而是因为，我认为这样的举动是公正且诚恳的。"

　　我以极度的热情发表了以上言论，也因同样的热情将这一段言论附在书后。只要本书得以流传，我希望这一段言辞也会成为本书的一部分，并希望读者们会真正认为，这是我对美国感想和印象不可分割的一部分。

查尔斯·狄更斯

1868年5月

图书在版编目（CIP）数据

美国手记／（英）狄更斯著；李菲译. 一上海：
上海三联书店，2017.9
　ISBN 978-7-5426-5710-7

Ⅰ.①美… Ⅱ.①狄…②李… Ⅲ.①游记－作品集－英
国—近代 Ⅳ.① I561.64

中国版本图书馆 CIP 数据核字（2016）第 240132 号

美国手记

著　　者／	〔英国〕查尔斯·狄更斯
译　　者／	李　菲
责任编辑／	陈启甸
特约编辑／	苑浩泰
装帧设计／	Metis 灵动视线 TEL:010-85983452
监　　制／	姚　军
出版发行／	上海三联书店
	（201199）中国上海市都市路 4855 号 2 座 10 楼
印　　刷	北京旭丰源印刷技术有限公司
版　　次／	2017 年 9 月第 1 版
印　　次／	2017 年 9 月第 1 次印刷
开　　本／	889×1194　1/32
字　　数／	168 千字
印　　张／	8.75

ISBN 978-7-5426-5710-7/I·1167

定　价：34.80元